骆 烨◎著

城市之光

浙江工商大学出版社
ZHEJIANG GONGSHANG UNIVERSITY PRESS
杭州

图书在版编目(CIP)数据

城市之光 / 骆烨著. — 杭州：浙江工商大学出版
社，2019.7
ISBN 978-7-5178-3276-8

Ⅰ.①城… Ⅱ.①骆… Ⅲ.①中篇小说－小说集－中
国－当代②短篇小说－小说集－中国－当代 Ⅳ.①I247.7

中国版本图书馆 CIP 数据核字(2019)第 123894 号

城市之光
CHENGSHI ZHI GUANG

骆　烨 著

策　　划	杭州万事利天时文化创意有限公司	
责任编辑	沈明珠	
封面设计	林朦朦	
责任印制	包建辉	
出版发行	浙江工商大学出版社	

（杭州市教工路 198 号　邮政编码 310012）
（E-mail：zjgsupress@163.com）
（网址：http://www.zjgsupress.com）
电话：0571-88904980，88831806(传真)

排　　版	杭州朝曦图文设计有限公司	
印　　刷	杭州宏雅印刷有限公司	
开　　本	710mm×1000mm　1/16	
印　　张	20.75	
字　　数	266 千	
版 印 次	2019 年 7 月第 1 版　2019 年 7 月第 1 次印刷	
书　　号	ISBN 978-7-5178-3276-8	
定　　价	69.80 元	

那些微不足道的光芒

——序骆烨小说集《城市之光》

海　飞①

　　骆烨是个编剧,我也是。当然我也写小说,他也是。之前他在杭州城上大学,再之前,他是诸暨枫桥镇骆家桥村的村民。他家有田有地,有海阔洋洋的庄稼,我相信他一定卷起裤管插过秧。他的身份在农民与城市新移民之间切换,他的文字在小说与剧本之间切换,得心应手。

　　我非常热爱城市,因为我觉得城市是适合隐居的地方。把你扔到海阔洋洋的人群里,你就不见了,就像一滴水投进大海。那不是隐居了嘛。就像水隐居在大海,就像叶隐居在森林。隐居城市是多么快乐的一件事啊,连红绿灯都那么多。田野中哪有红绿灯。

　　城市里的生活相对辛苦,编剧真的是个苦上加苦的职业,所以编剧也可以改名叫吃苦。骆烨写了好多的剧本,以前有一阵子,我们在长城影视写剧本,可以推断出,他一定很辛苦。他不辛苦,他怎么能隐居到城市里来呢。他像一棵桑树一样,没有参天,但是很接地气,如此民间,如此地扎根在土里。那伸出的阔大叶片,新鲜而充满水分。但有一点儿我不明白

---

　　①　海飞:小说家、编剧,人民文学奖得主,代表作有《麻雀》《惊蛰》《旗袍》等。

的，他那么辛苦，但是好像不瘦啊。

从骆烨的小说中，能读出他许多经历，以及他对生活细致入微的观察。尤其是"杭州系列"这几篇，无论是已经成家的工薪阶层，还是住在高档小区的阔太太，或者是黄龙商圈的小白领、半山镇的拾荒者、骆家庄出租房里的小夫妻，都市里形形色色的小人物，跃然于纸上，让人读来感同身受。

其中《城市之光》讲述了奋斗在影视圈里青年们的生活，为了美好的未来，他们向着光前行，在影视寒冬来临时，他们虽然买不起房子，但还是咬着牙继续奋斗；《奔跑的小孩》刻画了杭州的三对夫妻对孩子的教育，由于教育理念的不同，让他们每一天的生活都像是在战斗。《杭州，杭州》主要描写了一群刚毕业的大学生在杭州的故事，有些人留下了，而有些人却离开了这座城。这批小说，让人读来有意思的地方是，所有人名都是以杭州许多地方的名字命名的，比如蒋村、宋灵隐、钱西溪、王留下、赵武林，富有杭州的地域特色，虽然故事多以"悲欢离合"为主，但还是富有正能量气息。

现实往往会残酷一些，当转而去读《民国情书》《战争与爱情》这几篇描写民国时期的作品时，让我们一下子穿越到了那个战火纷飞的年代。但骆烨不单单写了战争的无情，更多的是去描写了那个时代里，年轻人的浪漫。其中《民国情书》以抗战时期的杭州为背景，讲述笕桥机场的飞行英雄和住在西湖边的女教师的爱情故事。世上所有的事，最能打动人心的，莫过于生离和死别，幸好骆烨赋予了人物坚强的内心，让人去羡慕那时的英雄美女。战争已远去，忽然回到现在这个时代里，发现一切都是那样的美好。

这些挤进城市的人们，都是微不足道的光芒，卑微而倔强，自卑而自尊，善良而狡黠，柔软而坚硬。他们是桑树，也许是萤火虫，还可能是蚂蚁，又或者是蚯蚓，当然也或许是蝴蝶……如此种种，频频闪现着朴素的微光。我一直在提到,海阔洋洋这个词,其实是诸暨土话,意思是"大",这个世界当然大而广阔,而这世界的光芒,都由这些微弱的城市之光组成,最后组成海阔洋洋的光芒。

骆烨和他的小说,剧本,以及生活,就是偶尔一闪的那粒城市的微光。我们的人生也大抵如此,如此真实,如此温暖,如此令人百感交集。

2019 年 3 月 13 日

目 录

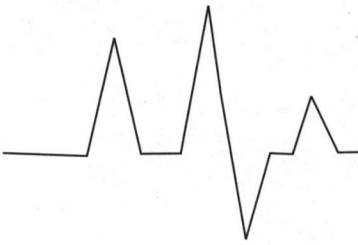

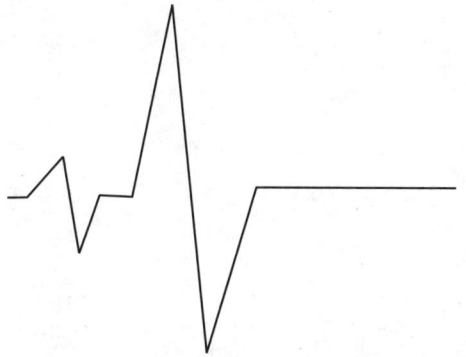

空中战鹰飞，地上红颜泪。

     ——题记

  民国二十六年，春意正浓时，杭州西湖，波光粼粼，也许是这座城市很少遭受战乱，一切都显得那样平和、与世无争。

  断桥上的游客肩挨着肩，有人差点被挤到西湖里去了。

  西湖上，几叶小舟缓缓划来，船娘长得很是清秀。江南女子就算不化妆，看上去也是那么水灵。小舟上，一女子叫了声："沈嘉琳，你看，那断桥上的军人，太英俊了。"

  这个叫沈嘉琳的女孩其实早就看到了，她假装有些不屑地说了句："不就是当兵的吗，有什么好看的。"

  刚才那女子是沈嘉琳的闺蜜，叫白凝。白凝说："他们是空军哎，开飞机的空军，我要是能坐一回他们的飞机，那该多好。"

  沈嘉琳道："好什么呀，他们的飞机是战斗机，是用来打仗的。"

  这"打仗"两字一说出口，旁边的游客都看向了沈嘉琳。所有人，包括

沈嘉琳自己,都沉默了,连西湖的水也静默了。

国民党空军上尉刘晔航走在苏堤上,他似乎感觉西湖里有人在望着他,晔航也看向了西湖,有那么一瞬间,刘晔航和沈嘉琳的目光对视在了一起,但视线很快被另一叶小舟给挡住了。待刘晔航再去寻觅小舟上的女孩时,沈嘉琳她们乘坐的小舟已经划向了西湖边。

刘晔航转身要向西湖边走去。

同行的几个空军中有刘晔航的好战友高粹,高粹喊道:"晔航,你去干吗?"

刘晔航说了句:"我看到一个人。"

高粹还想再问,刘晔航已经向人群里挤过去,人声喧嚣,压过了高粹的声音。

沈嘉琳乘坐的小舟靠到了西湖边,她完全没有发现后面有人追过来。白凝说:"嘉琳,我肚皮好饿啊,我们去楼外楼吃西湖醋鱼和叫花鸡吧?"

沈嘉琳说:"这醋鱼和叫花鸡一点都不好吃,都是骗骗外地游客的,不过呢,我倒是知道在东坡路那边有一家馄饨铺子,味道真是美极了。"

白凝咽了口水说:"那太好了,我们快走。"

两个女孩上了岸,快步向东坡路走去。

刘晔航眼看着就要追上了,沈嘉琳和白凝又消失在一条小巷子里。沈嘉琳是老杭州人,对杭州的每一条巷子、每一条街都是极其熟悉的,就算是用布条蒙住她的眼睛,她也能摸着回到家。

沈嘉琳和白凝手拉着手,很快就到了东坡路,这里的一家馄饨摊子正冒着热腾腾的蒸汽,沈嘉琳上去就对馄饨摊的老板说:"阿伯,给我们来两碗馄饨,加葱。"

馄饨摊子的老板似乎也认得沈嘉琳,他眯着眼睛笑了笑说:"好的,晓得的,还要多放点榨菜丝。"

沈嘉琳:"是的,谢谢阿伯。"

白凝说:"阿伯,要快点哦,肚皮饿死了。"

沈嘉琳拉着白凝坐到了一张小桌子前:"阿伯认得我,会快的。"

两人手里已拿好了瓷勺子,就等馄饨端上来。

刘晔航一路从西湖边快步走到了长生路,他已经找不到那个女孩了,一阵热气从东坡路那边飘过来,刘晔航本想转身就走,但闻到了香味,便也往馄饨摊子走去。

这一走过去,刘晔航一眼就看到了沈嘉琳的背影,虽然只是背影,但刘晔航认出来这个背影就是刚才那个女孩。

刘晔航没有上去打招呼,只是走到了边上,远远地看着沈嘉琳,看着沈嘉琳秀气的侧脸。

馄饨端了上来,冒着热气和香味。沈嘉琳和白凝早已在咽口水,白凝顾不得烫,就开吃了。

沈嘉琳说了句:"你真是个饿死鬼投胎啊,加点辣椒会更好吃。"

白凝没有理睬沈嘉琳,继续猛吃自己的馄饨。

沈嘉琳加了一点辣椒,吹了吹气,慢慢地吃起来,吃着吃着,她似乎也发现了有人在注视着她。

沈嘉琳回头便和刘晔航的目光对视在了一起。

这一刻沈嘉琳已满头大汗,汗水粘住了她额头上的秀发,刘晔航就这样看着,当他看到沈嘉琳也这么看着他,他就觉得不好意思了。

其实沈嘉琳的心里也紧张了,她想啊,这人怎么追到这里来了,他是来看我的吗?

刘晔航的反应还是快的,他快步走向了馄饨摊子,对老板说:"老伯,给我来一碗。"

"好嘞。"

刘晔航本想坐到沈嘉琳的对面,但是那里坐着人,他只能背对着沈嘉琳坐下。

沈嘉琳知道刘晔航坐在她的背后,她几乎都能感觉到刘晔航的后背传过来的温度。

她手中的小勺子停在了那里。

白凝没有注意到刘晔航过来了,她看着沈嘉琳停在那里不动勺子了,问道:"嘉琳,怎么不吃了?"

沈嘉琳:"哦,我饱了。"

白凝说:"这么快饱了啊?饱了就给我吃吧。"

白凝拿过沈嘉琳的馄饨碗,吃了起来。

老板把馄饨端到了刘晔航面前,刘晔航笑着点了一下头:"谢谢老伯。哦,对了,加上那两位女孩的馄饨钱,一起。"

刘晔航把钱递到了老板的手中。

沈嘉琳是听到了刘晔航的声音的,但她坐在那里竟不敢起身,因为她还没有想好和刘晔航说什么。

馄饨冒着可口的香气,刘晔航也没有吃,他本来也不是为了来吃馄饨的。

他的目的是接近身后的这个女孩,这位冥冥中相遇的女孩。

两人就这样沉默着,寂静无声,心里却是一阵阵悸动。

白凝吃光了沈嘉琳碗里的馄饨,站了起来:"嘉琳,我们走。"

沈嘉琳点头,起身时,终于敢回头去看刘晔航,这不看不要紧,一看刘晔航,两人四目相对,让沈嘉琳脸上的红晕一直热到了脖子根。

刘晔航对沈嘉琳微笑着点头,沈嘉琳也以点头回应,两人的这一举动却是不动声色的,像极了西湖边的一丝春风。

刘晔航目送着沈嘉琳离开,馄饨是没有心思再吃了。让刘晔航后悔莫及的是自己竟然忘了问女孩的住址,或是联络方式。

一直到刘晔航回到笕桥机场的宿舍里,他还在后悔着。其实在刘晔航的记忆里,几乎没有后悔的事,包括前段时间训练,他独自驾着飞机在杭州城的空中兜了一圈,降落后,随即被长官一顿臭骂,差点还被降了级别。但他却认为很值得,因为他饱览了整个杭州城的景色。

有人说,刘晔航十九岁的时候,就被少帅张学良器重,为人处世难免会有些傲慢和轻狂,但知道刘晔航的人都明白,他其实是一个很单纯的人,单纯得如同四月的天空。

唯独今日,自从西湖边回来后,刘晔航就有些魂不守舍。

高粹发现了朋友的不正常,直接问:"丢魂了?"

刘晔航放下手中的书:"什么?"

高粹:"我说你是不是灵魂出窍了?"

刘晔航:"你才灵魂出窍。"

高粹笑着:"我看你啊,是被西湖边的白娘子勾了魂去,老实交代,是不是看上哪个女孩了?"

刘晔航没有承认:"我比你小子定力好。"

高粹:"好,你不承认也可以,哎,其实那个女孩啊,我知道她住在哪里。"

刘晔航一听,急问道:"她住在哪?"

高粹:"哈哈哈,还说没有看上哪个女孩。"

刘晔航:"高粹,你小子要是敢耍我,我就命令你,现在去操场上跑十圈。"

高粹也不怕刘晔航:"嗨呀,我的刘大队长,您可不能滥用职权啊。"

刘晔航瞪了一眼高粹,转身走出宿舍去。

高粹问:"队长,你要去哪?"

刘晔航道:"训练。"

高粹:"队长,你可别乱来啊,不是刚被长官训过。"

刘晔航没有回话,向操场跑去。当然,他这点理智还是有的,没有去驾驶飞机,飞到杭州城上空去寻觅他心里的女孩。他在操场上疯狂地奔

跑起来,他想或许这样可以暂时忘掉那个女孩,但是他越是想要忘记,越是发现那个女孩就在他眼前。

而且还对他微笑着。

沈嘉琳家住竹竿巷。在竹竿巷与山子巷交界处有一座圆昭园,据说是一位赵姓中将的私宅。从外表看,欧式风格,园名用篆体书写,极有味道。当然沈家既不从政又不从军,三代都是教书的。教书匠的生活就显得清贫了,清贫归清贫,如果没有战争,这座南宋古都里小老百姓的日子还是过得挺安逸的。

杭州春日的暖气吹着是最舒服的,沈嘉琳的父亲沈默最喜欢在夕阳落下时,在自家的小院里放一张小桌,倒一杯黄酒,配一碟子酱牛肉,慢慢地吃酒。沈默,人如其名,不喜多言,说话最多的时候恐怕就是给学生们讲课之时,他对子女的管教也是放任自由,沈嘉琳从小到大,几乎没有被父亲批评过。

一家人围着小桌子吃饭,沈嘉琳从西湖回来后,也是魂不守舍。沈家人吃饭前喜欢先喝一碗霉干菜汤,沈嘉琳为家人盛汤的时候,一碗汤已经倒满,她却还在往里面倒。

沈默提醒了一句:"哎哎哎,嘉琳,做事要用心点。"

沈嘉琳惊了一下,连忙止住了手中的动作:"噢。"

沈嘉琳坐下后,匆匆忙忙吃了半碗饭,便起身:"爸爸妈妈,我吃好了。"

沈嘉琳转身回到屋子里去。

嘉琳的妈妈是一个典型的江南女子,是从杭州旁边一个叫诸暨的小县城嫁到杭州来的。诸暨自古出美女,越国时就出了四大美女之一的西施。到了晚清民国时,诸暨地区重诗书教育,女子也从小能进私塾受教,所以女子到了成年后,不但样子清秀,而且有些学识,自然看上去就很是端庄。

嘉琳妈妈回头看了一眼女儿的背影："这孩子今天是怎么了？"

沈嘉琳的弟弟沈嘉桥还在读中学，就读于省立杭州师范学校，也就是沈默任教的这个学校。沈嘉桥说："姐姐会不会是在谈恋爱啊？"

沈默抬头，眯着眼："唔，你说什么？"

沈嘉桥："谈恋爱。"

嘉琳妈妈给儿子碗里夹了一块鸡蛋："吃你的饭。"

沈嘉桥偷偷笑了笑。

沈默没有理会这事，继续喝他的小酒。

沈嘉琳回到了自己的书房，书房很小，是从阳台上隔出来的，但沈嘉琳把它布置得很精致，三面都用书围着，中间有一扇小窗，窗前放着一盆梅花，梅花早已开过，只剩几片绿叶。

沈嘉琳坐在了书桌前，从柜子里拿出一本书，打开，里面有几张信笺，信笺是粉红色的，像是盛开的桃花。嘉琳看着窗外，抬头便能望到一片蓝天。她的思绪万千，她想那个英俊的男子应该就是杭州的东大门筧桥机场里的一员，对，他应该就是一名飞行员。

沈嘉琳这样想着，脸色竟然和信笺的纸色一般红了。她不知道他的名字，如果能知道他的名字该多好，这样就可以给他写一封信。沈嘉琳的脸色更红了，她责怪自己："嘉琳，你还真不知道害羞，哪有女孩子主动给男的写信啊，而且这信不是一般的信，是情书啦……"

书房的门轻轻地被打开，嘉琳妈妈叫了声："嘉琳……"

沈嘉琳惊了一下，连忙用一本书把信笺压在下面。

嘉琳妈妈问："看你今天魂不守舍的，是不是有什么事？"

沈嘉琳说："我哪有什么事啊。"

嘉琳妈妈："不要瞒着妈妈了，妈妈也是女人，也是过来人。"

沈嘉琳低下头去："妈妈，我错了……"

嘉琳妈妈："你有什么错？"

沈嘉琳抬头疑惑地看着妈妈。

嘉琳妈妈："和我说说,他是谁？"

沈嘉琳心里打着问号,她是知道她的妈妈不会发火生气的,但是会不会阻止她和男子接触呢,尤其是那个男子还是一位军人。

沈嘉琳还是老实地说："妈妈,其实那个男子,我们今天才认识,不,也不算认识,只是见了两回,连名字都不知晓。但是他穿着军装……"

嘉琳妈妈："一见钟情。"

沈嘉琳瞪大了眼睛："妈妈,我……"

嘉琳妈妈："如果真的喜欢一个人,就大胆去追求,有什么好害羞的。"

沈嘉琳："可是,爸爸那边呢？"

嘉琳妈妈："他啊,他才不会管呢,而且你现在已经毕业,在学校里教书,可以谈恋爱了。"

沈嘉琳被妈妈这么一说,反而更加害羞了："妈妈,我,我还是以工作为重吧。"

嘉琳妈妈笑了笑："很多人,错过了就不再了。如果你们能再遇见,就一定要抓住机会。"

沈嘉琳不知该说什么,手在书桌上挪动着,竟把那本书移开了,露出那几张粉红色的信笺,她连忙拿书压住信笺。

嘉琳妈妈指了指沈嘉琳,鬼鬼地笑着："情书可得好好写,其实别看你爸爸很木,当年追我时,情书写得可……可肉麻了。"

沈嘉琳再次瞪大眼睛："怎么肉麻了?"

嘉琳妈妈："这个嘛,你自己去问他喽。"

嘉琳妈妈转身离开。

沈嘉琳："妈妈……"

嘉琳妈妈已经走出屋子去。

沈嘉琳:"写情书? 肉麻?"

沈嘉琳只觉得自己的脸很烫,她用双手捂着脸,好不害羞。当然事后她也没有去问沈默,当年到底给妈妈写了什么肉麻的情书,但她却在那粉红的信笺上,写下了三行字:第一次遇见便无法忘记,如果在茫茫人海中能再见面,一定要珍惜这份缘。

日子过得稍微有点快,转眼间春天就要过去,杭州的五月似乎就是夏天的感觉。沈嘉琳到学校里上课已有两个月,这段时间似乎每一日都在想念那个军人,但军人自从那日后,就像是人间蒸发了一般。

那一日,沈嘉琳出门没有带伞,在回家的路上,就下起了雨。她奔跑着穿过井字楼巷,其实离家也就几百米路,但雨实在太大了,她跑到梁园这边躲雨。梁园原是乾隆朝东阁大学士梁书正府第的花园,道光年间遭了火灾,现在早已破败不堪。

沈嘉琳伸手接着雨水,她想这雨要什么时候才能停下来,如果永远不停下倒也是好的,这样时光或许能停留,她也永远可以无忧。她看着天,天上突然出现一把雨伞。

沈嘉琳惊醒,转头一看,是一位男子为她撑了一把油纸伞,她几乎要惊叫出来:"是你?"

刘晔航淡淡一笑:"终于让我找到了你。"

沈嘉琳低下头去:"你在找我?"

刘晔航点了点头:"差不多找了半个杭州城,西湖附近的大街小巷都有来找过。"

沈嘉琳:"真的?"

刘晔航:"难道我还骗你不成。"

沈嘉琳:"找我有事吗?"

刘晔航:"我……我只是想要再看你一眼。"

沈嘉琳:"多看一眼? 还有吗?"

刘晔航:"还有? 噢,对了,还有想要交给你一封信。"

沈嘉琳:"一封信?"

刘晔航从怀里拿出一封信来,交到了沈嘉琳的手中:"等你回家拆开吧。"

沈嘉琳:"哦。"

刘晔航舒出一口气:"上面有我的联系地址,还有我们传达室的电话,我都写上了。这把雨伞给你,我先走了。"

刘晔航把雨伞送给了沈嘉琳,随后转身就走,沈嘉琳望着刘晔航的背影消失在巷子口,她心中的小兔子一直在蹦跳着,久久不能平静。

沈嘉琳回到了家,径直奔向自己的小书房,紧紧地关上门,随后打开信,她屏住了呼吸,一个字一个字看了起来。

刘晔航的字写得很清秀,是用钢笔写的,第一句便是:"自第一眼见着了你,此后的每日每夜,只要一闭上眼,都是你的身影。"

沈嘉琳读着信,呼吸急促,她看到了最后的日期:民国二十六年四月二十八日。刚好是他们相见半个月后写的。

这不是一封信,分明是一封情书。

自这一日后,沈嘉琳先是给刘晔航回了一封信,她可不敢写得太"肉麻",毕竟女孩子还是要矜持一点。

她只是简单告知对方她目前的一些情况,在哪里教书。信末,沈嘉琳写了一句:"如能常见面,这或许也是一种小小的幸福。"

信寄出了,又是一个漫长的等待过程。

笕桥机场的跑道上,刘晔航刚训练完,从战斗机上下来,高粹跑上来,对他说:"我这里有一件你的宝贝。"

刘晔航看了高粹一眼:"什么东西?"

高粹:"请我吃饭,我就给你。"

刘晔航本不想理睬高粹,高粹从身后拿出一封信来,对着天空照了照:"好像是一封情书啊。"

刘晔航停住脚步,喝了一声:"拿来。"

高粹见刘晔航认真的神情,把信送了上去:"是不是那个女孩的?"

刘晔航:"这件事要保密。"

高粹:"嗨,祝贺啊,队长,终于找到了你的梦中情人。"

刘晔航:"滚蛋。"

高粹笑着离开。

刘晔航快步走到了一个角落,小心翼翼地把信拆了开来。他一个字一个字读着,读到最后一句话,在心里连读了三遍。他仰天望着,突然有一种冲动,想要开着飞机去沈嘉琳家。

对于一个二十多岁的年轻人来说,心里一冲动,就必须行动。刘晔航向自己驾驶的飞机小跑去,直接上了飞机,把飞机开上了天。

高粹还没有回到宿舍,他回头看了一眼上天的刘晔航,叹息了一声:"爱情让他冲动,完了,回来肯定得被长官关禁闭。"

刘晔航驾驶着飞机飞到竹竿巷时,沈家人正在小院子里吃饭。

沈嘉桥先看到了飞机:"哇,飞机,看,我们头上有飞机哎。"

嘉琳妈妈说:"这飞机怎么回事,飞这么低?"

沈默刚拿起一杯酒要喝,他也抬头看了一眼飞机,简短地说了句:"怕是要打仗了。"

只有当事人沈嘉琳在心里暗笑着:"这个傻瓜,怎么开着飞机来看我。"

此后的一段时间里,沈嘉琳和刘晔航又互通了几封信,沈嘉琳的信写着写着也写成了情书,言辞中透露了对刘晔航的爱慕之情。

虽在同一座城市,但两人都觉得信件邮寄的速度太慢。刘晔航和沈

嘉琳约定了时间,只要是周末,两人就在孤山路上的西泠印社相见。

西泠印社有一处叫"印冢"的地方,这是民国七年时,弘一法师出家前把自己所藏所刻的印章捐赠给西泠印社而特意造的一处地方,平时很少有人来这里,于是倒成了沈嘉琳和刘晔航约会的好地方。

嘉琳和刘晔航虽然已通过了几次信,信里也透露着一丝丝情意,但她见到刘晔航还是有一些害羞,这种害羞反倒让刘晔航更加爱恋。

两人在西泠印社里走着,情书上有说不完的情话,见了面却找不到话题。刘晔航问:"这个地方我还是第一次来,蛮有意境,怎么被你找到的?"

沈嘉琳说:"我爸爸是西泠印社的社员,我很小的时候他便带我来此地了。"

刘晔航听说过西泠印社只有一定水平的篆刻师才能加入,他说:"你爸爸很厉害啊。"

沈嘉琳说:"他很早的时候就和西泠印社的创办人王福庵王伯伯他们一起玩,他这个人啊,除了教书,也就刻印章这么个爱好了。"

这两人哪是在谈恋爱,分明是没话找话。但是两个心灵彼此在一起的人,就算是不说一句话,都能感觉出浓浓的情。

刘晔航:"有爱好就好,像我,就喜欢驾驶着飞机在天上飞来飞去,很自由。"

沈嘉琳:"那天开着飞机,来我家上空的,真的是你?"

刘晔航:"这还有假,我回去还被关了两天禁闭,我的战友们都可以做证。"

沈嘉琳:"以后不要做这种傻事啦。"

刘晔航:"为了你,我愿意做一切。"

沈嘉琳抬头看着刘晔航,两人四目相对,渐渐靠近,这时,一僧人经过,两人连忙分开。

不远处,一位穿着长袍的老者喊来:"弘一兄,来这边,茶已经煮好。"

沈嘉琳看了一眼那老者:"是丁仁伯伯。"

刘晔航:"要去打个招呼吗?"

沈嘉琳:"不了,他们大人的事,我们不去打扰了。哦,那僧人就是弘一法师了。"

刘晔航看着弘一的背影跟着丁辅之走进了印学博物馆。

整个六月份,刘晔航的训练任务加大,只和沈嘉琳在西湖南山路走了半小时。听说日本人就要打过来了,刘晔航担心沈嘉琳的安危,但又无可奈何。

沈嘉琳说:"有你在,我什么都不怕。"

刘晔航在沈嘉琳的额头上亲了一下,说道:"我会用自己的生命保护你。"

沈嘉琳很幸福地笑了。

两人在新新饭店吃了午餐,沈嘉琳说:"我最喜欢新新饭店了,我听说蒋先生和宋女士来杭州的话,基本就在这家饭店下榻。你尝尝这江鲜,说是蒋先生最爱吃的。"

刘晔航尝了一口:"唔,真的很鲜。"

沈嘉琳:"这鱼啊,估计就是早上从钱塘江打上来,直接送到新新饭店的。"

刘晔航听着沈嘉琳的话,点着头,其实他不太有心思吃什么钱塘江的鱼。

沈嘉琳:"你有心事?"

刘晔航:"嘉琳,我下午还有训练任务。"

沈嘉琳:"我知道,你刚才一见面,就同我说了啊。"

刘晔航:"如果中日开战,我可能会率队和日军作战。"

沈嘉琳听到这话,低下头不说话。

刘晔航握住了沈嘉琳的手:"嘉琳,对不起,我不能对你承诺太多。"

沈嘉琳抬头,眼眶里已经含着泪水,她坚定地说:"不管战争会不会爆发,我都等你。"

刘晔航:"嘉琳……"

沈嘉琳的脸上露出笑容来:"你娶我好不好,就在这新新饭店举行婚礼。"

刘晔航认真地看着沈嘉琳:"嘉琳,如果我活着,我一定娶你为妻,就在这新新饭店举行婚礼。"

沈嘉琳紧握住了刘晔航的手:"好,一言为定。"

刘晔航回到笕桥机场,接下去的一段时间每天都在训练,一直到日军发动侵华战争。刘晔航和他的战友都知道,国家用他们的时候就要到了,军人以为国尽忠为荣,这是长官在刘晔航他们加入空军时候就说的。

笕桥机场的观景台上,夕阳西下,刘晔航和高粹坐在椅子上,高粹问:"队长,你怕死吗?"

刘晔航淡然一笑。

高粹以为他们的队长会说:"当然不怕死。"

刘晔航却说:"谁都怕死,怕死是为了活着。为了心爱的人活着。"

高粹:"你和沈小姐怎么样了?"

刘晔航:"等战争过去,如果我们都还活着,我一定会娶她为妻。"

高粹:"队长,我们一定都要活着。"

刘晔航点头:"活着。"

八月十四日那天,台风降临杭州城,风雨交加。

沈家人坐在家里吃早饭,门窗都紧闭着,学校放了暑假,一家人起床都有些晚。

沈默在喝酒,桌上只有一碟花生米,嘉琳妈妈带着责怪的语气:"一大早喝什么酒啊?"

沈默说："老蒋终于下令和日本人开战了，昨天上海那边打得可凶了。这一杯酒，要敬那些不怕牺牲的将士。"

沈默说着把一杯老酒洒在了地上。

沈嘉琳坐在一旁不说话，心事重重。她匆匆忙忙吃掉半碗稀饭，便去了小书房。

她一个人静静坐在书房里，打开了窗，疾风吹乱了书桌上的信笺，上面还铺着两封刘晔航写给她的情书。

嘉琳正要去关窗时，天空中突然一下子出现了许多战斗机，至少得有二十架，她把窗子开得更加大了，她知道刘晔航肯定也在上面，她握拢双手，默默地为刘晔航和他的战友祈祷起来。

这一场空战，刘晔航带着他的战友同日军战斗机作战，成功击落了三架日机，而刘晔航他们无一伤亡。

当夜，刘晔航没有和战友们庆祝，他骑着自行车穿过小半个杭州城，来到竹竿巷找沈嘉琳，两人在沈家的门口就热烈地亲吻了。

沈默看到了，捂住了眼睛，笑了笑自语道："现在的年轻人真是比我们厉害多了。"

这一晚刘晔航和沈默第一次喝酒，沈默喝多了，因为他心里开心，对这个女婿还是挺喜欢的。

嘉琳妈妈却一直沉着脸。

刘晔航离开后，嘉琳妈妈和女儿彻夜长谈了一次，嘉琳妈妈有她的担忧，她担心刘晔航这个军人职业，第一次和日军作战虽然取胜了，但是后面呢……身不由己。

沈嘉琳态度很坚决，她对妈妈说："妈妈，你也知道的，找到一个自己爱的人，又很爱自己的人，是多么不容易的一件事。所以，就算是以后要做寡妇，我也心甘情愿。"

嘉琳妈妈很清楚女儿的性格,作为母亲,她不就是为了让自己的孩子开心吗。生逢战乱,许多事已经无法选择,既然有可以选择的事情,又何必再去为难。

沈嘉琳和刘晔航的婚礼是在十月份办的,他们相识刚好半年。婚礼筹办得很匆忙,其实当时嘉琳妈妈是不同意这么着急就把女儿嫁出去的,沈默却帮着女儿说:"嘉琳又不是嫁到国外去,以后啊,结了婚还是可以住在我们这里的。"

嘉琳妈妈说:"嫁到国外去我倒是放心了。"

沈嘉琳说:"妈,晔航答应过我的,他每一次执行任务,都会注意安全的。"

嘉琳妈妈:"这种事谁说得准呢。"

沈默:"好了,大喜的日子就不要说这种丧气话。"

刘晔航和沈嘉琳的婚礼就安排在新新饭店,沈家本没有多少亲戚,沈默在学校里也不善结交,倒是西泠印社这边来了三五好友。刘晔航老家的亲戚就来了他的舅舅,他的父母很早就去世了。笕桥机场飞行大队来了一半的飞行员,这倒是让旁人肃然起敬。

杭州市市长为这对新人主持了婚礼,要说像刘晔航这种级别的军人,本是请不到市长来主持婚礼的,但这个市长打听到蒋委员长要给刘晔航颁发勋章,所以主动找上门来要做刘晔航和沈嘉琳的结婚见证人。

沈嘉琳倒是不在意这种风光,她唯一的心愿就是能和刘晔航在一起。婚后两人在西湖边租了一个小屋子,沈嘉琳很珍惜和刘晔航在一起的每一分每一秒。因为她知道现在战事已经吃紧,刘晔航所在的飞行大队肯定是要上战场的。

两人度过了最美好的三天,第三天晚上刘晔航就接到了归队的通知,是高粹亲自跑来告知刘晔航的。

刘晔航和高粹说:"你在门外等一会儿,我和妻子说两句话再走。"

沈嘉琳的心情很沉重，但已经为刘晔航备好了行装。

刘晔航抱住了沈嘉琳，他说："我多想这样子抱着你，一辈子。"

沈嘉琳说："不管多久，我都等你。"

刘晔航没有说话，眼眶中含泪。

沈嘉琳面上却带着微笑，她给丈夫穿上了外套："安心去吧，可不要想我哦。"

刘晔航说："我每时每刻都会想着你的，因为一想起你，这世界就是美好的。"

沈嘉琳："都娶了我了，还说这样甜蜜的话。"

刘晔航："我可以说一辈子甜蜜的话，下辈子也要说这样甜蜜的话。"

沈嘉琳捂住了刘晔航的嘴："我只要这辈子就够了。"

刘晔航点点头，出门去了。

沈嘉琳开始是装作无所谓的样子，但等到丈夫离开，她已泪流满面。

刘晔航回到了笕桥机场，长官先是向他道歉，表示在他的婚假里不应该这么快把他叫回部队的。

刘晔航说："军人有军人的天职，请长官下达任务。"

长官拿出了一枚勋章，是蒋介石委员长颁发的青天白日勋章，这勋章意味着无限的荣誉，是国民政府专门颁发给保家卫国、抵御外敌的有功军人。

刘晔航知道忠勇和爱情终难两全，他唯一能做的，就是多杀敌人，并让自己活着。

那一晚刘晔航回到宿舍后，彻夜未眠，他坐在书桌前，给新婚妻子写信："我妻嘉琳，一夜未眠，因对你的思念及愧疚，心不能平静。如今战事频繁，国家危难，我作为一名军人，当服从命令为天职。等战争结束，国家和平，我定辞去军职，与你过甜美日子……"

刘晔航写好信件的时候，天色已经亮透。这一天，他们接到上级命

令,轰炸日军第三舰队。

刘晔航率队出发前,先把信件寄了出去。

这一天,杭州城上空的天特别蓝,万里无云。

沈嘉琳回到娘家,坐在自己小书房的书桌前,望着外面的天空。早上的时候父亲和她说,杭州迟早会有日本人打进来,他们得准备一下,往西逃。

她从来没有想过要逃命,因为她觉得她的丈夫会保护她。是的,她的丈夫不但可以保护她,而且在为全中国的老百姓而战斗。

三天后,当沈嘉琳接到丈夫寄来的信时,她不知道这最后一封情书,竟会是一封遗书。

刘晔航在率领飞行大队轰炸日军舰队时,不幸被日本人的高炮击中,他紧急跳伞,落入日本人的阵地中,日军让他缴枪投降,但他却用枪连着干掉了包围上来的五个敌人,随后把最后一颗子弹,留给了自己。

子弹从刘晔航的太阳穴穿过,他的眼眶里含着泪水,这不是因为胆怯而流的眼泪,他的眼睛里是一个美好的景象,他最爱的妻子沈嘉琳正在书桌前为他写一封情书,一封永远写不完的情书。

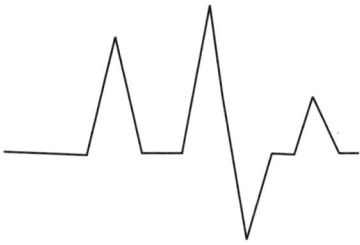
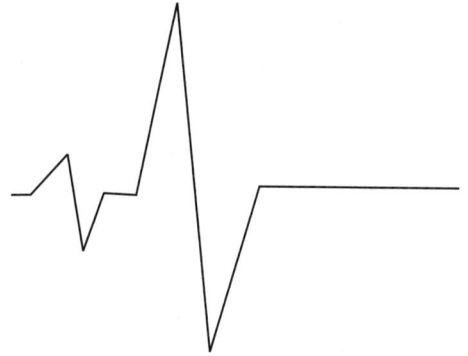

城市之光

说要陪妻子和儿子去钱塘江边看灯光秀已经两个月,但至今未成行。蒋村的心里是有愧的,他一直觉得自己对不起妻子宋灵隐和儿子蒋三墩,他在梦里暗暗发誓,一定要让他们过上好日子,幸好这梦想已经不远了,不出意外,两年之内他们就可以搬进自己的房子,在杭州的家。

蒋村又在盘算首付的钱,他们现在手头上已经有二十万,这二十万可以说是蒋村工作八年的血汗钱。蒋村在一家影视公司里做后期制作,从实习期五百块一个月到现在五千块一个月,他省吃俭用,甚至有时候一天只吃两顿饭,存下了十五万,加上妻子上班时存下的五万块,他们已有整整二十万。蒋村在萧山有个表姐,这个表姐嫁了一个有钱男人,表姐答应蒋村,买房的时候借给他五万,到时另外的亲戚朋友那里再借一点,首付是没有问题了。首付的钱是差不多了,但蒋村看中的这套房子从去年上半年到现在,硬是没有降价。蒋村已和那个售楼小姐软磨硬泡了大半年,就算是追求她,都早该有进展了,但这房价硬是没有降。蒋村认为这个楼盘地处杭州郊区老余杭,那里遍地是房子,开发商也很一般,要想涨价是不可能的。但售楼小姐说,现在这个位置也算是未来科技城板块,离阿里

巴巴淘宝城、省委党校、杭州师范大学等名企、高校都不远,绝对是好地段。蒋村想,还是再等等,这房价总有一天是要跌下来的。

蒋村还在想着要不明天再去售楼处磨一下。明天是周日,他们公司单休,一周就一天休息,只要每平方肯降两百,他就咬牙下定金了。"爸爸,我要尿尿了。"

蒋村还在梦里盘算房子的事情,没有完全醒来,只觉得脸上有一股暖流喷下来,蒋村从床上跳起来,心里有些气恼,大骂道:"臭小子。"转而又对妻子喊:"你怎么不给他把尿?"

儿子蒋三墩被蒋村这一声吼,吓得大哭起来。

妻子宋灵隐责怪道:"一大清早发什么神经,墩墩不哭,不哭啊。"

蒋村说:"谁发神经了,他把尿撒在我脸上了。"

宋灵隐说:"小孩子憋了一晚上尿了,你连个尿不湿都要节省,你还想怎样?"

被妻子这么一说,蒋村说不出话来,是的,他还想怎样?三墩从一岁半就开始训练尿尿,不给他穿尿不湿,因为一个月的尿不湿钱也得三百块。这个钱是省了下来,可就苦了妻子,刚开始不穿的两个月,宋灵隐每天至少洗三次衣服,蒋村也就是下班后帮她洗一次。

三墩的尿撒在蒋村的脸上,也流到了床单上,灵隐对蒋村喝了一声:"还不赶紧起床,我把床单换了。"

蒋村见妻子换床单,看着妻子憔悴的脸,心里有些不是滋味,灵隐跟了他后,几乎没有买过化妆品,当然他也不可能主动给她买。灵隐生下三墩后,就没有上班了,专职带孩子,蒋村本来想把孩子送回老家去养,但父母身体都不好,自己没钱孝顺他们,还让他们带小孩,他也于心不忍。于是灵隐辞掉了工作,专职来带儿子,这几年付出了很多。

灵隐换掉了床单,对蒋村的语气也温和了一些:"这里我收拾,你去洗漱一下,上班别迟到了。"

蒋村点点头,他看着妻子,又看了看这一间十多个平方的出租房,他又在心里说了一句:"我会让你们过上好日子的。"

蒋三墩知道自己犯了错误,一直站在一旁沉默着。

蒋村拉了一把儿子的小手说:"三墩,爸爸明天带你去看灯光秀。"

三墩说:"不要,我要妈妈带我去看灯光秀。"

蒋村陪儿子的时间很少,所以每次说要带儿子去外面玩,儿子都说要妈妈带。

蒋村说:"是爸爸和妈妈一起带三墩去看灯光秀。"

灵隐转过头来说:"你明天有时间吗,真要带我们去看灯光秀?"

蒋村说:"嗯,有时间。再不去看,等G20来了,世界首脑都来杭州,我们就没法去看了。"

蒋村想这一回无论怎样都要带妻儿去看灯光秀,他们生活在杭州,离钱塘江也不远,总要去感受一下这盛世繁华。再说了,这几年来,蒋村也从来没有带灵隐母子去外面旅游过,这次刚好也是一个机会。

宋灵隐脸上露出了笑容,说:"那好,我们今天就养精蓄锐。"

蒋村说:"听说看灯光秀的人还蛮多,我们得把三墩看牢了。"

灵隐说:"知道的,这个还用你说。"

蒋村去上班了,这一天是周六,但他们公司还是要加班,说是加班,其实没有加班工资,是正常上班。蒋村所在的影视公司虽说是上市公司,但这两年来经济形势不太好,公司的经济状况不好,员工的福利也就差了。蒋村已经两年没有加工资了,虽说去年给他弄了个后期制作第三小组的组长当当,但并没有什么用,所以蒋村从今年年初开始,就从外面接点小活做,赚点外快。

蒋村来到自己座位上,打开了电脑,先是泡了一杯茶,和国家公务员一样,但他肯定没有公务员轻松。他最近在改一部抗日剧,因为男主角吸

毒,很多镜头都要剪掉和换掉,不然电视台不让播。这部剧他已经看了十多遍,都快吐了,但他还是得继续看,一边看,一边改,一直改到中午。蒋村点了一个蛋炒饭,这蛋炒饭是最实惠的饭食,六七块钱就能吃饱。蒋村吃着蛋炒饭,随手就点开接来的私活做了起来。别人中午休息的时候,蒋村都不休息,他想趁着这段时间多干点活。虽然这辛苦钱不是很多,但毕竟也是钱。

周六这一天,分管后期制作的副总一般都不太来,所以到了下午的时候,蒋村索性就明目张胆地干起了私活,一直干到下班,看着组员一个个离开,蒋村本来想今天干的活已经够多了,也早点下班回去。但转念一想,明天要带着妻儿去看灯光秀,今天就把手头上的活做完,交了活才好早点拿到钱。

蒋村没有去吃晚饭,也没有叫外卖,他想过会儿回去煮几个饺子吃就行,又能省下钱。他一门心思做私活,甚至连头都没有抬。

就这样不知什么时候,蒋村身后站了一个人,他还没有感觉到,那个人见蒋村没有反应,又静静地站了一会儿。

蒋村还是没有反应,那人终于耐不住了,开口道:"你在做什么?"

蒋村听到有人在身后说话,只是回了一句:"干活。"

那人说:"干什么活?"

蒋村这时才反应过来,这说话的人好像是自己的大老板宋城,他不知该如何是好,竟吓得去关电脑,像是在办公室看黄片被人发现一样。当然这事后来的情况是比看黄片的后果还严重,蒋村的老板宋城最痛恨的事就是自己的员工吃里爬外。

蒋村不知该说什么,停顿了一下说:"我加班。"

宋老板说:"加班干别人的活吗?"

蒋村说:"我……"

宋老板没有再多说什么,转身离开,留下蒋村一个人在那里发愣。突然蒋村想起了一件事,刚才做的东西没有保存就直接把电脑关机了。他懊恼自己怎么会把电脑关掉了,今天一天做的私活都白干了,还被宋老板发现,这真是要命。老板虽然刚才没说什么就离开了,但蒋村知道这样的后果会更严重,他肯定是在想怎么处罚自己。

蒋村平时和宋城接触的机会不多,但毕竟在这里干了八年了,知道宋老板的为人。宋城也是穷苦出身,一步步靠自己打拼出来,所以特别节俭,好不容易把公司做上市了,本来应该是有钱了,却变得更加抠门,变本加厉地压榨员工。其实这两年离开宋老板的人很多,有自谋发展的,也有被宋老板开除的,开除的一个原因就是不好好干活。

开除,蒋村一想到被开除,心里一阵紧,虽是夏末时分,但蒋村分明感觉到了浑身的寒意。后来蒋村也不知道自己是怎么回到家的,混混沌沌,宋灵隐好像还问他有没有吃饭,见蒋村没有回话,以为是他生病了,蒋村说:"没事。"然后倒在床上睡觉了。

这一夜睡得很不安稳,蒋村不敢多翻身,怕打扰到妻子,也怕吵醒三墩。一夜未眠,到了天蒙蒙亮的时候,蒋村起床上厕所撒了一泡尿,本来还想再眯一会儿,不料儿子已醒来了。

三墩说:"爸爸,我们今天要去看灯光秀是不是啊?"

蒋村迷迷糊糊地唔了一声,他想起今天是答应过要带儿子和妻子去看灯光秀的。他没有把公司的烦心事带给妻儿,既然事情已经发生,他想还不如尽量去忘记,出去看灯光秀散散心。

妻子见蒋村沉默着,以为他又要变卦,又要说自己还有事情。她知道自己的丈夫很努力,她也知道丈夫这么拼命就是想给她和儿子在杭州安一个家,一个属于他们自己的家。所以灵隐从来没有怨言,包括他们结婚后,也没有去度蜜月,甚至连周边城市都没有去玩。那时蒋村对灵隐说,你看看别人度蜜月都来西湖玩,我们离西湖这么近,每天都像是在度蜜月。灵隐时常想,如果换一个女孩子,听了这话,心里会不会很生气?

灵隐没有,虽然没有气,但也有些委屈。她有时也会想,如果自己嫁一个稍微有钱一点的男人,或是大方一点的男人,她的日子会不会好一点。灵隐不敢多想,她怕想多了自己会感觉更加委屈,反正嫁鸡随鸡,人都已经是蒋村的了,还能怎样。他们结婚第三个月的时候,灵隐发现没来例假,用验孕棒一验,果然是怀孕了。蒋村喜极而泣,虽然他们都没有准备好。那时蒋村设想的是,等他们住上自己的房子,再来迎接那个小生命。但后来是不可能了,这个小生命来得太快,一直到现在,三墩还是和他们挤在一个小小的出租房里。

灵隐对蒋村说:"你今天还有事?"

蒋村说:"啊?没事。本来想去看看那房子的,还是算了,再等等,等房价降一点。我们还是去看灯光秀吧。"

三墩从父亲嘴里确认了去看灯光秀,在床上蹦跳起来,欢叫着:"我们要去看灯光秀了,要去看灯光秀了,好开心啊。"

儿子开心的笑容稍稍缓解了蒋村心头的愁云。他有时候在想,父母亲在农村奋斗了一生,就是把他蒋村培养了出来,送到了城市里。他蒋村在城里奋斗,或许就是为了眼前这小子,能让这小子在城里立住脚。

蒋村在儿子三墩的额头上狠狠地亲了一口,说道:"我们吃过早饭后就去钱江新城。"

妻子说:"太早了,灯光秀要晚上呢。"

蒋村说:"没事,我们早点去,去逛逛钱江新城,听说那边的万象城很不错。"

灵隐感到丈夫有些奇怪,但也欣然接受了这一切。她想蒋村是好久没带他们出去逛逛了,万象城是挺高档的地方,看来今天还要消费一把。宋灵隐看着儿子,她想今天儿子也会很开心的。三墩是灵隐的一切,是她的全部,只要儿子开心,她比吃了蜜还要甜。

　　中午的时候,蒋村带着灵隐和三墩在万象城的外婆家吃饭。万象城有很多高档的餐厅,外婆家属于最实惠的。三墩一直都很开心,吃饭的时候灵隐连哄都没哄一下,他就吃完了一碗饭。蒋村没有点多少菜,怕浪费。

　　吃完午饭,离看灯光秀的时间当然还很早,他们在外婆家坐到了下午一点半,餐厅里已经没有客人。蒋村说:"我们去商场里逛一下。"

　　在商场里逛了一圈,灵隐看中了一件新衣服,试穿了两次,蒋村看出妻子想要买这件衣服,他说:"喜欢就买了。"

　　灵隐摇了摇头说:"再看看。"

　　蒋村知道妻子说"再看看"时,肯定不会买了。

　　三墩在商场里似乎也逛累了,到了三四点钟的时候就一直在吵闹,一直在问:"什么时候去看灯光秀啊,灯光秀什么时候开始啊?"

　　灵隐对儿子说:"等天黑了灯光秀就开始了。"

　　蒋村在一旁没有说话,他的心里又想着自己干私活被老板发现的事情,但儿子一直在一旁吵闹着。

　　灵隐已经看出蒋村脸上的不悦,她以为丈夫是在烦儿子,她说:"要不我们去钱塘江边走走?"

　　蒋村说:"好的。"

　　灵隐对三墩说:"三墩不要吵了,爸爸妈妈带你去看大轮船。"

　　钱塘江上漂着几艘货船,缓慢地行驶着,钱塘江波澜不惊。一切都是那样平静。

　　灵隐指着货轮,对儿子说:"三墩,这就是大轮船。"

　　蒋三墩以前没有看到过真的大轮船,对这几艘货轮倒是来了兴趣,一直欢叫着。

　　蒋村看着江对岸的高楼大厦有些发愣,钱江新城的繁华堪比美国大都市,虽然蒋村没有去过美国,但他看过大量的美剧。他似乎看到夜色降

临后,灯光亮起来,这座城市更加炫眼夺目的样子。蒋村在心里感叹道,这真是一个繁华的盛世。随即他又感叹自己,还有在这座城市里千千万万的80后、90后,这些蜗居在小小的出租房里,每日为生存奔波着的年轻人。

蒋村突然有些悲观,他还是忘不掉老板宋城的那张脸,这像阴影一样笼罩在他的心头上。他后悔了,那天就不应该加班,如果不加班就不会被老板发现他在干私活。他想如果自己被开除了会怎么样,他又要开始找工作,新的工作或许会比现在的状态好,但或许工资都没现在的高,现在一大把本科生、研究生找不到工作,他这样专科学历的人不一定能竞争过他们。

蒋三墩突然兴奋地叫喊了起来:"爸爸、妈妈,你们看,那边的灯亮起来了。"

蒋村也看到了江对面的高楼开始亮灯,他又转回身,看到自己背后的高楼也开始亮灯了。

黑夜降临,灯光起舞。

灵隐说:"我们去圆球那边吧,那边有音乐喷泉。"

圆球就是杭州国际会议中心,是钱江新城的地标性建筑物,也是钱江新城的中心地带,一般人如果约会什么的,都会到圆球下面。灵隐说的也对,那里有音乐喷泉,灯光秀下的音乐喷泉,美不胜收啊。前几年蒋村和灵隐还在谈恋爱的时候,他们去西湖边看过音乐喷泉,那个时候杭州还没有这么多人,也没有这么多车,他们也活得无忧无虑,看音乐喷泉的心境自然也是轻松的。

此刻,蒋村的心情是沉重的,但他同意了妻子的想法,去看灯光秀下的音乐喷泉。

钱塘江边的人不是很多,但圆球这边就完全不一样了,第一场灯光秀要六点半开始,但游人早已开始往这边涌来。

蒋村抱着三墩往人群里挤进去,他嘀咕了一句:"怎么会有这么多人。"

这一句话迅速地被人群的嘈杂声吞没。

好不容易挤到了前排,三墩叫着:"爸爸,爸爸,我饿了,我要吃东西。"

蒋村想起来这已经是晚饭时间,因为中午吃得比较饱,他们大人是不觉得饿,但小孩子饿得比较快。

灵隐说:"我去给儿子买吃的。"

蒋村说:"还是我去吧,你们在这等着我。"

蒋村把三墩交给了灵隐。

灵隐说:"那好的,你小心点,我们在这里等着你。"

蒋村点点头,没有说话,他知道自己说了话也会被嘈杂声淹没,因为他已经转过身,往人群外挤出去。

夜色越来越浓厚,天边的夕阳红也慢慢地沉睡过去。

灯光争先恐后地亮了起来,照亮了这座城市。

蒋村给儿子买了面包和果汁,又往人群里挤去,一边往里面挤,一边被人骂着。

骂蒋村的那个人应该是杭州本地的一个老男人,老男人用难听的杭州话骂着:"挤什么挤啊,寻死啊,个六二。"

六二是杭州人骂人的话,就是傻子的意思。

蒋村心里有些不舒服,他瞪了那个老男人一眼,嘴里也骂出脏话来:"你全家六二!"

老男人回应道:"你再给老子骂骂看,信不信老子打死你。"

蒋村虽然心里窝着气,但他也不想惹太多事情,他知道和这类杭州老男人对骂,无非就是过过嘴瘾,如果他真出手去打人家,老男人也不会和他打架,况且他往人群里面挤,是他的不对,这样一想,蒋村就不去理睬这个杭州老男人了。他继续往里面挤,去寻找妻儿。

灵隐和三墩不在原先那个地方。

蒋村想了一下是不是自己走错了方向，不对，他刚才走出去的地方就是对着圆球正中心的位置，不可能走错。那就是灵隐他们走到别的地方去了。

蒋村四处张望，茫茫人海，哪里有妻儿的身影。

蒋村喊了一句："灵隐，三墩……"

声音很快被人海淹没。

蒋村想自己这喊声也没有什么用，他看了一下时间，灯光秀马上就要开始，蒋村的心里有些焦急，他已是一身臭汗，想要挤出人群去寻找，但想了想还是看一眼灯光秀再走。

蒋村转过身去，看着喷水池中的水蠢蠢欲动，一场美妙的音乐喷泉灯光秀即将开始。

"爸爸，爸爸……"蒋村的耳旁响起一个声音，他转过头去，一看是灵隐抱着三墩正在往里面挤。

蒋村心里有些恼火，喝了一句："你们去哪里了，怎么不好好待在这里？"

灵隐指着三墩手里的荧光棒说："三墩看见别的孩子有荧光棒，吵着也要，所以去给他买了。"

蒋村说："整天就知道买这种没用的玩意儿。"

人声虽然很杂，灵隐也几乎听不清蒋村在说什么，但从丈夫脸上的表情已看出他的不悦之色。

灵隐抱着三墩挤到了蒋村身边，问了一声："你买了什么东西？"

蒋村听清了灵隐的话，拿起手中的面包和果汁。

灵隐一看是这样的东西，心里也有些窝火，说："这点东西给谁吃啊，你就不能多买一点？"

蒋村更恼火了："爱吃不吃。"

三墩看着父母在吵架,憋着委屈的小嘴,就要哭出来。

蒋村又喝了一句:"别哭。"

三墩被父亲这一声喝,就没有憋住了,"哇"的一声哭了出来。

灵隐打了一下蒋村,生气地说:"你是不是吃错药了,对孩子发什么火。"

周围的人看着这一对小夫妻吵架,但谁也没有劝架的意思。

蒋村正要回应,人群中有人喊起来:"开始了,开始了。"

在耀眼夺目的灯光秀下,音乐喷泉开始,一首《千年等一回》的曲子进入观众的耳朵,水流随着音乐的调子翩翩起舞。

蒋村看着这美丽的音乐喷泉,心里的气也减弱了下去,他回头对妻子说:"看音乐喷泉吧。"

灵隐还有些生气,没有对蒋村说话。

三墩看到了音乐喷泉,倒是止住了哭声。

看来这音乐喷泉是有神奇功效的。

黑夜已包围整座城市,整个钱江新城也在绚丽的灯光秀下变得更加国际化。

音乐让人着迷,让人陶醉,甚至让蒋村忘记了心头的烦忧。他看着炫目的灯光,感觉自己去了另一个世界,那是个无忧的地方,人们不用工作,每天只要躺在那里,就能够活着,而且活得很舒服,关键也不用买房。

蒋村这样想着想着,脸上竟然露出了欣慰的笑容来,当然这笑容谁也没有看见,又像是谁都在看着他笑。

突然,蒋村被人推了一把,他没有反应,接着又被人推了一把,还传来一个凄惨的声音。好像是妻子灵隐在叫喊。

蒋村心里的怒火又燃起,回道:"干吗?"

灵隐哭喊着:"儿子不见了。"

蒋村分明看到妻子已是泪流满面,他从另一个世界里醒了过来,惊问

道："什么？儿子不见了？刚才不还在你怀里吗？"

灵隐哭着说："他说要下来让你扛着他看灯光秀，我就让他下来，谁知道被人一挤，一眨眼就不见了。"

蒋村说："怎么会一眨眼就不见了？赶紧找啊。"

灵隐大喊着："三墩，三墩，你在哪里？"

蒋村大叫："三墩，在哪啊？"

周围的人看着这对夫妻，灵隐拉着挤在面前的人说："我的孩子不见了，你们帮我一起找找吧。三墩，三墩啊。"

蒋村也叫喊着："三墩啊，你快点应一下爸爸……"

人群中有个妇女看到蒋村他们在找小孩，回了一句："会不会被人贩子给抱走了？"

蒋村和灵隐都听到了这个妇女的话。

夫妻俩异口同声说出："人贩子？"

音乐喷泉的背景音乐在蒋村和灵隐呼唤三墩的喊声中转换过来，从一曲《千年等一回》变成了《梁祝》，曼妙的旋律在蒋村耳旁回荡，但这一刻再好的音乐也成了噪声。

蒋村推开了挡在面前的人群，哭叫着，对，他也开始哭了起来，他心里焦急，他叫着："儿子，儿子啊，你在哪里？"

灵隐像是疯了一样，看到小孩子就拉过来看一眼。

吓着了那些小孩，也引来了孩子家长的一顿骂，但灵隐已顾不了那么多，她的孩子不见了，她的心头肉被人剐下了。

蒋村和灵隐疯狂地寻找着，一直到人群渐渐散去。

音乐喷泉的表演结束了。

钱江新城的灯光秀还在继续着，却很安静。

灯光确实是无声的。

蒋村的世界也变得无声。

宋灵隐跪在了地上，无声地哭泣着。

蒋村抱住了妻子的头，他想要安慰她，但不知该如何安慰。

灵隐哭叫起来："怎么办，怎么办啊？我们的三墩丢了，呜哇哇……"

蒋村的脑子突然清醒起来，说："我们去报案，对，去找警察，让警察帮我们找，现在摄像头这么多，如果有警察帮忙，我们可以找到三墩的。"

宋灵隐跳了起来："去报案，走，我们快去找警察帮忙找。"

灵隐跑在前面，蒋村跟在后面跑，两人跑了起来，跑了一阵，蒋村拉住了灵隐。

灵隐说："去派出所啊。"

蒋村说："派出所离这里十多公里路呢，我们跑步的话，要跑到天亮了。打车吧。"

灵隐没有说话，连连点头。

两人跑到了路边，打上了一辆出租车。

车子里的灵隐还是万分焦急："三墩会去哪里？人贩子该不会已经把他……"

灵隐没有说下去。

蒋村抱住了灵隐，让她不要担心。

下了出租车，蒋村和灵隐跑进了他们租住地的派出所，蒋村以前来办过暂住证。

派出所里黑灯瞎火，值班的一个中年胖警察正在打盹。

灵隐叫了一声："警察，我们来报案的。"

胖警察没有听见。

蒋村喊了一声："警察大哥。"

胖警察迷迷糊糊地醒过来："喊什么喊啊？"

蒋村声音轻了一点："我们报案。"

胖警察一口杭州本地话:"报案打110啊,你们打110了吗?"

灵隐摇摇头:"没有。"

蒋村说:"我们直接跑来这里报案,是想请你们警察帮忙的,我们的孩子丢了。"

胖警察说:"丢孩子了啊,失踪案,什么时候丢的?"

灵隐说:"大概两小时前。"

胖警察站了起来:"唔,先来做个笔录。"

灵隐乞求着:"警察大哥,求求你,快点出警吧,帮我们去找孩子啊,孩子说不定已经被人贩子带走了,要是离开了杭州,再找就没有希望了。"

胖警察轻飘飘地说:"我们会找的,但立案也得做记录啊,孩子在哪丢的?"

蒋村回答:"钱江新城。"

胖警察:"具体什么位置?"

蒋村说:"看灯光秀那里。"

胖警察:"灯光秀啊,哦,那你们也不应该跑到我们这来报案啊。"

蒋村:"什么?"

胖警察:"哪里发生的案子,就应该在哪里报案。"

蒋村和灵隐对视了一眼。

胖警察:"我们不受理这个案子的。"

灵隐差点要跪下来,被蒋村拉住了。灵隐哀求说:"警察大哥,你们还是快点帮我们去找孩子吧,快点调监控。"

蒋村说:"对啊,警察大哥,求求你了,杭州的公安系统不是联网的吗?"

胖警察:"不是我不给你们立案,这是有规定的,你们还是快点去事发地派出所。"

蒋村的心里早已憋着一口气,他很想打人,强忍着心中的怒气,他说:"你们就不能现在派人去帮我们一起找找吗?"

胖警察:"嗨呀,派出所又不是我家开的,你们啊,就别在我这里浪费时间了。钱江新城应该是属于四季青派出所管辖的⋯⋯"

蒋村突然一拳头打在了胖警察的脸上,这是谁也没有预料到的,包括蒋村自己。

胖警察被打了一拳头,两眼冒出了许多星星来,他没有坐稳,整个人都往后倒去。

灵隐本想去拉胖警察一把,哪里拉得住,胖警察摔在了地上,他吃力地爬起来,嘴里叫着:"造反了,你们真是要造反了⋯⋯"

灵隐连声道歉着:"对不起,对不起。蒋村,你怎么可以打警察啊。"

蒋村说:"别管他了,找儿子重要。"

蒋村拉着妻子的手往外跑去。

胖警察在后面叫喊着:"别跑,给我站住,抓住这两个人。"

蒋村和宋灵隐跑出了派出所,跑进了黑夜里。华灯照耀着这座城,夜未央,杭城的热闹还没有退去。

胖警察还在后面喊:"我一定会把你们抓回来的。"

蒋村和灵隐拼尽了全部力气奔跑着,这两个孤独的黑影在这座不属于他们的城市里显得很慌乱很无助。他们确定胖警察没有再追上来,才停了下来。两人气喘吁吁,汗水早已渗透了他们的衣服。

宋灵隐的脸上布满了汗水和泪水,她说:"我们快点赶到四季青派出所去吧,还是得让警察帮着我们一起找,如果三墩没有了,我宋灵隐也不活了。"

蒋村擦掉了妻子的泪水:"一定会找到的,我们现在就去四季青派出所。"

蒋村他们急匆匆叫住了一辆出租车,往四季青派出所赶去。

　　四季青派出所里是一个女民警在值班。

　　蒋村和宋灵隐跑进派出所里，女民警正在低头玩手机，自个儿咯咯咯笑着，像只欢乐的老母鸡。不过她不是老母鸡，还有些漂亮，年纪也不大，听到蒋村他们跑进来，被吓了一跳，连忙藏好了手机，挺直了腰板，但没有开口说话。

　　宋灵隐开口说："警察，我们报案。"

　　女民警见是有人报案，松了口气说："你们不要急，慢慢说。"

　　蒋村说："这事很急，万分火急。我们的孩子丢失了。"

　　女民警的脸上也露出了紧张之色，她说："孩子失踪啊？你们坐下来说，是在哪里失踪的？"

　　蒋村说："在钱江新城，看灯光秀那个地方。"

　　灵隐说："警察同志，你们快点派人去帮我们找吧，再不找，怕是要被人贩子拐走了。"

　　女民警连连说："好好好，一定找，我们一定会帮助你们找的，但是你们也得给我们提供线索。看灯光秀的人很多，你们具体是在哪个位置，是在什么时间丢失的？"

　　蒋村说："就是在圆球的那个位置，时间差不多是在七点钟的样子。"

　　女民警说："你们先不要着急，坐下说。"

　　蒋村的心头一紧："要做笔录吗？"

　　女民警又说："小孩失踪，事关紧急，我们现在就安排人员去给你们找孩子。"

　　宋灵隐一听这话，差点要下跪感谢这个女民警，连声说："谢谢你，谢谢你……"

　　女民警说："我抓紧联系那个片区的协警，让他们把监控调出来，看看你们的孩子是怎么走丢的。"

灵隐连连点头说:"好好好。"

女民警的思路还是比较准确的,蒋村和宋灵隐分头行动,灵隐去了监控室,调出那个时间点的视频内容,蒋村和几个协警出去找孩子。

宋灵隐紧张地盯着监控视频,在茫茫人海中寻找他们一家三口的身影。灵隐先是看到了蒋村买了东西回来的内容,她对工作人员说:"这是我老公,他给小孩买了东西回来。"

监控室的工作人员说:"哦,那个时候孩子还在的吧?"

灵隐说:"在的。"

工作人员按了快进键,灵隐说:"你慢一点。"

灵隐顺着蒋村的行动路线,找到了她和三墩的身影,她说:"我们在这里。"

随后,视频内容是他们夫妻之间开始吵架,接着是灯光秀表演,宋灵隐连眼睛都不敢眨一下,生怕错过一点线索。

灵隐看到了她自己把三墩放下来的画面,灵隐屏住了呼吸,她盯着屏幕看,画面中三墩很快被人群挤开了,三墩在哭喊,但听不清在喊什么,从口形上看,应该是在喊妈妈。

灵隐捂住了嘴巴,抽泣起来,其实她脸上的泪痕一直未干,她小声叫着:"对不起,对不起,三墩,我的儿子。"

因为光线问题,蒋三墩又是个小孩子,视频里的三墩消失了,但又隐约出现在人堆里,三墩被人群挤到了外面。

随后消失在黑暗中。

宋灵隐终于大声地哭出来:"三墩,妈妈错了。你在哪里啊?"

时间已是深夜两点。

灯光秀早已散去,仅剩的亮光,似乎照不亮这座城市。

有些昏暗,昏暗中带着一股难闻的气味,是湿气。

钱江新城因为在钱塘江边,空气里弥漫着江水中飘来的湿气,这种湿

气还带着淡淡的鱼腥味。

蒋村他们疯狂地寻找着，广场上空荡荡一片，那几个协警有些不情愿找了，他们已经陪着蒋村找了两圈。其中一个协警说："不知道火车站那边的兄弟找得怎么样了？"

另一个协警说："有消息肯定会打电话过来的。"

四季青派出所这边接到蒋三墩失踪案后，派出了两名警察去火车站找孩子，他们也担心人贩子带着孩子上了火车，出了杭州城。如果这样的话，那再要找到孩子，就像是大海捞针一般难了。

火车站那边没有消息。

协警拿出烟来，递给蒋村，说："兄弟，抽一根吧。"

蒋村摆摆手说："我不抽烟。"

协警给自己和另一个协警点了烟，抽了起来。

蒋村没有放弃，他当然不可能放弃，就算是要寻找一辈子，他也会找。他的内心是如此自责，他想如果儿子要是能找到的话，他愿意跳进钱塘江里。

黑夜里，除了飘来钱塘江的气味，似乎还能听到江水拍打岸边的声音，但就是没有听到蒋三墩的声音。

蒋村感觉儿子已被人带走了，他决定去别的地方找找，可是又不知该去哪里寻找。他蹲了下来，抓着自己的头发，他的眼眶渗出泪水来，但没有哭出声，只是默默地流泪。

宋灵隐还盯着监控视频在看，她的眼睛里也都是泪水。

工作人员给她倒了一杯水，灵隐没有喝，其实她很渴，但她就是没有喝，她不想因为喝一口水，而错过儿子在视频中出现的身影。

突然，宋灵隐看到了什么，她几乎惊叫出来："停，这里停一下。"

工作人员连忙按下停止键。

灵隐说："回放一点。"

工作人员回放了一点。

灵隐说:"是三墩,是我的儿子,他怎么往那里去了?"

视频里的蒋三墩跟着一个卖荧光棒的妇女走了一段路。

宋灵隐的心一下子提了起来,嘴巴微微张开。

工作人员说:"不会是人贩子吧?"

灵隐没有说话,她屏着呼吸。

三墩跟了那个妇女走了一段路,那个妇女没有回头看他,妇女消失在人群中,三墩也停了下来。

宋灵隐抽泣着:"三墩,三墩……"

视频中的蒋三墩停住了脚步,回头望了望。他变得紧张起来,开始哭叫,但没有人去理睬他,三墩又往外走去。

灵隐听不清儿子的声音,但她知道儿子肯定是在找妈妈。

宋灵隐在监控室又伤心地哭了起来。

工作人员劝慰道:"孩子没有被人贩子带走,我们看看他往哪里去了。"

灵隐点点头,盯着三墩的去向,三墩一路哭着,往黑暗中走去,走向了他们来时的路,那边有一片草坪,草坪上有一些铜雕塑,三墩在黑暗中看着一尊女孩的雕塑,光线很暗。

灵隐和工作人员都看不清蒋三墩是停下来了,还是往外面的道路上走了出去,因为监控已拍不到。

灵隐带着哭腔说:"三墩,你千万不要往路上走啊,妈妈教过你的,过马路一定要爸爸妈妈抱着。"

灵隐突然间兴奋起来,说道:"过马路要爸爸妈妈抱着,对,我教过三墩这么做的,三墩很听话,每次过马路都让我们大人抱着,这么说他肯定没有过马路去。"

工作人员说:"那很有可能还在铜雕塑那里。"

宋灵隐:"是的。我现在就去找他。"

工作人员说:"你再等等,不往下看下去了吗?"

灵隐没有回应,她往外面跑了出去,一边跑着,一边说着:"三墩,你千万不要走开啊,一定要在那里啊。"

灵隐跑着跑着,跑到了广场上,她看到丈夫蹲在那里哭泣,大喊了一声:"蒋村,快,快跟我走。"

蒋村还没有反应过来:"怎么了? 看到三墩在哪里了吗?"

灵隐没有回蒋村的话,继续往雕塑方向跑去,蒋村知道灵隐肯定是发现了什么,也快步跟了上去。

铜雕塑一带很安静,已没有一个行人,也很暗,几乎看不清,尤其是那些角落里,根本看不到有什么。

宋灵隐喊了起来:"三墩,三墩,你在这里吗?"

没有应答。

蒋村已经跑上来,他问道:"难道三墩在这里?"

灵隐说:"监控只能看到这里了,外面是马路,我们三墩不会一个人跑过马路去的。"

蒋村说:"是,是这样的,找,我们一起找。三墩,儿子……"

跟着蒋村来的协警也帮着他们寻找。

每一尊铜雕塑都不放过,但还是找不到蒋三墩的影子。

蒋村几乎要放弃了,他自言自语说:"怎么可能还会在这里呢?"

宋灵隐还是发疯似的寻找着,她的嗓子已经哑了,叫不出声来,只是在黑暗中摸索,如同盲人。

突然,有一个声音发出来,像是在叫妈妈。

"妈妈。"

又叫了一声。

灵隐也叫了出来:"三墩,三墩是你吗?"

声音还是很沙哑,但灵隐是拼出全部力气叫出来的。

蒋三墩躺在铜雕塑的凹口里,睡得很舒服,他揉了揉眼睛问:"妈妈,你们在找什么啊?"

宋灵隐模模糊糊地看见了儿子,她没有哭泣,没有大喊,没有快步跑上去,她刚要走上去,脚一软,竟跪了下来。

蒋村冲上去抱住了三墩,撕心裂肺地哭了出来,他把儿子抱到了宋灵隐身边。

一家三口抱在一起,痛哭起来。

这一刻,蒋村想要冲到钱塘江边,跳进去,履行自己说过的话,但他当然不会这么做,他觉得自己像是重生了一般。

此时,杭城慢慢地苏醒过来,天边吐露了鱼肚白,整座城市亮了起来,灯已全部关掉,白天是不用再秀了。

天色灰蒙,也许今天又是个雾霾天。

蒋村他们回到了出租房里,灵隐说:"儿子找到了,我们得去感谢一下人民警察,尤其是那个女警察。"

蒋村点点头,他的脑子里还是空白的,也没有记起来被老板发现干私活的事情。

灵隐又说:"那个被你打了的胖警察,我们也得去道个歉。"

蒋村说:"是的,要去道个歉,都怪我当时情绪太激动。"

这时,蒋村的手机响了起来,是分管蒋村工作的副总,副总说蒋村因为在上班时间干私活,根据公司规定,他被开除了。

蒋村听到副总的话,他分外平静,只是淡淡地说了句:"我知道了,宓总,谢谢你。"

副总在电话里说:"蒋村,要不我去向老板求个情?"

蒋村说:"是被老板抓了个现行,老板的个性你是知道的。不连累宓

总你了。"

蒋村挂了电话,发现灵隐一直看着她,灵隐知道丈夫接私活的事情,她说:"真的要被开除吗?"

蒋村说:"嘿,我早就想要换工作了。"

妻子没有说话。

蒋村又说:"我也不能在一个地方烂死的,不然都不知道外面的世界了。其实啊,像我这样的后期人员,市场上还是蛮缺的。"

灵隐低下头去说:"对不起,蒋村。"

蒋村摸了摸灵隐的头,像是很久以前谈恋爱的时候一样,他露出笑容来说:"开心一点,现在我都想通了,只要我们一家三口在一起,比什么都好,就算我们回农村老家又怎么样。开心点。"

宋灵隐点点头。

蒋村把儿子和妻子都环抱着,紧紧地抱着,出租房虽然很小,这座城市也不是他们的,但他还是觉得很温暖,蒋村觉得他拥抱住了整个世界。

蒋村和宋灵隐没有回农村老家,但是他们把儿子送回了农村,让老人去带。他们还留在杭州,还是住在出租房里。

夫妻俩同时开始找工作。

送三墩回了老家,那一夜,出租房的床感觉空了许多,蒋村久久未眠,后来他发现妻子也没有睡着。蒋村轻声问了句:"还没睡?"

灵隐说:"嗯。"

蒋村摸了一下灵隐的胸部,灵隐问:"想要了?"

蒋村说:"想要。"

自从三墩出生后,他们过夫妻生活也都是小心翼翼的,就算是做,很多次都是草草了事,因为怕吵醒儿子。后来蒋村有些不喜欢做这事了,有时候过了整整一个月,他们发现这个月竟然没有做过爱,而且好像不做爱,也能活。

　　不过今晚不一样,因为这张床上就只有他们两个人,就像是刚同居时候一样。蒋村爬上了灵隐的身子,很快就进入了。

　　蒋村在灵隐的耳朵说了句:"今晚儿子不在,我们可以放开手脚了。"

　　灵隐轻轻呻吟了一声,点了下头。

　　整个屋子充满了云雨欢声,蒋村听到了妻子久违的呻吟。

　　灵隐确实有了感觉,她已很久很久没有释放自己了,突然她听到门外有一个男人的声音,在丈夫的喘气声中,还有别的男人的喘气声。

　　灵隐对蒋村说:"门外有人……"

　　蒋村说:"怎么可能。"

　　灵隐说:"真的,我确实听到有声音。"

　　蒋村略有些扫兴,但还是想继续做。

　　宋灵隐推开蒋村,说道:"你去看一下。"

　　蒋村有些无奈,但还是听从了妻子的话,他下床去看,打开了门,他的脑袋刚探出去,一个黑影消失在楼道的拐角处。

　　蒋村看着这个黑影有点像男房东的背影。

　　宋灵隐从里面喊出来:"有人吗?"

　　蒋村回进了房间里,答了句:"没有人。这么晚大家都睡了,怎么会有人。"

　　灵隐没有说什么。

　　蒋村也没有了兴致,他从抽屉里找了烟,其实他已经很久没有抽烟了,因为以前儿子在,所以他都控制着。

　　灵隐看到蒋村拿烟,还是没有说什么。

　　蒋村打开窗,点上,慢慢地抽了起来。

　　夜已深,城市中还有些灯光亮着,蒋村突然觉得这城市之光蛮好看的,尤其是居民区里发出来的灯光,如果这中间有一家是他们家的灯光,那就更好了。

蒋村回过头来,对妻子说:"我们俩好好努力,不管怎么样,一定要在杭州买房。"

灵隐点点头:"嗯,一定。"

在昏暗的出租房里,香烟上发出来的红点却是分外醒目。

烟雾往外面飘去,也不知道明天杭州会是个什么天气。

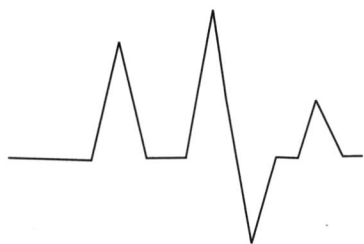
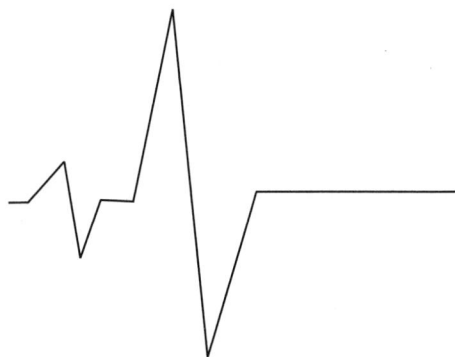

每个人都有一段青春时光,有些人愿意回忆,而有些人却想要忘记。

叶西湖就是想要把青春忘记的那个人,忘记那十年的青春,但往往是越想忘记,就越会记起。其实叶西湖一直以来都是一个向往未来的人,因为她认为,未来一定是比过往要美好的。

此刻,叶西湖站在自己办公室里,对面是阿里巴巴淘宝城的总部大楼,灯火通明,她时常对自己的员工说,马云这么有钱都这么拼,他们就没有什么理由不努力。现在叶西湖公司的房子也是她自己买下的,杭州未来科技城板块,一千平方。马云不算是她的偶像,但是她学习的榜样,她的办公室很大,大得像个会议室,她喜欢简约的环境,所以大办公室里没有放多少物品,比较醒目的是一台进口的咖啡机,她每天都要喝上三杯咖啡,现在助理虽然已经下班,但她还是亲手给自己研磨了一杯美式。

看着杭州的夜未眠,叶西湖手里捧着咖啡,又想起马云说的话:"二十岁时这个时代不属于我们,但是要相信到四十岁时,这个时代是属于我们的,未来是属于我们的。"

叶西湖看了一下时间,已过子夜一点,她突然想起,今天是她的生日。

也就是在这时,她的手机响起,她看了一眼来电号码,每年的这个时候,他都会给她打一个电话,说着相同的话,叶西湖接起电话:"你好,余杭。"

电话那头沉默了一下,这一次余杭没有说:"西湖,祝你生日快乐。"余杭带着一点颤抖的声音说:"西湖,我要结婚了,就在元旦。"

叶西湖愣了一下,但很快带着笑意说:"祝……祝贺你,祝福你们。"

余杭说:"对不起……"

叶西湖沉默了一下:"酒席在哪办?我一定会抽出时间来参加的。"

余杭说:"西湖边的新新饭店,我把请帖快递给你……"

叶西湖挂了电话后,转身回到了座位上,眼泪不禁流了下来。

五年,她和余杭分手已经五年,今天是她的生日,她三十三岁的生日。叶西湖十九岁来杭州读大学,二十三岁毕业,大学时候开始创业做淘宝开网店,卖时尚衣服和饰品,到今年刚好是工作的第十年。叶西湖从中学时期就喜欢做梦,做各种梦,那时的梦想就是成为淘宝皇后,当然是她卖的东西让大家都喜欢。她说,她十年前就是网红了,她的网名就叫杭州的梦露,那时杭州城的淘宝界,谁人不知谁人不晓。所以现在那些抖音网红粉丝过千万的,她都不会正眼瞧她们。

也许正是因为她傲慢,让她失去了余杭,她的心里一直爱着她人生中的第一个男朋友,那个曾经一无所有的屌丝男友。其实她从来没有看不起过余杭,因为她知道余杭也很努力,很拼搏。余杭刚到西溪一家影视公司上班的时候,他们站在那里的农民房前,余杭还"海誓山盟"般和她说,要在杭州城西给她买房。

那时他们多么开心,叶西湖的心里是真实的开心,哪怕是只有一间小小的房间,哪怕是农民房,他们俩也是在杭州有房子的人。但是后来,他们终究没有拥有属于他们俩小小的房子。

叶西湖走到办公桌前,打开了一首歌,陈奕迅的《十年》,歌声回荡在办公室里:"十年之后,我们是朋友,还可以问候……情人最后难免沦为朋友……才明白我的眼泪，不是为你而流，也为别人而流……"

叶西湖的眼角渗出泪水，她很快将其擦拭。她不想去回忆从前那些事，转身又投入到工作中，明天上午，不，已经是今天上午了，她还要和一拨美国客户谈判。她回到了办公桌前，很多时候叶西湖就是用这种疯狂的工作，让自己忘记以前的事情，忘记和余杭在一起的日子。她总是提醒自己，人是要往前看的，过去的就让它过去，但是今天不行，她坐下来后，完全没有心思工作，总是会想起和余杭的点点滴滴。

夜已深，叶西湖关掉了电脑，离开办公室。

子夜一点半的杭州文一西路空荡荡的，不过对面淘宝城还是亮着许多灯，有一次叶西湖工作到凌晨三点，还能看到淘宝城这边有人刚下班。

叶西湖开着她的奥迪跑车往住处开去，其实她现在的房子离工作地点不算远，如果不堵车，一般十五分钟就可以到达。但是今天不一样，她的心情不一样，她想让时间过得慢一点，所以把车也开得很慢，车子从文一西路拐到紫霞街的时候，收音机里刚好在播《好久不见》。叶西湖想，今晚怎么都是听陈奕迅的歌，要做到不去回忆，也是挺难的。

车子开进了西溪诚园，这是叶西湖五年前买的房子，当时这个小区的房价三万七，现在已经涨到了十万。那时叶西湖刚和余杭分手，她想过要离开这个伤心地，回诸暨老家去，后来她转念一想，凭什么老娘滚回老家，老娘就是要在杭州立足，于是咬了咬牙，把所有的积蓄，还有她爸妈的钱都拿了出来，在这个绿城的楼盘买了房。这在当时也是需要勇气的，因为这几乎花光了叶西湖和她爸妈所有的钱，但她那时就和她爸妈说年底就会把钱还给他们。也就是在这一年，叶西湖辞了欧雅化妆品公司销售总监的工作，自己再次创业，干起了电子商务。

这一晚，叶西湖彻夜未眠，不是想工作上的事情，而是想余杭，他终于结婚了，他终于不再等她了，他娶了哪个女孩做新娘，反正无论怎样这个新娘都不会是她叶西湖。其实她之前在西溪慢生活区就见过余杭的未婚

妻,应该就是那个女孩子。那次在慢生活江湖酒吧门口偶遇,余杭还是很尴尬的,都说不出话,还是叶西湖替他缓解了尴尬,说什么老同学好久不见。是的,好久不见,他们分手后就只见了那一次。

　　叶西湖睁着眼,看着外面的天慢慢亮了起来,她看了一眼手机,再过两小时也得去公司了。索性就早点起床准备一下,今天要给美国的客户推销的是一批她老东家欧雅的新产品,如果她的公司能够做成这一单,成功把中国的化妆品打入欧洲市场,那在杭州电子商务历史上将是会具有划时代意义的。想到这一点,叶西湖就很激动,她精心地化了妆,是一个淡妆,其实她之前很少化妆,以前还在她朋友同学面前很自豪地说自己就算是五十岁了也不用化妆,但现在三十五岁不到,她明显感觉到皮肤不如三十岁前了。

　　女人化妆,是对男人的尊重。尤其是今天会面是几个老外男人,叶西湖对镜子里的自己说了句:“加油。”虽然有点幼稚,但这是当年她大学刚毕业创业时经常对自己说的,而且总是能够给她带来好运。

　　到公司的时候,助理文新已经准备好了咖啡,叶西湖看了一眼,昨晚喝的那杯咖啡的劲似乎还在,但她还是拿起杯子喝了一大口。

　　文新说:“叶总,戴维他们九点到 EFC 商务谈判区。”

　　叶西湖:“嗯,我们准备一下就过去,去那里等他们。”

　　文新:“好的,叶总。”

　　叶西湖站在窗口,看着文一西路的车水马龙,慢慢地把杯子里的咖啡喝了下去。

　　EFC 商务谈判区,叶西湖和文新,还有两名员工站在门口,戴维和他的两名同事从电梯里出来。

　　叶西湖迎上前去:“你好,戴维先生。”

　　戴维笑脸相迎:“叶总这么早就等待在这里了,真是不好意思。”

叶西湖:"我们也是刚到。"

戴维向叶西湖介绍了他的两名中国区的同事,叶西湖其实在网上和微信上已经和戴维这边有过一次商务谈判。

双方坐下来后,叶西湖又亲自介绍了欧雅的新产品。

戴维他们为叶西湖鼓掌,戴维说:"叶总真是好口才,不过这个产品能否进入欧洲市场,成功率可能不到百分之三十。"

文新他们几个员工都愣在那里。

叶西湖却还是面带笑容:"嚯,竟然有百分之三十的成功率,我本以为可能只有百分之十。"

戴维问:"叶总是什么意思?"

叶西湖说:"欧雅这个品牌在我们国内已经很有影响力,但想要进入欧洲市场,确实很难。你们欧洲人在以前可以说是看不起我们中国人生产的东西的。"

戴维笑着说:"不不不,我们欧洲人很喜欢你们中国的瓷器,中国出口的瓷器那可是世界一流的。"

叶西湖:"原来戴维先生还喜欢中国的瓷器啊。"

戴维:"还可以。"

叶西湖:"其实中国有很多产品,就如我们的瓷器一样,可以成为世界第一流的。比如化妆品,其实从原材料上来说,中国的化妆品一点不比欧洲的差,但是价格上却差上好几倍,甚至是十倍以上。"

戴维他们认真地听着叶西湖的发言。

叶西湖继续说:"可就算是价格相差这么多,欧洲人还是不会选择中国的化妆品,甚至连我们国人都觉得国外的好。这是为什么? 信任问题。确实中国有很多产品存在着质量安全问题。但是欧雅不同,光是这家公司本身,目前已在香港上市,我在欧雅工作了三年,知道欧雅从老总到各地区的主管,思维上都接近国际化,老总周卫国 20 世纪 90 年代留学英

国,回国后创办欧雅这个品牌,到现在也有二十多年了。从化妆品的原材料一直到生产销售这条线,他都是亲力亲为。为的就是能够让中国制造的产品,做成世界品牌。"

戴维微微点头:"好,叶总说得非常棒,我有个疑问,像欧雅这么优秀的公司,你怎么就离开了?"

叶西湖:"因为它开始停滞不前了,但是我需要前进。欧雅化妆品公司最大的问题,就是销售,如果光是做实体店柜台的销售,我敢说,不出三年,就会进入一条死胡同。"

戴维:"但现在有叶总这一条路了。"

这时,叶西湖的手机微信闪了一下,她瞥了一眼,是老同学夏莎发来的。她没有拿起手机,而是喝了一口水,接着说道:"欧雅的周总是我的前辈,也是我的师父,他教会了我很多东西,我理应感恩,让他们公司的业绩上去,把欧雅这个品牌打响。"

旁边另一位老外开口:"叶总,我很欣赏您的感恩之心,但是关键问题还是在于欧洲人对中国品牌的信任度。"

叶西湖淡然一笑:"所以我们的产品必须是经过严格把控和检测的。"

戴维:"叶总想用网上销售把欧雅的产品推销出去,你有多大的信心?"

叶西湖:"截至 2017 年我们国家化妆品零售额为 2514 亿元,其中网络消费规模达到了 1691.13 亿元。我相信接下去的市场,无论是中国还是欧洲,网上购物的份额会达到 70% 以上。"

戴维和他的同事对视了一眼,相互点了点头。

戴维:"叶总,合作的事我们回去后再好好考虑一下。"

叶西湖:"我等你们的消息。"

双方相互握了手,戴维他们离去。

文新连忙凑到叶西湖面前:"叶总,这事算成了吗?"

叶西湖："不成。没听见他们说要考虑一下吗。"

文新瞪大眼睛："啊？那怎么放他们走了？"

叶西湖："如果这么容易就成功了,不是所有人都能干国际电子商务了？"

文新和另外两个员工似懂非懂地点了点头。

叶西湖拿起手机,看了一眼刚才那条夏莎发来的微信:"余杭要结婚了,你知道吧？他刚和我说。你去吗？"

叶西湖看着微信内容,嘴里说着:"在欧洲有太多的有钱人了,而真正的有钱人是不在乎钱的。他们在乎的是品牌,所以重点有两点,一是提高欧雅的品牌知名度;二是通过网络销售,先把一部分产品杀入欧洲市场。这两步,同时进行。"

叶西湖回了夏莎一个字:"去。"

余杭和童琳苹的婚礼办在西湖边的新新饭店。大学时,余杭和叶西湖第一次来这里的时候,叶西湖就很喜欢这里,她对民国的事和物,都有极大的兴趣。那次他们逛了新新饭店后,余杭提议在这里吃一顿晚饭,但是叶西湖一看菜单上的价格,立即拉着余杭离开了。

余杭明白,叶西湖是舍不得吃这么贵的饭。确实,他的口袋里也没有多少钱,可能只够两个人吃一碗西湖莼菜羹。那一刻,余杭脑子里突然有个念头,以后结婚要在新新饭店办婚礼。梦想实现了,只是现在余杭要迎娶的新娘,不是叶西湖。

婚礼当天,余杭老家的亲戚没有来多少,琳苹是杭州郊区的拆迁户,来的亲戚朋友比较多。余杭早早地站在了新新饭店的门口,他知道老家来的亲戚不会太多,所以他几乎邀请了所有大学时的同学,如果大部分能来,那这不但是一场婚礼,还是一场同学会了。

最先到的是沈富阳和林安夫妻,沈富阳是杭州本地人,大学毕业就去考了公务员,现在在街道办上班,已经是党委副书记。他和林安在大学时就谈了恋爱,虽然当时富阳的爸妈不同意,但他在还没有拿到毕业文凭的时候,就让林安怀孕了。生米煮成熟饭,家长也就没有办法了。这不,现在沈富阳牵着一个十岁的小女孩,林安还挺着个大肚子,看来这二胎也是马上要出生了。在所有人看来,这对夫妻是很幸福的,是让老同学们都羡慕不已的。

余杭迎了上来:"嗨,嫂子又有了啊。真是让人羡慕。"

沈富阳说:"你也加油啊。"

余杭:"是是是,向沈书记学习。"

沈富阳拍了一下余杭的肩膀:"你就别取笑我了。什么书记不书记的,我就一个小公务员。"

余杭:"那也是我们的领导啊。嫂子,你说是不是?"

沈富阳:"你们嫂子才是我的领导。"

林安说:"沈富阳别废话了,人家余杭还忙着呢。"

沈富阳:"对对,今天新郎官很忙的。"

余杭:"没事没事。"

这时,琳苹家来了亲戚,她叫了一声:"余杭,我三叔他们来了。"

余杭:"好,这就来。富阳、林安,你们先里面坐,在第六桌。"

沈富阳:"好的,你忙。"

余杭转身走向琳苹家亲戚那里。

沈富阳和林安走了进去,沈富阳回头看了一眼余杭:"我看余杭以后的日子不太好过。"

林安瞪了沈富阳一眼:"管好你自己。"

沈富阳:"对对,管好自己就好。"

林安也回头看了一眼:"哎,你说今天叶西湖会不会来?"

沈富阳:"对哦,余杭和她还恋爱过。"

林安"嘘"了一声:"别叫余杭老婆听到了。"

沈富阳:"谁没个过去啊。"

林安又瞪了一眼沈富阳,沈富阳笑了笑:"走走走,小美,我们找一下第六桌在哪里。"

余杭和琳苹的三叔一家打了个照面,有点虚情假意地笑着,转而又向西湖边望了望,来的客人中没有他要等的人。余杭心里有点焦虑,但还是不断迎接着琳苹家的亲朋好友,不断假意微笑着。

童琳苹看出了丈夫的不自在,问了句:"怎么了,不舒服吗?"

余杭:"噢,没事,只是有点紧张。"

琳苹笑着:"紧张什么啊,我们家亲戚都很好的。"

余杭:"嗯嗯,是的。"

余杭又向新新饭店的入口处看了一眼,还是没有他要等的人。

其实今天叶西湖下午就回到家了,不过她没有精心打扮,而是穿了一件素雅蓝色的裙子,外面加了一件皮衣。虽然她知道今天是余杭的婚礼,会见到他的妻子,也会见到那些很久不见的老同学,但她反而觉得这种场合应该低调一点,最好大家都没有发现她。

叶西湖出门前给夏莎打了个电话:"喂,你那边好了没有,我来接你。"

夏莎回了句:"马上,马上好……"随即挂了电话。

叶西湖知道自己的这个闺蜜朋友其实蛮不靠谱,每次说"马上好",一般都是要半小时后才好。

夏莎在杭州拱墅区这边做二手房中介销售,工作了这么长时间,因为经常跳槽和性格懒散,导致了她在事业上几乎没有什么成绩,她做过公司职员、老板助理、保险员、售楼小姐,也干过微商,有一段时间,还差点做了一家上市公司副总的情人,当然后来发现这个副总就是个骗炮的,想要转正比现在在股市里发财还要难。

　　叶西湖说夏莎的时候,她还理直气壮地说:"女孩子这么拼干吗,以后找个好男人嫁了不就行了。"这话说得很有道理,差不多全世界的女孩都懂的,但关键问题是天下哪有这么多好男人等着你。夏莎这几年换过的男朋友几乎和换的工作一样多。现在做这个二手房中介的时间已经算长了,因为自从去年在杭州买房要摇号后,二手房开始好卖,当然也有比较难搞的客户。今天夏莎带着的这个客户就是个例子,他长得跟猴子似的,贼精贼精,夏莎一看就知道不好对付,已经穿着高跟鞋带他看了五套房了,简直要跑断腿。

　　夏莎问这个猴精:"请问这套房子满意吗,这可是我们手头上最好的房源了。"

　　猴精靠近了夏莎,夏莎知道这个客户想要占她的便宜,为了能做成这一单,她对猴精暧昧地一笑。

　　猴精假装不经意间摸了一把夏莎的大腿。虽然隔着裤袜,但夏莎心里还是有股恶心感,她说:"马先生,要不我们去签合同吧。"

　　猴精笑了笑:"不急嘛,再看看,再看看。"

　　夏莎有些来气:"不好意思,我今天还有事,你如果真想要买房,就定这套,如果想干别的,就给我滚蛋。"

　　猴精拉下脸:"你什么态度啊。"

　　夏莎:"我就这态度,怎么了。"

　　猴精指着夏莎说:"我要投诉你。"

　　夏莎冷笑一声:"爱干吗干吗,老娘不伺候了。"

　　夏莎挥一挥衣袖,扬长而去。

　　猴精还在后面嘀咕着。

　　夏莎到了叶西湖的车上还在生气。

　　叶西湖看了一眼夏莎:"哟,哪位老板惹我们的大美女不开心了?"

　　夏莎:"什么老板,根本就不是人,一猴子。"

叶西湖:"猴子?"

夏莎:"嗨,别提了,简直是个变态。"

夏莎捏了捏小腿:"跑了我大半天,还占我便宜。"

叶西湖大概明白了什么,没有说话。

夏莎:"哦,对了,今天是去参加你前男友的婚礼,我得打扮换身衣服。"

叶西湖还是没有说话。

夏莎脱掉了工作服,从包里拿出一套鲜红的衣服迅速地换上了,然后又补了妆,见叶西湖还是没有说话,脸上露出笑容:"干吗呢,参加前男友的婚礼,这味道是不太好。"

叶西湖:"没有。"

夏莎:"哎,其实我一直觉得余杭这小子会重新来追你,没想到好马不吃回头草啊。"

叶西湖拉下脸:"谁是草啊。"

夏莎:"嘿嘿,别生气,我只是随口一说。西湖,天涯何处无芳草,何必单恋余杭这傻小子。"

叶西湖:"谁单恋他了。我现在对他已经完全没有感觉,所以才会去参加他的婚礼。"

夏莎:"哟哟哟,真的吗?"

车子开到了西湖边,有点堵车,叶西湖看着南山路飘下来的落叶:"对,天涯何处无芳草。"

夏莎的手拍了拍叶西湖的手背:"想通了就好,看老娘现在多潇洒。男人嘛,衣服嘛,不想穿了就重新买。"

叶西湖没有说什么,把车开往新新饭店。

新新饭店余杭和童琳苹的婚礼上,亲朋已经差不多到齐。余杭走到

了老同学这一桌,问了句:"还有谁没有到啊?"

沈富阳笑着:"你不是明知故问吗。"

余杭:"我去门口看看。"

余杭走向了饭店的门口。叶西湖和夏莎刚停好车进来,夏莎看到了余杭:"新郎官今天很帅啊。"

余杭看着叶西湖:"西湖,你,你们来了啊。"

叶西湖和余杭的眼神对视在一起,像是两个多年未见的老同学,只是老同学的那种关系,但只有他们俩心里明白,这种关系是如此的百感交集。不过叶西湖很快反应过来:"祝贺你,余杭。"

气氛有点尴尬。

余杭"噢"了一声,不知该说什么。这时,琳苹从里面出来:"余杭,你的同学都到了吗?"

余杭转身对妻子说:"到了,到了。"

琳苹看了一眼叶西湖和夏莎,当然是没有认出叶西湖,淡淡一笑:"那快进来吧。"

叶西湖和夏莎跟着余杭进了新新饭店。

沈富阳看到叶西湖她们,站了起来:"哈,叶西湖,我们的班花来了啊。"

叶西湖没说话,夏莎说:"沈富阳,林安在这里,不怕她晚上回去让你跪键盘?"

沈富阳:"嘿嘿嘿,叶西湖是班花,我们家林安可是系花,那是高一个级别的。"

夏莎说:"果然是当领导的料。"

林安招呼着叶西湖和夏莎:"西湖、夏莎,快坐下来,别跟他瞎扯。"

夏莎看着林安的大肚子:"林安,你真是我们女同学里最厉害的啦,二胎也快了啊。"

夏莎又指了指小美:"女儿都这么大了。"

林安对女儿说:"小美,快叫阿姨。"

小美叫着:"阿姨好。"

夏莎:"嗨,其实真想让你叫我姐姐呢。"

沈富阳:"还想装嫩,你们俩什么时候结婚啊?"

夏莎:"老娘就是嫩,老娘不结婚,怎么了。"

林安坐在叶西湖的旁边:"西湖,你怎么样? 我们快十年没有见面了。"

叶西湖淡然一笑:"是啊,时间过得很快,还能怎样,工作呗。"

林安:"现在在哪里上班?"

夏莎插话:"什么上班啊,我们叶总现在可是大老板,未来科技城电子商务公司的老总,资产过……"

叶西湖打断了夏莎的话:"夏莎。"

夏莎笑了笑:"现在的大老板都很低调。"

沈富阳:"哎,今天来参加余杭婚礼的同学里是不是还有人没来?"

夏莎:"都来了吧。"

沈富阳拿起桌子上的名单:"不对,萧山,他没有到。"

林安问:"萧山是谁啊?"

沈富阳:"我好像也没有印象了。"

旁边一个叫李滨江的同学说:"就是那个平时话不多的闷葫芦。"

沈富阳:"对对,我记起来了,那时他和余杭好像关系还不错。"

李滨江说:"所以今天才叫他的吧,也不知道他混得怎样。"

夏莎:"一般迟到的,都是大人物,大领导。富阳,我说得对吧?"

沈富阳:"有可能,说不定已经是西湖区的领导了,也有可能像我们叶总一样是大老板了。"

叶西湖没有听同学们说话,她一直在喝茶,时不时假装不经意地看向

余杭那一边。

其实余杭的视线也会偶尔看向叶西湖这边，当然今天他是新郎，新娘不是叶西湖。

余杭趁着婚礼还没有正式开始，走向了老同学这一桌："都到了吗？"

沈富阳："就差萧山了。"

余杭："萧山好像很忙，不过上午给我发来信息说一定会准时参加的。"

沈富阳："嗨，人家忙，我们也不管他，余杭，今天是你大喜的日子，咱们老同学又十年没见了，一定要不醉不归。"

林安在一旁看着沈富阳，沈富阳才改口说："老同学结婚，喝一点。"

夏莎嘲笑沈富阳："嗨，我们的沈领导想不到还是个妻管严啊。"

沈富阳："我这是尊重老婆，老婆你说对吧。哎，余杭，你以后也要向我学习，我们要尊重老婆大人。"

余杭只是礼节性地点头，他不敢去看叶西湖。一个伴郎走过来："余哥，婚礼马上开始。"

余杭："好，我这就来。"

沈富阳："你赶紧去忙。"

余杭："过会儿过来敬酒。"

余杭快步离开。

叶西湖一直低头喝着茶水，直到婚礼进行曲响起，婚礼司仪宣布婚礼开始，她才抬起来。

证婚人出场，念着很套路的文字，随后余杭的父母和童琳苹的父母也上了台。叶西湖其实在之前就见过一次余杭的父母，几年过去，他们明显苍老了不少。也许他们也认不出来叶西湖。叶西湖想当年如果和余杭继续下去，这对老人现在就是她的公公婆婆了，她立即打断了自己的思绪。

因为司仪在上面说让新郎新娘交换结婚戒指。

余杭拿出了结婚戒指戴到了琳苹的手指上,他的心里还是幸福的,他有时候想人生哪有什么十全十美,不完美的人生,也许才是美好的。他看到妻子脸上也洋溢着幸福的笑容,这一次他没有再去看场下的叶西湖了,他知道眼前人才是他的女人,才是应该珍惜的。

余杭和童琳苹喝交杯酒的时候,场下的沈富阳鼓掌欢呼起来,林安拉了一下他,因为林安看到叶西湖的脸上一直没有笑容。

叶西湖似乎也发现老同学在观察她,她象征性地鼓了一下掌。

婚宴正式开始,他们的老同学萧山才赶到。

沈富阳打趣着:"嗨,萧总,您从美国飞回来的吗? 怎么才到啊?"

萧山低着头说:"有点事耽搁了。"

沈富阳:"罚酒。"

萧山还是低着头说:"我不会喝酒。"

沈富阳:"哎,今天是我们老同学余杭的好日子,又刚好是我们毕业十年纪念,来,大伙儿拿起酒杯来,喝。"

叶西湖说:"我开车,就以茶代酒了。"

沈富阳:"喝什么茶啊,叫代驾啊。老同学结婚,得嗨一点。"

叶西湖还是没有喝。

林安又拉了一下沈富阳说:"人家不喝酒,你就不要劝酒了。"

夏莎拿起了叶西湖的酒杯:"这一杯我替西湖干了。"

夏莎仰头一口喝掉了,随后又喝掉了自己酒杯里的酒。

李滨江说:"哇,看不出来,我们的夏莎还是位女侠啊。"

夏莎:"那当然了,你们谁敢跟我喝,老娘肯定放倒他。"

大家都笑笑。

叶西湖说:"夏莎,你以后也少喝点酒。"

夏莎:"西湖,今天是个特殊日子嘛。"

叶西湖突然站起来:"对,今天是个特殊日子,得喝酒。"

叶西湖的这一举动,让大家愣住了,沈富阳也愣在那里,其实大家心里都明白,一个女孩子来参加前男友的婚礼,心里多少有些不是滋味。

夏莎:"这就对了嘛。"

沈富阳:"是是,喝酒。过会儿余杭过来,我们老同学可得好好灌他。"

夏莎:"嗯,谁叫他做了负心人……"

夏莎没有说下去,又是一口喝掉了杯中酒。

叶西湖心里百感交集,沈富阳也是聪明人,立即把话题转向了萧山:"萧山,听说你就是城西这边啊,怎么都不和老同学联系啊?"

萧山:"没,没,就是太忙。"

沈富阳:"嗨,老板做大了,就不想和老同学联系了是吧?"

萧山:"没,没有。"

沈富阳:"你在城西哪一块啊?"

萧山说:"梦想小镇那边。"

沈富阳:"噢,我懂了,你干的是和马云老板一样的活。"

萧山:"没有。"

夏莎:"哎,萧山,说起梦想小镇,我好像真的在那边见到过你,但不敢认。"

萧山抬头看夏莎:"啊?"

李滨江:"哈哈,我们夏大美女还有不敢认的男人啊。"

夏莎:"我敢认,说不定我们萧总不敢认我啊,是不是,萧总?"

萧山的脸一下子红了。

沈富阳:"夏莎,你别总欺负我们萧山好不好,你看看,他脸都红了。萧山,你是不是喜欢夏莎,然后偷偷地跟踪过她啊。哈哈哈。"

萧山:"没,没有啊。"

夏莎:"萧山,你别理这个沈富阳。"

同学们正聊得开心,林安看到余杭和新娘子过来敬酒:"我们的新郎官来敬酒了,你们还是想想怎么惩罚他吧。"

沈富阳:"对对对。小美,放一样东西到碗下面,让新郎官叔叔猜。"

小美没有放,说了句:"幼稚。"

这话引得大家哈哈大笑,叶西湖也笑了一下。

余杭和童琳苹过来敬酒,沈富阳说:"余杭,你可算来敬老同学了,我们叶西湖……哦,还有夏莎,都等不及了。"

余杭:"不好意思,今天招待不周,我和琳苹敬大家。"

余杭倒了小半杯红酒要敬同学们。沈富阳挡了一下:"老同学,必须一个一个敬。"

余杭:"啊?"

沈富阳:"你先敬叶西湖。"

余杭看着叶西湖,叶西湖却没有去看他,她有意避开了余杭的目光。倒是童琳苹显得很大方,当然她估计也不知道丈夫和叶西湖的过往。

童琳苹说:"余杭,我们一起敬你的这位女同学吧。"

余杭:"好,好的。"

叶西湖拿起酒杯来,露出笑意:"祝福你们。"

童琳苹:"谢谢。"

余杭没有说话,一口喝掉杯子里的酒。叶西湖也喝了一口。随后,沈富阳又叫着:"余杭酒量其实很好的,快,一个个敬。"

余杭还是没有说什么,一杯一杯倒着酒,打了一个圈,伴郎手中的酒壶已经倒空。

沈富阳还不放过余杭,说要单独再喝。

童琳苹似乎有些不高兴了,气氛有点尴尬,沈富阳也看出来了,又连忙说:"余杭,你先去别的桌,过会儿再过来。"

一直到酒席结束,余杭没有再过来。沈富阳有点埋怨地说:"嗨,这个余杭看来是怕了……"

林安说:"你差不多就行了。"

叶西湖站起来:"我叫了代驾,马上到门口,老同学们,我们下次再聚。"

沈富阳:"这么着急走啊。"

林安:"我们也差不多了。"

夏莎说:"反正大家都在梦想小镇这一带,以后可以常聚聚,我们已经拉了一个微信群。"

李滨江说:"对,我也在梦想小镇旁边,仓前章太炎故居那里。"

萧山坐在那里没有说话。

沈富阳:"那好,今天余杭也比较忙,下次有时间好好聚,就在梦想小镇那边。"

大家去和余杭告别,叶西湖没有过去,径直往酒店外走去,夏莎跟上来:"干吗这么着急走?"

叶西湖说:"代驾到了。"

夏莎趁着酒意说:"我看你是不想再面对余杭。"

叶西湖:"对,不想。"

叶西湖和夏莎走到了外面,天空飘起了雪花。叶西湖突然愣在了那里,伸出手去接落下来的雪花。她记不起多少年前,余杭曾和她一起来断桥边看雪,那时的断桥人没有现在这么多,但只要是有雪的日子,人还是会很多,那次他们好像还挤到了断桥拍了照片。

只是那照片在他们分手时,也都删掉了。

要是这段记忆能删掉,该多好。

夏莎打断了叶西湖的思绪:"哎,那不是萧山嘛,他怎么……"

叶西湖顺着夏莎指的方向看过去,不远处,萧山骑着一辆顺丰的快递车离开,消失在人群中。

夏莎像是中了奖似的叫了一声:"噢,我记起来了,那次我在梦想小镇那边看到萧山在送快递。原来他是快递小哥啊。"

叶西湖说:"快递小哥怎么了,人家也有自尊心。"

叶西湖说完,走向自己的奥迪跑车。

余杭的婚礼结束得有点早,无论是老同学还是童琳苹家的亲戚朋友,吃完饭就回家去了。不过余杭却是喝醉了,他本来还以为回到家里要闹洞房,结果什么也没有闹,妻子琳苹把他扶到了房间里,说了句:"有喝这么多酒吗?"

余杭似笑非笑地说:"开心啊,一开心就容易喝醉。"

琳苹发现丈夫的眼角有泪痕,她问:"你怎么了?"

余杭说:"琳苹,我余杭能娶到你,真的很幸福。"

琳苹轻轻地抱住了余杭:"老公,我也觉得很幸福,我们俩虽然是相亲认识的,但是我觉得你真的很好。我们要一直好下去。"

余杭拍了拍妻子的肩膀:"嗯,永远好下去。"

琳苹说:"对了,今天收的份子钱,我爸妈说全部归我们。"

余杭"哦"了一声,琳苹已去拆那些红包,数起了钱,一边数钱,一边还做记录。

琳苹说:"那些没结婚的,以后还得还回去。"

余杭没有和妻子一起去数钱。

琳苹突然叫了一声:"嚯,这个份子钱挺多啊,整整一万块钱,我看看是谁的。"

余杭本无心去理会妻子,但琳苹说出了那个名字:"叶西湖,你同学啊?"

余杭看着琳苹:"一万?呵,她现在是有钱人。"

叶西湖:"嗨,没结婚的,就算给我们包十万,我们不照样得还给她啊。"

余杭没有再说什么，琳苹继续数着钱，做着记录。这一夜，余杭没有去想叶西湖，他知道如果自己心里还想着她，那他就太对不起新婚的妻子。

但这一夜，他失眠了。而失眠的人，不仅仅是他，叶西湖也一夜未眠，前男友的婚礼场面不断地在她的脑子里回旋，那喧闹的声音，久久不能消失。

天快亮的时候，叶西湖才睡着，但睡着了，在她的梦里又出现了一个喧闹的声音。这声音却是激动人心的，不管在叶西湖还是余杭的记忆里，都是他们青春时期，最值得回忆的时刻。

叶西湖本以为参加完余杭的婚礼，以后就不太会和这些同学见面了，当时夏莎说要建老同学微信群，她就没有加。不料一周后的一个周六的午后，叶西湖懒洋洋躺在床上不愿意起来。一个陌生电话打了过来，开头两个她都没有接，现在推销房子的电话太多，连大周末都在加班加点。第三个电话打过来的时候，她才接起："你好，哪位？"

"老同学啊，你可真够忙的，微信不肯加，电话也不接啊。"

"你是？"

"嘿，真是贵人多忘事。我富阳啊。"沈富阳在电话那头用揶揄的语气说。

叶西湖说："你才是贵人，贵人今天怎么想到给我打电话？"

沈富阳说："嘿，我是早就想到给你打电话，又担心打扰到你谈几千万的业务。"

叶西湖说："好了，别贫嘴，有什么事？"

沈富阳说："其实也没有什么事，上次余杭婚礼的时候，不是说老同学们再聚一下嘛，怎么样，明天有时间吗？就在梦想小镇。"

叶西湖说："明天？"

沈富阳说:"余杭我已经叫好了,放心,这次他老婆不会来。"

叶西湖说:"他老婆关我什么事啊。"

沈富阳说:"好,你要是不心虚,明天下午三点,梦想小镇创客空间餐厅不见不散。"

叶西湖本来还在想找个理由拒绝:"我……"

沈富阳那边已经挂了电话。

叶西湖知道中了沈富阳的激将法,虽然她完全可以置之不理,但是她又在怕什么呢?

第二天中午,叶西湖没有怎么打扮,穿了一套运动装,她想着和老同学见个面,就去健身房。据说,现在的健身房是黄金剩女的桃花源,一来可以锻炼身体,二来可以逃避现实,戴上耳麦跑步,能把整个世界抛弃。

叶西湖是三点钟从家里出发的,她知道夏莎肯定会参加这种局,所以给她发了条微信,不料夏莎竟然还在睡觉。

夏莎说:"你不给我打电话,我都差点忘了。"

叶西湖问:"你怎么还在睡?"

夏莎说:"昨夜到很晚呢,我两点才回来。"

叶西湖说:"好了,你赶紧起床过来吧。"

夏莎说:"嗯,知道了。"

夏莎睡眼蒙眬,看到自己身边躺着的一个男人,她竟然想不起来他叫什么名字。

叶西湖其实不喜欢迟到的人,但是她和那些老同学也不熟,估计现在也没有什么共同语言,所以她打算慢慢地过去,其实她心里还是不想见余杭,见了会尴尬,倒不如少见,或者不见。

梦想小镇现在是杭州城西年轻人的创业基地,汇聚了许多新兴产业。小镇前面就是阿里巴巴淘宝城的总部,后面是杭州师范大学,所以这一带年轻人特别多。叶西湖的公司离这里很近,有时她在中午就会过来喝杯

咖啡。

本来今天叶西湖也打算喝杯咖啡,再去和老同学们相聚,不料刚停好车子,打开车门时发现余杭也停好了车。

余杭对叶西湖笑了笑:"这么巧。"

叶西湖回应道:"是啊,这么巧。"

曾经热恋的情人,现在只剩下"这么巧"这三个字,多少有些惘然。叶西湖看到余杭开的车子是奥迪 Q3,她突然想起有一年夏天,她和余杭从西城广场的电影院出来时,一辆白色的奥迪 A4L 从他们身边经过,她说她很喜欢这款奥迪。余杭说他一定会给她买这款车的,虽然当时余杭自己还是骑着自行车,一个月只能赚个五六千,要实现买奥迪的梦想,似乎有些距离。但让叶西湖感动的是,第二年余杭的一个网络小说版权卖掉后,拿到了十五万的版税,第一件事情就是贷款买奥迪 A4L,车主的名字写了叶西湖。叶西湖当时就感动坏了,要知道余杭可是一个抠门鬼,平时生活过得很节约,虽然当时他们已经同居,但是这样的礼物,确实有些丰厚。余杭说:"西湖,你喜欢的东西,会是我一辈子喜欢的东西。"

真没想到,余杭还喜欢着叶西湖喜欢的东西。

余杭说:"一起走吧。"

叶西湖点了点头:"嗯。"

两人一起走向创客空间。

创客空间一般都是一些年轻人聚餐的地方,也有安静的小包间,不过沈富阳却选择了外面的大圆桌。叶西湖和余杭刚进门,沈富阳就喊出来:"你们看,他俩就是一起来的嘛。你们输了。"

李滨江说:"好好,过会儿我自罚三杯酒。"

叶西湖有点尴尬。

余杭注意到了叶西湖的神色,对沈富阳说:"你们在干吗?"

沈富阳过来拉余杭:"余杭,嘿嘿,我们刚才啊,打了个小赌,说你和西湖会不会一起出现,其实一起出现的概率很低的,结果我赢了。"

余杭带着警告的语气说:"别拿我们开玩笑。"

沈富阳一看余杭的神色,连着说:"不会不会,知道你余杭已经是有妇之夫了。不过你真的放下叶西湖了吗?"

余杭没有说话,盯着沈富阳看。

沈富阳连忙说:"来来来,快坐下,大家都别站着了。"

叶西湖选了一个靠门的位子坐下,方便过会儿随时离开。

余杭没有靠近叶西湖,选了一个靠角落的位子。

周末的创客空间人不多,最热闹的就是沈富阳他们这一桌,晚饭前大家都没有喝酒,但已经聊开了,相互聊着彼此的职业,除了上次余杭婚礼上的几个同学,又来了另外几个老同学,也是在杭州城西的,叶西湖都快叫不出他们的名字了。

十年,男同学之间相见说得最多的一句话是:"你小子没怎么变,就是胖了。"

是的,大家都胖了。尤其是沈富阳,大学时候本来也不瘦,毕业后考上了公务员,老婆又生了孩子,外人看来是事业家庭双丰收了,他自然就发福了。

沈富阳说:"没办法,整天坐着啊,晚上回到家看看电视就睡觉了,十年重了整整五十斤。"

在场的大部分都在羡慕沈富阳,认为他做公务员太爽了。

李滨江问:"哎,我们的沈领导,你现在是什么级别啊,处级干部了吧?"

沈富阳摸着自己的肚子说:"什么初级干部啊,你也太小看我,我都快高级干部了。"

众人笑。

李滨江指着沈富阳说:"我们的沈领导就是会打哈哈,生怕我们去找

他帮忙。"

沈富阳说:"嗨,帮忙都是小事情,只要我沈富阳能搞定的,老同学之间一句话。"

在场的一位女同学说:"沈领导,还没有喝酒呢,就开始说胡话了。"

旁边一位男同学说:"大家还是加一下领导的微信吧。"

同学们去加沈富阳的微信。

叶西湖刷着自己的朋友圈,热闹是他们的,她刚好可以一个人清静。余杭看了一眼叶西湖,他本想和她聊一下,但找不到话头,而且这么多同学在,也不方便,于是作罢,也玩起了手机。

手机,是当代人最好的朋友,也是最坏的朋友。在安静时刷微信,在喧嚣中刷微信,时间就这样刷走了。

叶西湖觉得这样的同学聚会其实蛮无聊的,现在大城市的同学会基本不会有同学出来炫富,真正的有钱有能力的人,都很低调。她给夏莎发了个信息:"什么时候到?"

夏莎回:"快了。"

叶西湖没有再发,她知道夏莎发了"快了"虽然不会马上到,但过个半小时一小时肯定会到,她等夏莎来了,就准备撤退。

今天夏莎说"快了",还真是快了,五分钟就到了。同学们的酒局刚开场,夏莎风风火火地走进来,大学时候,夏莎就是管理系的风流人物,她一进场,就吸引了全场的目光,包括旁边几桌本来在窃窃私语的顾客,都把目光转向了她。

其实大家都没有发现,在所有目光中,有一双目光对夏莎是带着爱慕的,干净,而没有另外的意思。

沈富阳大喊了一声:"我们的系花终于来了,男生们都等不及了,尤其是我们萧山。"

沈富阳说着拍了一下那位露出爱慕而干净目光的萧山,今天萧山来得很准时,到了后和余杭一样,选择了一个角落的位子,但被沈富阳拉过来聊天了。沈富阳一直想要问出萧山的职业,但萧山一直没有说。

萧山吓了一跳,站了起来,对夏莎尴尬地笑着点头。

夏莎没有看萧山,而是面对同学们:"我还没有到,你们都已经喝上了啊。"

李滨江说:"那你可得补上啊。"

李滨江给夏莎倒了一杯酒。

夏莎接过杯子:"我还刚好渴了。"

夏莎一口气喝掉了杯子里的酒。

男同学们欢呼了一阵。

夏莎连着喝了三杯酒,才发现叶西湖坐在靠门的位子,夏莎说:"西湖,你怎么坐在那里啊?"

叶西湖说:"你来了,我过会儿就走。"

夏莎说:"难得开一次同学会,你干吗这么着急走,是因为余杭在吗?"

叶西湖说:"没有,我不喜欢这样的场合。你别黏在我这里,跟老同学们去玩吧。"

夏莎说:"我还想着今晚上喝醉了让你带我回去呢。"

叶西湖说:"少喝点,去吧。"

这时,沈富阳站起来,像个大领导一样挥着手说:"十年了,今天是我们建人大学 08 届管理系同学的一次聚会,虽然来的同学不多,但也是一次同学会。都说十年是同学们的一个分界点,事业的分界点,家庭的分界点,当然也是金钱的分界点,十年有些人赚了很多钱,当然我沈富阳没有赚多少钱,也就是赚点死工资。"

同学们笑,刚才那个男同学又说:"富阳你放心,我们不会问你借钱的。"

沈富阳说:"问我借,也没有钱借,我的钱都在老婆那里。"

夏莎说:"你就装吧,老实交代,藏了多少私房钱。"

沈富阳说:"大美女啊,私房钱嘛,还真藏了一点,不然今天出来都没法打车了。"

夏莎说:"大家都听到了啊,沈富阳藏了私房钱,过会儿就告诉林安。"

沈富阳说:"别,别啊,好了,这个话题不聊了,喝酒,喝酒。"

李滨江走到余杭这边,和他碰了一下杯:"余杭,听说你在做影视啊?"

余杭说:"是的,一直在做影视这一块。"

李滨江说:"挺好啊,现在影视产业可是新兴产业,很赚钱的。"

余杭说:"哪有啊,这个行业外人看着很光鲜,其实竞争都很激烈。"

李滨江说:"各行各业都一样。你看看像我们搞医药销售的,是真辛苦,差不多每天喝酒。"

余杭对医药这块也不了解,只是点点头,应付了李滨江:"都一样,都一样。"

沈富阳又在那里说开了:"我发现啊,这个梦想小镇真是好地方啊,年轻人多,就有青春气息,来到这里啊,就像是回到了大学时期。"

夏莎说:"是啊,想想我们大学时候多单纯啊,什么都不用去想。"

夏莎这话一出口,大家都在暗笑,只有萧山默默地看着夏莎,没有笑,也没有说话。

同学们开心地喝着酒,聊着天,但相互之间其实已经有了一层隔阂,似乎都隐藏着自己的一个秘密,这个秘密说大不大,说小也不小,只是都不想说出来。

沈富阳似乎已经有点喝多了,绕着舌头说:"其实啊,我们留在杭州的几个同学,都没有走远,差不多都在城西这一带,但就是不联系啊。"

李滨江说:"这就是你这个当领导的责任了。"

沈富阳说:"去你的李滨江,我沈富阳挺忙的好吧,哪有时间召集同学会啊。不过幸好上次余杭的婚礼让同学们又相见了。"

沈富阳拍拍余杭的肩膀:"余杭,你小子现在干影视,混得挺好的,又娶了个拆迁户的女儿做老婆,这辈子都不用愁了。"

夏莎说:"沈富阳,你喝多了吧,都乱说话了。"

沈富阳说:"我怎么乱说话了?"

叶西湖看了一眼沈富阳,觉得他真的喝多了,趁着余杭说话间隙,她离开了创客空间。

余杭说:"好了,富阳,你先坐下歇会儿。大家聚在一起很开心,上次我婚礼上有招待不周的地方,今天我再敬同学们一杯。"

余杭说着倒了一杯满满的啤酒,一口气喝掉了。

同学们叫好。

余杭再坐下时,去看叶西湖,却发现位子已经空了。

临近结束的时候,沈富阳又恢复了元气,站起来说:"同学们啊,以后大家要常聚聚,狗富贵,猪相望……"

李滨江拉住了沈富阳说:"什么乱七八糟的。"

沈富阳推开了李滨江,继续说:"我没有乱七八糟,我说的是对的,狗富贵嘛,旺旺旺,你们这些不干公务员的同学啊,发财了也不要忘记我这个老同学。"

余杭起身对沈富阳:"富阳,我送你回去。我叫了代驾了。"

沈富阳说:"干吗要送我回去?"

余杭说:"时间也不早了。"

沈富阳看着余杭,突然一笑说:"噢,我都忘了,你还是新婚呢,没事,余杭,你先走就行。"

另外一些同学说:"我们也差不多了。"

同学们陆陆续续离开,沈富阳见他们离开了,挥着手说:"哎,算了算了,各回各家,各找各妈。"

后来余杭送沈富阳回家,车子开到文二西路西溪湿地这边的时候,沈

富阳突然哭了。

余杭有些惊讶地："怎么了，富阳，一个大男人哭什么啊？"

沈富阳说："余杭，你不懂的，不懂的，像你们这些没有在体制内待过的人不懂的。"

余杭问："受欺负了？"

沈富阳说："那倒没有。"

余杭没有再问。

沈富阳又说："比受欺负更难受。你知道吧，我在街道办都待了十年了，整整十年了。到现在还是一个小科员，我沈富阳当年也是胸怀大志的啊。"

余杭似乎懂了沈富阳心里的苦闷了，看他平时嘻嘻哈哈，但酒一喝，别人的真言没有挖出来，自己却吐了真言。

余杭一直把沈富阳送到了小区门口，沈富阳跌跌撞撞走进了小区里。代驾司机送余杭回家，余杭坐在车里，打开了车窗，他想要给叶西湖发个信息，问她有没有到家，但信息终究没有发出去。

叶西湖离开创客空间后，没有直接回去，而是到咖啡馆里点了一杯咖啡，她慢慢地喝起来，也不玩手机。

有时候这样的慢时光，是最舒服的，就是什么也不做。叶西湖也就是能在周末的最后时间享受一下这样的慢时光。不过这种慢生活很快就被打破了，一个视频电话打了进来，是夏莎。

夏莎在视频里欢笑着，视频里很黑，她喊着叶西湖的名字："西湖，叶西湖，你在哪里，你来接我一下，送我回家去。"

叶西湖问："你在哪？"

夏莎说："我在哪？我在河边啊。"

叶西湖说："你发个定位，我现在就过来接你。"

夏莎发了个定位，叶西湖发现她离得不远，就立即赶了过去。

　　其实夏莎从创客空间出来后,就醉醺醺地走向路边去打车,萧山跟在旁边说送她回去。

　　夏莎笑着说:"我自己可以回去,萧山,你不用送我,你快去送快递。"

　　萧山愣了一下,问道:"你怎么知道我在送快递。"

　　夏莎笑得很响了:"哈哈哈,原来你真的是快递小哥啊,那天我看到的真是你。"

　　萧山说:"是的,我就在这五常街道的梦想小镇送快递。我知道你们都看不起我……"

　　夏莎挥着手说:"谁看不起你了,快递小哥怎么了,都是靠自己的本事吃饭的。"

　　"真的没有看不起我?"萧山胆怯地问。

　　夏莎说:"看不起你的是你自己。"

　　"也许吧。"

　　"我夏莎就是一个房产公司的中介,还经常被一些客户占便宜,但是我从来没有看不起自己。"

　　萧山说:"夏莎,你很了不起。"

　　夏莎说:"哈哈哈,竟然有人说我了不起,了不起个头啊,萧山,你是在和我开玩笑吧。"

　　萧山急忙说:"没,没有。"

　　夏莎勾住了萧山的肩膀问:"你是为什么留在杭州的?"

　　萧山思索了一下:"为什么? 我可以说是为了梦想吗?"

　　"为了梦想,很好,我们就是为了梦想,留在杭州的。"夏莎的嗓门很大,叶西湖远远地听到了夏莎的声音。

　　叶西湖知道夏莎喝醉了,但是她的这一句:"我们就是为了梦想,留在杭州的。"却让她心里震了一下。

　　不要说是在这杭州城,就是在这梦想小镇里,就有着无数年轻人在追

逐着自己的梦想。

　　无论是身家几千万上亿的老板，还是一个快递小哥、售楼小姐，他们早起晚睡，奔波劳碌，为的或许就是自己心里的那个梦想，即使在别人看来，这个梦想是微不足道的，但在追梦者自己的心里，却是伟大的。

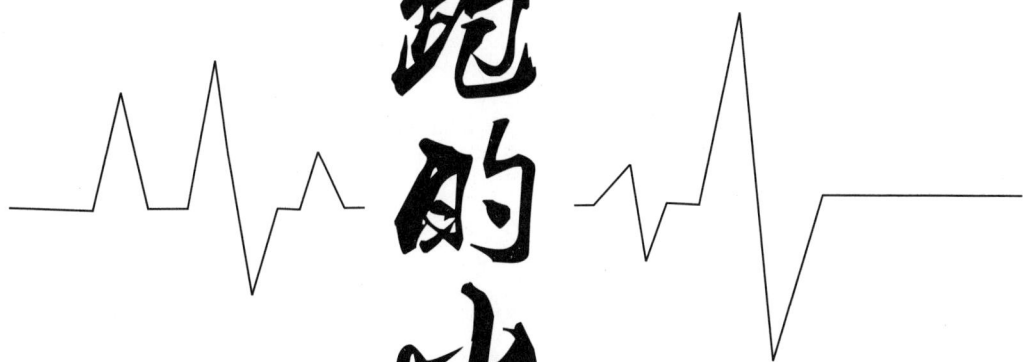

　　沈曼不想生二胎最大的原因,是怕对不起儿子小元宝。她想起两年前为了想让元宝上民办的双语幼儿园,花了各种人际关系和不少金钱,但还是没有如愿。沈曼就觉得一胎都没法给他最好的,生什么二胎。

　　沈曼和丈夫蒋家桥都是从农村奋斗出来的,好不容易成了新杭州人,买房买车结婚生娃,到如今房贷还没有还完。他们其实是很想暂时松一口气的,但是为了孩子,他们两夫妻还是得拼,这不就是一个拼爹拼妈的时代嘛。元宝上了小区附近的公办幼儿园,沈曼立马给儿子报了幼儿英语教育,她想绝不能让自己的孩子输在起跑线上。

　　今天下午沈曼请了半天假,她现在在一家新媒体公司上班,领导的孩子也在上小学,沈曼说下午要去给儿子小元宝报班,领导就批准了。其实沈曼前些日子已经在给元宝选择今年要上的兴趣班,而且经过综合考虑后,她打算让儿子转到一家叫阳光起跑线的培训机构里上英语课。

　　沈曼从阳光起跑线交了培训费出来时,才三点半,回家有些早,最近公公来了杭州帮他们带小元宝,她就空了许多,而且说实话,她也不想这么早回家去和公公面对面,无论怎样都觉得很尴尬。她想起前些日子闺

蜜叶贝怡一直在约她,便立即给叶贝怡发了一条微信:"贝怡,有时间吗,一起喝个下午茶啊?"

叶贝怡立马回了过来:"好啊,我现在就在城西银泰呢,你在哪?"

沈曼:"我也在城西,那我现在来找你。"

沈曼叫了个车,立即就过去了。

叶贝怡自从嫁给了一个富二代后,就没有上过班,结婚后就怀孕了,她家的女儿小苹果比沈曼家的小元宝要大两个月,孩子上幼儿园后她就更加清闲了,整天带着她家的小阿姨陈丹桂逛街。

沈曼和叶贝怡在银泰城的慢时光咖啡馆相见,叶贝怡问:"大忙人,难得啊,今天主动约我。"

沈曼:"我能不忙嘛,哪像你,嫁了人就成了阔太太。"

叶贝怡:"嗨,你骂我是吧。"

沈曼笑了笑:"对,就是骂你呢,哼,好吃懒做,小心人家白一鸣一脚踹了你。"

叶贝怡:"踹了我就好了,可以分他家四分之一的资产,我算算啊,他们家有两家上市公司,总资产超过一百亿,四分之一就是二十五亿呢……"

沈曼:"好了好了,别炫富啦。"

沈曼看了一眼叶贝怡家的小阿姨,小阿姨低下头。

小阿姨陈丹桂其实年龄比沈曼还要小几岁,湖南凤凰人,孩子六岁,马上要上小学,但为了生计,跑来杭州打工。

叶贝怡:"嘿嘿,说真的,最近忙什么呢,看你整天焦头烂额的。"

沈曼:"还不是为了元宝的事情。"

叶贝怡:"元宝怎么了?"

沈曼:"给他报兴趣班啊,前些日子给他报了绘画班、平衡车训练班,下午在阳光起跑线又给他报了名。"

叶贝怡："他不是已经在上英语班了吗?"

沈曼："原来那边的外教我不太喜欢,所以给他换了。"

叶贝怡："你这个妈当得够辛苦啊。你看看我们家小苹果,女孩子,每天放养着,让孩子开心每一天才是重要的。"

沈曼："贝怡,你这话说得倒是很轻松,你们家是有钱人啊,小苹果就是富三代。"

叶贝怡："又酸我是不是,不过我们家白一鸣说的,他小时候他爸妈也不管他,到了读高中把他送出国去,虽然没有学到什么知识,但做人做事的基本素养还是在的。"

沈曼："哎,和有钱人真的没法比。我们家元宝还是得好好读书,想来想去也就这么一条出路。"

叶贝怡："曼曼,你和蒋家桥什么时候要二胎?"

沈曼听了叶贝怡这话,一时没有说话,随后看着叶贝怡说:"怎么突然问这个?"

叶贝怡笑着:"因为我有了。"

沈曼："啊? 这么快。"

叶贝怡："才两个月呢,你是我第一个告诉的闺蜜哦。"

沈曼："祝贺祝贺啊,你可得好好休养,别像以前一样到处逛了。"

叶贝怡："你们真的不想要吗?"

沈曼："和你说实话,最近正为这事愁呢。"

叶贝怡："什么情况?"

沈曼："蒋家桥的爸来杭州了,说得很好听,给我们来带孩子,其实是来催我生二胎的。"

叶贝怡惊讶地看着沈曼:"他爸?"

沈曼："是的。你说我家住的是小户型房子,公公和我们住在一起,真的太不方便了。所以现在我是能加班就加班,尽量少和他爸在一起。"

叶贝怡有些同情地点点头。

沈曼的公公蒋正是半个月前来的,虽然是乡下人,但是做过几年代课老师,还算是有点文化的。沈曼不知道,她公公之前几乎和儿子每一次通电话,都会催着让他们生二胎,蒋家桥也没有在妻子面前说起过这事,只是用各种理由应付着他爸。蒋家桥的爸打心眼里是想要有一个跟他们蒋家姓的孙子,所以,无论蒋家桥的妈妈怎么阻拦,蒋正还是要来杭州。

其实沈曼和蒋家桥结婚后,除了三年前蒋家桥妈妈给他们带小元宝,蒋正就来过两次。沈曼和公公婆婆算是保持着和谐的关系,因为两家人在沈曼和蒋家桥结婚前,还有点微妙的关系。沈曼是杭州富阳区人,半个省城人。蒋家桥是绍兴乡下人,五年前他们要结婚买房时,蒋家桥月收入才六千,当时杭州的房价西湖区周边都得三万以上。所以买房的首付是沈曼家出的,沈曼的爸爸只有一个要求,第一个孩子跟着他们沈家姓,之后生的孩子都姓蒋,因为沈家生的是两个女儿,沈曼还有一个妹妹在读大学。既然首付是沈家出的,蒋家桥家也不好多说什么。虽然感觉蒋家桥是入赘了,但沈曼爸妈在沈曼家从来没有住过,也不干预小夫妻的事情。

当然蒋家桥也没感觉自己是入赘的,因为每个月的房贷是他和沈曼一起在还,他也从来不乱花钱。蒋正当时认为第一个孩子跟你们姓了,过一年生了二胎,就可以姓蒋了,也就无所谓了。但是已经过去四年,小元宝都上中班了,沈曼就是没有再生二胎。

沈曼不生二胎的理由其实是很充分的,压力大。确实,在杭州这个准一线城市生活着,如果还要还房贷,一年一个家庭赚个三十万,都觉得有天大的压力。最近沈曼想着要升职,她在这家新媒体公司已经工作了六年,如果竞职成功,她的年薪就可以提高十万,这样一来可以大大减轻他们的生活压力。但是沈曼的竞职对手也是很强的,不说别的,高学历,业务能力不比沈曼差,关键很多对手没有结婚,没有孩子,可以全身心投入到工作中,大领导叫他们出来和客户吃饭,都能随叫随到。这是沈曼无法做到的,沈曼还经常请假。

蒋正去幼儿园接小孙子,在路上就给元宝买了各种点心,蒋正问:"小元宝啊,你觉得爷爷好吗?"

小元宝看人行事,见爷爷给他买了这么多吃的,立即说:"嗯,爷爷是世界上对元宝最好的人啦。"

蒋正又问:"爷爷比妈妈还好吗?"

元宝说:"妈妈是世界上最最好的。"

蒋正:"小臭屁,这么狡猾。"

小元宝在蒋正脸上亲了一口:"爷爷,我爱你。"

蒋正脸上露出开心的笑容,把刚才的话题立即就忘了:"爷爷也最爱你啦。"

晚饭时间,一家四口聚在一起吃饭。

小元宝看着食物,一副没有食欲的样子,沈曼一看就知道蒋正肯定给元宝买了零食吃。

沈曼对小元宝说:"元宝,吃饭。"

小元宝动了动筷子,吃了半口。

沈曼的语气提高了:"不吃就给我下去。"

小元宝嘴巴一翘,就眼泪汪汪了。

蒋正连忙安慰:"小元宝,不要哭,来来来,爷爷喂你吃。"

蒋正说着拿起勺子要给元宝喂饭。

沈曼说:"爸,这孩子都这么大了,你就别喂他了,会惯坏的。"

蒋正放下了勺子:"我才带了几天小元宝啊,怎么会被我惯坏呢。"

沈曼问:"元宝放学后,你是不是又给他买了零食吃?"

蒋正:"孩子从幼儿园出来,肚子肯定饿了。"

沈曼:"你不知道他吃了零食,就不要吃晚饭了吗?"

蒋正："我……"

蒋家桥夹在中间，赶忙来劝说："好了，好了，爸，您下次注意。元宝，你吃几口，给妈妈看看。"

小元宝含着眼泪吃起饭来。

蒋正站起来："我吃饱了，到楼下走一下。"

蒋正说着便出门去了。

沈曼看着丈夫，蒋家桥："曼曼，你不要生气。"

沈曼："我生什么气啊，我有权利生气吗？你说你爸，住到我家来干吗啊？房子这么小，他又不是不知道。"

蒋家桥听着沈曼的话，心里有些不舒服，但还是谄笑着对妻子说："我会和他说，让他快点回老家。"

沈曼："别啊，到时说我赶他走呢。"

蒋家桥："不会，不会的。"

蒋正第二天一大早就走了，蒋家桥本想劝阻他，他说："儿子，拿出个男人样来，虽然房子的首付是她家出的，但你才是这个家的当家人，不能被她骑在头上。"

说实话，蒋家桥看着父亲离去的背影，心里有种莫名地痛楚，他说："爸，我送你去车站。"

蒋正说："不用，时间还很早，我走着去都可以的。"

蒋家桥："我给你叫车吧。"

蒋正阻止儿子："真不用。"

蒋正回老家了，蒋家桥和沈曼冷战了一天。

沈曼说："搞了半天，还是我沈曼错了。"

蒋家桥还是没有说话，在自己小小的书房里写策划案。他在一家影视公司里上班，其实这两年影视业的行情也不好，蒋家桥想要多赚点钱也没有什么门路。

沈曼在公司里心情也有点郁闷，下班的时候大领导本来叫她一起去吃饭，晚上有几个大客户，沈曼一想还要去送儿子上兴趣班，她又不想给蒋家桥打电话，只能拒绝了大领导。下班去停车场的时候，她看到她的竞职对手夏美涵穿着黑丝高跟鞋，打扮得很妖娆地进了大领导的车子。

其实从结婚到现在，沈曼和蒋家桥从来没有这么冷战过。平时也有小拌嘴，但每次不管对错，都是蒋家桥主动向沈曼示好。这一次没有，蒋家桥还破天荒地去了酒吧。

之前白一鸣跟蒋家桥说过，在西湖边有个酒吧，他是股东之一，喝酒就叫他。蒋家桥在公司加班到八点钟，下班后就去了酒吧。白一鸣已经在那里了，他旁边还坐着一个看上去还未成年的小妹子。

蒋家桥很少来酒吧，看到白一鸣，对他点点头。白一鸣问："啤酒，还是威士忌？"

蒋家桥说："都可以。"

白一鸣对酒保说："再来一打黑啤。"

蒋家桥看了看白一鸣身边的女孩。白一鸣很大方地介绍："我女朋友。"

蒋家桥愣了一下："啊？"

白一鸣："嗨，你好歹也是影视圈的人，还这么大惊小怪。"

蒋家桥没有说话，打开啤酒，一口气就喝了半瓶。

白一鸣也喝了一口酒，又问："怎么，和沈曼吵架了？"

蒋家桥："没有。"

白一鸣："咱们这么好的兄弟，你还瞒我啊。"

蒋家桥："真没有。"

白一鸣："好好，没有就好。其实你家沈曼也挺不容易的，上班，又要接送孩子。"

蒋家桥看了一眼白一鸣，没想到他会说这样的话。

白一鸣："我听我家叶贝怡说，沈曼还给小元宝报了很多兴趣班啊。"

蒋家桥点头。

白一鸣："真好。你看我家叶贝怡，就是懒。我女儿到现在也不上个什么兴趣班。"

蒋家桥："兴趣班也挺贵的，报一个班，够我一个月工资。"

白一鸣："嗨，钱对我家来说倒是小事，不过啊，其实我觉得上不上兴趣班也无所谓，所以我也不强求叶贝怡能把小苹果培养成什么大家闺秀了。"

蒋家桥："你们家小苹果不用担心，人这么乖巧聪明。"

白一鸣："嗨，对对对，女孩子，开心就好，开心就好。"

蒋家桥喝了点瓶子里的酒，他其实这时候已经有点想小元宝了。他想现在这个时候，小元宝应该上好了兴趣课，回到家，由沈曼给他洗了澡，这会儿应该是在床上听故事，或是学英语。沈曼其实也挺不容易的。

白一鸣拿起酒瓶："来，咱兄弟俩喝一个，你也是难得放松一下。"

这一晚，蒋家桥喝醉了，还在西湖边唱歌，白一鸣把他送回了家。

沈曼刚给小元宝讲完故事，让他睡下，看着喝醉的丈夫回来，她没有骂他，给他倒了一杯水，没有多说什么。

这反倒让蒋家桥心里有了些许愧疚感，他看着饭桌的晚饭碗还没有洗，连忙把碗端到厨房去清洗。

这一场冷战至此结束。

第二天起床的时候，蒋家桥问沈曼："元宝今天上什么兴趣课？"

沈曼说："乐高课。"

蒋家桥愣了一下："什么？"

沈曼重复了一遍："乐高。你陪元宝去上了就知道了。"

蒋家桥虽然自认为学识丰富，但孩子教育这一块，他确实不懂。小元宝自从出生到现在,几乎都是沈曼在带,尤其是兴趣班这一块。

小元宝知道今天上乐高课是爸爸带他去,特别开心,上课前向小伙伴介绍着自己的爸爸。蒋家桥也和元宝的小伙伴打着招呼,他的心里既开心,又愧疚。开心是因为儿子开心,很骄傲地向别的小伙伴介绍自己的爸爸;愧疚是因为他觉得自己陪伴孩子的时间,其实真的很少,他决定以后要多陪陪小元宝。

蒋家桥其实到现在都不知道沈曼到底给小元宝报了几个兴趣班,包括这个乐高课,价格还不便宜,但当他看到这个兴趣课就是孩子们在一起搭积木时,他顿时就傻眼了。回到家,蒋家桥就问沈曼:"这个乐高课有意思吗?"

沈曼说:"你肯定觉得没有意思,但是孩子觉得有意思就行了。"

蒋家桥又问小元宝:"元宝,乐高课有意思吗?"

元宝说:"很好玩啊。"

沈曼看着蒋家桥不解的样子,给他解释了一下:"我为什么要给孩子报乐高课,就是为了培养我们家小元宝的动手能力,还有团队协作能力。因为我知道,我们俩,这方面都是欠缺的,所以我希望我们的孩子比我们强。"

蒋家桥觉得很好笑:"这个搭积木还能培养团队协作能力啊?"

沈曼不想和丈夫多说,转而向小元宝:"走,元宝,洗澡去。"

沈曼在给小元宝洗澡的时候,蒋家桥还站在一旁嘀咕:"我觉得这个乐高课等上完课时,就不要再续了,像英语这些学一下就行了。我们也只是中产阶级,有些地方还得节约一点,而且我是真觉得没什么意思……"

沈曼突然抬头,拉下了脸。

蒋家桥也不再说话了,他知道妻子生气了,没有必要再争吵。但他心里还是觉得上这么多兴趣班,到底有什么意思呢?孩子辛苦,大人也累。

最近让叶贝怡感到不安的事情是她们家小阿姨陈丹桂的行为有些反常,她等沈曼下班后,约她出来一起吃了个饭。

沈曼说:"你们家小阿姨人不是蛮好的,话也不多。"

叶贝怡:"就是因为话不多,我才觉得有点可怕。"

沈曼:"啊?怎么个情况?"

叶贝怡:"你看她年纪比我们小,其实她的孩子,比我们的还大呢。前几天突然来和我说,要把她的孩子也从湖南接到杭州来。我当时说,好的呀,反正等我生的时候,我们还会再请个月嫂的。"

沈曼:"把她孩子接到杭州来?不会要住在你家吧?"

叶贝怡:"那倒不是的,她说会在外面租个房子的,但是让我们帮她孩子找个好一点的学校。"

沈曼:"嗯?"

叶贝怡:"我和她说,现在上学没有这么容易的,一个刚从湖南过来的孩子,肯定也不适应杭州这个环境啊。我当然没有看不起乡下孩子的意思,但她好像就不高兴了。我其实也没有在意她的神情,这几天她话更少了,几乎不说话。昨天我看到我们家苹果的腿上有很多乌青,小阿姨说是小苹果自己摔的,但自己摔怎么可能摔成那样。"

沈曼:"你怀疑是小阿姨干的?"

叶贝怡:"是的,我觉得她是在报复我们,有仇富心理。"

沈曼:"苹果这么大了,她自己怎么说啊?"

叶贝怡:"我当时就问她怎么摔的,她看着小阿姨,竟然哭了。我现在的心情很复杂,要么直接把这个小阿姨开除掉算了。"

沈曼:"她也在你家做了两年多了吧。"

叶贝怡:"是啊,其实我也挺舍不得,而且小苹果特别喜欢她。"

沈曼:"那就留下她,你也马上要生二胎了,小苹果也需要有人陪。"

叶贝怡点点头:"嗯。不过我还是不放心,就怕小阿姨欺负苹果。"

沈曼沉思了一会儿："这样,我有个建议,在家里安装针孔摄像头。"

叶贝怡瞪大着眼睛："这不是监控人家吗?"

沈曼："这不是没有办法嘛。"

叶贝怡点点头。

沈曼叹息了一声："其实现在这个社会,人与人之间连基本的信任感都没有了。"

叶贝怡还是采取了沈曼的意见,在家里安装针孔摄像头,这事她和丈夫白一鸣提了一嘴。

白一鸣对这样的行为很是反对："这是人权问题,人家小阿姨在我们家这么久了,难道对她还不信任?"

叶贝怡说："你反对可以,那以后小苹果你来带。"

白一鸣不说话了,他知道自己根本没有带孩子的耐心,他回到书房去打游戏,加了一句："别让人家发现。"

叶贝怡瞪了白一鸣一眼。

小阿姨陈丹桂是在叶贝怡在家里安装了针孔摄像头的第三天来提出辞职的,叶贝怡心里惊了一下,她以为小阿姨发现了她安装摄像头的行为。

叶贝怡先向小阿姨道歉："丹桂,对不起,对不起,我真的不是故意的……"

陈丹桂说："你说什么呀,什么不是故意的?"

叶贝怡看着陈丹桂："啊?"

陈丹桂："我是真的没有办法,现在我的孩子也大了,在杭州城里上学肯定很难,所以我就想回去,在我们那的县城找份工作,也能照顾一下孩子。"

叶贝怡："但是……你看我都快生了,小苹果你也带了两年多,她和你很亲,你要是回去了,叫我怎么办?"

陈丹桂："我知道的,其实我心里也舍不得小苹果。"

叶贝怡："丹桂,我给你加工资,加多少随你开。"

陈丹桂："老板娘,我真的不是要加工资。"

叶贝怡想了想:"这样,你孩子上小学的事情,我给你找好关系,这样你总没有理由回去了吧?"

陈丹桂："可是,可是让我的孩子来杭州上小学,有这么容易吗?"

叶贝怡："是的,很不容易,但是我不是为了让你也留在我们家吗? 你在我们家这么长时间,其实我都把你当亲人一样对待的。"

陈丹桂点点头:"那就太感谢老板娘了。"

叶贝怡："嗨,你怎么又叫我老板娘了,跟你说了多少次了,叫我贝贝就可以了。"

叶贝怡动用了自己的所有人际关系去给小阿姨陈丹桂的孩子安排学校,最后也没有找到关系。她给沈曼打电话诉苦,沈曼说她倒是认识一个小学的招生办老师,但是不知道管不管用。

其实沈曼一说出这话时,就有点后悔,这个关系本来是留给他们家小元宝的,但是她也知道,就算是找到了那个小学的关系,进去至少也得十五万。

叶贝怡说:"好啊,那把他约出来,我们聊聊。"

沈曼把那个小学招生办的老师约了出来,让她和叶贝怡都没有想到的是,那个小学今年为了做宣传,给进城打工的新杭州人的子女留了三个名额。

陈丹桂的孩子进了那个小学,这让沈曼有些闷闷不乐,也说不出为什么有这种感觉,她想要是他们家小元宝也有这么好的运气就好了。她也不用这么辛苦给小元宝上各种兴趣班了。

叶贝怡也算是了却了一桩心事,一个月后,二胎小白出生,是个男孩子。她几乎把所有的爱都放在了小白的身上,这让小苹果很不开心,在家里就一个人闷闷不乐地待在客厅里,小阿姨也拿她没有办法。

叶贝怡一开始没有注意到,是幼儿园的罗园长打电话来的,让他们注意一下小苹果的行为,说她在幼儿园不是一个人躲在角落里,就是把小班的小朋友欺负哭。

叶贝怡接着电话,说:"怎么会这样?"

罗园长说:"苹果妈妈,我觉得你最好带她去看一看心理医生。"

叶贝怡着急地说:"啊?好好,罗园长,我知道了,我知道了……"

叶贝怡本来想自己带着小苹果去看心理医生,但她刚出月子,家里人也不放心。可她自己不放心让婆婆和陈丹桂带着去。

这一回倒是白一鸣主动请战,由他带着小苹果去。

叶贝怡心里其实也不放心,因为她清楚自己丈夫是一个很马虎的人,对孩子也不够细心,但也无可奈何。出门的时候,她再三叮嘱白一鸣,一定要和心理医生好好沟通

白一鸣有点不耐烦,一个劲说着:"知道,知道,我好歹也是留学回来的,还有小苹果是我白一鸣亲生的,她的成长问题,我这个做爸的责任重大。"

那一天白一鸣先带着小苹果去看了幼儿心理医生,心理医生叫何卉,和白一鸣一样,也是从英国留学回来的。何医生仔细地询问了小苹果几个问题,她得出了基本的结论,对白一鸣说:"小朋友是缺少了陪伴,你们做爸妈得多陪陪她。"

白一鸣问:"就这么简单?"

何医生说:"当然没有这么简单,小苹果缺爱,不但缺的是父母的爱,还有她的同学老师的爱,我找个时间会和她的老师也聊一聊。"

白一鸣说:"谢谢何医生。"

白一鸣带着小苹果从医院出来后,没有直接回家,白一鸣真打算好好

陪伴一下小苹果。他问小苹果："苹果,你晚上想吃什么,爸爸带你去?"

小苹果用怀疑的目光看着白一鸣："爸爸,我们不回家吗?"

白一鸣说："嗨,和他们在一起有什么意思啊,爸爸今天带着你玩一天。"

小苹果露出笑容来："好哎。"

白一鸣带着小苹果先去了游乐场,一直玩到游乐场关门,随后又带着她去吃比萨,小苹果玩疯了,一个人吃掉了大半个比萨。回来的路上,小苹果坐在安全座椅上睡着了,睡得很香甜。

白一鸣从后视镜中看着,他忽然觉得自己应该和女儿一起长大。

此后的一段时间,白一鸣负责接送女儿。幼儿园的瞿老师告诉他:"小苹果最近的脾气好了很多啊。"

白一鸣说："那谢谢老师您了,还有罗园长。"

瞿老师说："苹果爸爸,你最应该感谢的啊,是小苹果的小伙伴们。"

白一鸣不解地问："她的小伙伴们?"

瞿老师笑着说："是的,其实一开始我们老师也是没有办法了,包括罗园长也是,所以让你们家长带着孩子去找心理医生。后来心理医生也和我们联系了,孩子的问题,最后要孩子们自己去解决。"

白一鸣认真地听着。

瞿老师继续说："我们幼儿园一般午睡到两点钟,小苹果有起床气,如果她没有睡醒,哪个小朋友要是发出声音,她就会暴怒。但是现在小朋友们都像是约定好了,起床的时候都要轻手轻脚,小苹果的好朋友王子和诺菲会说让她再睡一会儿,他们会守护在她的身边。"

白一鸣有点小感动,有点惭愧地点了点头。

瞿老师说："说实话,我也被感动了。"

白一鸣回到家后,把这事告诉了叶贝怡。叶贝怡松了口气说："孩子的问题,家长解决不了,老师解决不了,最后还是小朋友们自己解决了,真好。"

　　叶贝怡这边算是松了口气。不过这段时间,沈曼可不轻松。为了竞职,她开始加班加点,还经常跑去北京出差,为公司签了几个当红的网络作家,这段时间小元宝的事情,基本交给了蒋家桥。

　　蒋家桥体验了带孩子的辛苦。

　　暖春的一个夜晚,蒋家桥把小元宝哄睡了,躺在沙发上刷微信,玩着玩着,眼皮子往下压,正在朦胧之际,他的眼前出现了妻子穿着情趣衣,拿着两杯红酒在他面前,一副迷死人不要命的样子。

　　蒋家桥一下子被惊醒,揉了揉眼睛,看到沈曼真的穿着性感的睡衣,头发湿漉漉的,应该是刚洗好澡,身上还带着淡淡的香水味。

　　沈曼坐在了蒋家桥的腿上。

　　蒋家桥有些不知所措:"什……什么情况?"

　　沈曼把另一杯红酒递到了蒋家桥手中,眼神迷离。

　　蒋家桥往后一仰,低下头,喝了一口酒。

　　沈曼:"老公,我竞职成功了,打败了那几个小妖精。从下个月开始年薪加十万。"

　　蒋家桥很是兴奋地说:"真的啊?那是要庆祝一下,不早说,晚饭就应该在外面吃顿大餐。"

　　沈曼咬着嘴唇,一语双关:"现在吃大餐也来得及啊。"

　　蒋家桥:"啊?"

　　沈曼:"你们家不是很想要二胎吗?"

　　蒋家桥苦着脸:"二胎?"

　　沈曼已经解开了蒋家桥裤子的扣子:"嗯。"

　　蒋家桥:"等,等一等……安全,采取安全措施……"

养蜂人和他的女儿

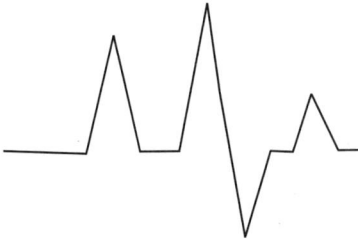

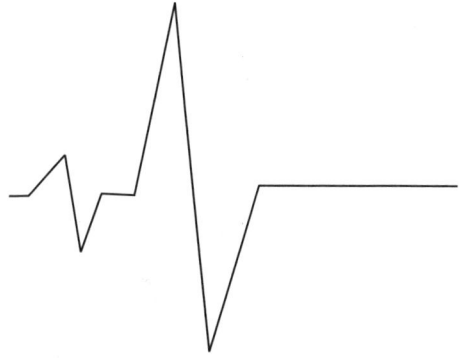

　　每年暖春的时候,江南小村骆家桥的田野里便开满了黄灿灿的油菜花,油菜花的香味淡淡的,像是青草的气味。突然有一天早上,村里的孩子们起来时发现在村口的堤埂上多了间简陋的小木屋和一只只箱子,起初孩子们都不知道这一只只箱子是干吗用的,后来大人们说:"箱子里养着蜜蜂,蜜蜂要蜇人,你们要小心点。"孩子们都懂事地点点头。

　　午后的春天,天空开出暖洋洋的阳光。孩子们就三五成群地在田野边上追逐打闹,他们很快发现和他们一起追逐打闹还有一只只小蜜蜂,他们想这就是会蜇人的蜜蜂吧!

　　那时,我就在这三五成群的孩子当中,我经常望见小木屋的门口有一个满脸胡子的高个子男人戴着黑色的面纱在处理那些养着蜜蜂的箱子。和养蜂人一起的,还有一个和我年龄相仿的女孩子,我想她应该是养蜂人的女儿。那一年我六岁,还没有被关进学堂,过着真正无忧无虑的童年生活。

　　我露出两排参差不齐的牙,对着阳光朝女孩子笑得很傻。而女孩子却从来都不还以一笑,最好的时候也只是向我做一个鬼脸。鬼脸做得很

难看,像猪八戒又像沙和尚。但我还是很满足地笑翻在地。女孩终于开口说话了,她说:"你干吗笑成这样子?"我说:"你做得很难看。"然后我也给她做了一个鬼脸,我不知道我的鬼脸像猪八戒还是像沙和尚,反正女孩没有笑,这说明我的鬼脸是做得非常失败的。但女孩子又开口说:"你是这里的孩子吗?"我说:"是啊,我就是骆家桥的孩子,我叫波波,你叫什么名字?"她轻声说:"我叫小蜂。"

于是就这样,我认识了养蜂人的女儿,她的名字叫小蜂。

养蜂人很少同村子里面的人来往,只是在村子里面的人向他买蜂蜜的时候,他才和他们说几句话。养蜂人有一个习惯,每天夕阳快要沉到山那边去的时候,他便会从小木屋里搬出一张小桌子,然后小蜂会搬出两条小凳子,再端出饭菜。养蜂人喜欢喝酒,喝绍兴黄酒,他一个人喝着,下酒的菜可能就是一碗竹笋霉干菜,或者是青菜油豆腐,但养蜂人总是喝得悠然自得,吃得也津津有味。黄酒会发出淡淡的香味,飘散在黄昏来临的时刻,红彤彤的晚霞落在老台门的屋瓦上,像是给老台门披上了凤冠霞帔,那时候大人们都来叫自己的孩子吃饭了,孩子们总是会十分无奈地结束打打闹闹的一天,各自回家去。那会儿小蜂在干什么呢?小蜂就陪在养蜂人的旁边,她不作一声,很安静地吃着饭。

养蜂人的沉默让村子里的孩子都有些害怕他,因为每当小孩子不听话的时候,大人们总是这样说:"再哭,再哭就把你卖给养蜂人。"小孩子一听到"养蜂人"三个字,他们就不哭不闹了。

我也很怕养蜂人,养蜂人满脸的胡子,看上去倒真像是唐僧的徒弟沙和尚。那时,我很想去找小蜂玩,但我不敢靠近那个小木屋,小木屋外面发出"嗡嗡嗡"的声音,我知道这是会蜇人的蜜蜂,这是我老祖母告诉我的,而我真正担心的还是养蜂人。我慢慢靠近小木屋时,养蜂人刚好从木屋里面出来,他看见了我,我也看见了他,他没说一句话就朝蜂箱走去了,我也不说一句话转身逃跑了。

　　终于有一回，我发现养蜂人好像不在小木屋里，我看见小蜂一个人蹲在木屋外头，我远远地喊了一声："喂，小蜂。"小蜂抬起了头，朝我看了看。于是我便向她招了招手，于是小蜂就走到了我身边。我说："小蜂一起玩吧？"小蜂不说话，只是轻轻点了一记头。

　　我不敢去拉小蜂的手，就一个人开始疯跑起来，我能感觉到小蜂跟在我身后也跑了起来。在小蜂面前，我很想证明自己是一个男孩子，我对小蜂说："小蜂，你敢不敢去抓蜜蜂？"小蜂说："我不敢，难道你敢吗？"我笑笑说："我就敢。"我说这话时心里也没底，但我就是想证明自己很勇敢。我跑到开满油菜花的田野里，跑向有"嗡嗡嗡"声响的地方。突然，小蜂朝我喊了过来："你不要伤害我们家的蜜蜂。"我笑着说："我抓到后会放了它们的。"小蜂又说："蜜蜂会蜇人的。"我一听小蜂的话，手就停在了半空中，我想，是的啊，蜜蜂会蜇人的。但我又想，我要是不去抓蜜蜂，小蜂会不会笑话我是一个胆小鬼呢？我心里正犹豫着，小蜂又对我说："你快回来，你不是养蜂人，你抓不到蜜蜂的。"我一听"养蜂人"三个字，心里一哆嗦，我向小蜂看看，直直身子提高嗓门说："不是养蜂人，我照常会抓蜜蜂。"我说着就朝那些飞舞在油菜花中的蜜蜂悄悄偷袭过去。没抓住，飞走了，蜜蜂好像屁股上也长了眼睛似的，它看见了我伸过去的手。我没有放弃，向另一只蜜蜂偷袭过去，哈哈，成功了，我在心里欢腾着。"啊！"我叫了一声。我的手被蜜蜂蜇了，立刻起了一个小包，疼痛瞬间传遍我的全身。我想忍住不哭，但我的眼泪实在不争气，顷刻之间从眼眶里流了出来。小蜂看见了我这副模样，急忙跑了过来，她拿起了我的手生气地说："我不是跟你说了蜜蜂要蜇人的，现在好了吧，很痛是吧？"我脸上流着两条小溪，嘴里跳出一个字："痛！"小蜂放下我的手说："你在这里等着，我去一下就回来。"我乖乖地点点头，看着小蜂的背影跑进了小木屋。

　　小蜂回来时，手里拿着一个棕色小瓶子，后来她就把这个小瓶子里的

药水擦拭在了我被蜜蜂蜇出的小包上。我和小蜂坐在田埂边，她一边在我伤口上涂药水，一边用嘴巴小心地吹伤口。我问小蜂："小蜂，这是什么啊，怎么凉凉的？"小蜂说是碘酒。我点点头，是的，我闻到了酒的味道，但比小蜂爸爸喝的那种黄酒的味道要浓烈得多了。小蜂问我："还痛不？"我摇摇头说："好多了。"我说着擦干净了脸上的两条小溪。小蜂又问我："那以后还抓不抓蜜蜂了？"我又摇摇头，表示以后再也不敢了。

后来小蜂跟我说其实蜜蜂蜇了人后它自己就会失去生命的。我问："那它干吗还蜇人？"小蜂脸色沉了一下说："是你们自己要去抓它啊。"我听了小蜂的话后就立刻低下头去不说话了。是啊，蜜蜂在花丛中辛勤劳动，我们为什么要去抓它呢，蜜蜂虽然蜇了人，但它却因此丢掉了自己的生命。

我渐渐地和小蜂熟悉起来了，因为小蜂开始和我说很多话，那时我们就躺在堤埂上，身边开着叫不出名字的紫色小花，我们望着满田野的油菜花，望着清澈的天空，鼻子里充满淡淡的香味，蜜蜂在耳朵旁发出"嗡嗡嗡"的叫声。

我嘴巴里面含着一根青草的嫩茎，我说："小蜂，你们是从哪里来的啊？"小蜂回答："我们是从新昌来的。"我说："新昌是什么地方？"小蜂说她也不知道新昌是什么地方，但她知道新昌有一个大菩萨。我说："大菩萨有多大啊？"小蜂说："大菩萨像一座山那么大。"我说："哦！"我望着清澈的天空，嘴里含着青草嫩茎，脑子中出现一个像山那么大的菩萨。

有一次，我躺在小蜂身旁，不经意发现小蜂的手臂上有乌青和伤痕，我着急地问小蜂："这是怎么回事？是谁欺负你了？我去给你报仇。"小蜂一开始吞吞吐吐不肯告诉我，后来在我再三追问下，终于和我说这是她阿爹打的，她说她不是阿爹亲生的，是阿爹捡回来的，阿爹碰到不顺心的事的时候就要拿她出气。小蜂说着就哭了。我"腾"地从草地上跳了起来，我说:"小蜂,我替你报仇。"小蜂抬起头来说:"怎么报仇啊?他是我阿爹!"我想了一会儿想不出主意,于是我就坐了下来,摆出一休哥的姿势,思考了一阵子,我突然开口说:"有了。"我贴在小蜂耳边说出了我的主意。小蜂破涕为笑,她说:"波波也是一休哥啊!"我重新站起身来说:"我比一休哥还要聪明。"

我跟小蜂说的主意,就是趁养蜂人出去的时候,我同小蜂里应外合,小蜂把养蜂人装绍兴黄酒的瓶子拿出来,我往酒瓶里撒一泡尿,叫养蜂人喝我的童子尿,谁叫他打小蜂。

机会终于来了,小蜂跟我说她阿爹去枫桥镇上了,我乐呵呵地赶紧叫小蜂去拿黄酒瓶子,小蜂拿来黄酒瓶子后,我迫不及待接了过来,瓶子里面还有大半瓶绍兴黄酒,我喝掉了一小半,然后才朝转身,背对着小蜂,撒进去了一泡热腾腾的童子尿。

那一天,夕阳西沉的时候,养蜂人照常是在小木屋外面喝酒的,我远远地看他,旁边的小蜂只是默默吃饭,不说一句话。养蜂人喝了一口黄酒,好像觉得口感有点不对,他停顿了一下,看看碗里的黄酒,接着他夹了一个油豆腐放进了嘴巴里,然后继续喝老酒。我看着养蜂人美滋滋地喝着我的童子尿,捧腹大笑了起来。我想这个时刻,小蜂一定也很想放声大笑。后来我跟小蜂说:"小蜂,看我给你报仇了吧!"小蜂没说话只是对我做了一个十分可爱的鬼脸。

天气渐渐变得暖和起来,孩子们却仍然不知疲倦地在田野边上追逐,这些孩子都是还没有被关进学堂的小鬼头。油菜花淡淡的气味变得越来越浓郁,孩子们时不时会打出一个响亮的喷嚏。这时,在田野里劳作的大人们就会哈哈大笑着说:"小狗打嚏,天要落雨!"孩子们都不知道大人们在说他们是小狗,他们闻着浓郁的油菜花香味,继续打喷嚏,一个接着一个,像是一场没完没了的春雨。是的,春天的雨就在这个时候下了起来。

雨淅淅沥沥下着,老台门的屋檐边缘整日整夜发出"滴滴答答"的声响,像是一首春天的歌曲,老台门周边的青石板上稀稀疏疏露着一个个小洞,这是每年的雨水留下的足迹,周而复始,沧海桑田,终于积累起了一个个可爱的小音符,终于让我们相信"滴水穿石"这个成语不是天方夜谭。而这个时候,孩子们就不能在外面野了,孩子们会乖乖地坐在老台门的石凳上,听老人们讲骆家桥古老而神秘的村史,老人们说,在很久很久以前……

孩子们总是仰着小脑袋仔细听着,因为孩子们觉得这就是自己村子的天方夜谭。

春雨过后,阳光重新普照在大地上,这时,田野里的油菜花差不多已凋谢完了。孩子们不再去田野边追逐打闹了,因为骆家桥外面还有一条江,这条江和钱塘江相通,每天都有运沙船通过,孩子们看见大船便会呼唤一阵,我们就是疯喊,其实根本就不知道自己在喊些什么,这可能就是情不自禁吧。当然那时孩子们根本就不知道情不自禁是怎么回事,运沙船过去后会拍打起很大的浪花,像是一个个顽皮的小孩在水里嬉闹,孩子们心里就会十分激动。

一个雨季几乎让我忘记了我的玩伴小蜂,我跑到了堤埂上,远远望见了小木屋,一只只蜂箱还在,我的耳朵旁边重新响起"嗡嗡嗡"的声音,这是曾经蜇过我的蜜蜂,我有些害怕,但我的心也放了下来,因为养蜂人还在,养蜂人还在就说明小蜂也没有离开。

一个暖烘烘的午后,我又把小蜂叫出来同我一起玩耍。这次,我们是面对骆家桥的江坐着,一只运沙船从我们面前开过,我对着大船留下的浪花,呼唤了一阵子,我对小蜂说:"小蜂,你怎么不喊啊,看,大轮船多么好看,我一定要去坐一回。"小蜂托着下巴朝我笑得很甜,只是没开口对我的话发表任何意见。

　　小蜂毕竟是一个女孩子,而且她还是养蜂人的女儿,所以我的大多时间还是和村子里的同龄孩子闹在一起的。我们男孩子这个时候就很喜欢去江里面钓鱼捉虾,那时江里的水还清澈得能看见摇头晃脑的水草,小鱼小虾在雨后的天气里也活蹦乱跳,欢快得厉害,恨不得能出来瞧瞧外面的世界。

　　因为下了好多天的雨,所以江岸边的水上涨了,孩子们不敢下水很深,来水中玩耍也是背着大人偷偷跑出来的,被大人们看见就免不了一顿臭骂。我不知道小孩子对水为什么会如此感兴趣,我那时也把裤脚卷到大腿根部,脱了鞋子往水里蹚。我像一只小虾一样在水里面快活极了,其实我根本就抓不到水中那些动作敏捷的小精灵们。但我就是喜欢和同龄伙伴们一起野,而且我还很爱逞强,似乎从来就是有这样的性格,小伙伴们不敢再往水深的地方去,我却说:"外面好多虾,外面的鱼可真是大,你们快来啊,你们这群胆小鬼……"我就是这样说着说着,突然一脚踩进了一个深坑(后来我知道骆家桥的江中有许多深坑,这是村子里的大人们挖沙时留下来的),当时我脑子中就一片空白了,我望见小伙伴们惊呼着然后四处逃散了,我耳朵里就不能听见什么了,眼前模糊一片,我感觉有一个高大的影子向我扑了过来,溅起无数的水花,好像一只大轮船刚开过一样,接着我发现我被托了起来,我一个劲地咳嗽,吐出好多水。我的意识开始慢慢清晰起来,我看见是养蜂人把我环抱在手臂中,是养蜂人救了我的性命。

　　我看着养蜂人把我抱上了岸,我惊魂未定说不出一句话,养蜂人也一直沉默着。养蜂人把我抱进了他的小木屋,我当时没有注意小蜂有没有在屋里,养蜂人给我冲了一杯放了蜂蜜的热水。他抚摸了一下我湿漉漉的头发,仍不说话,过了一会儿见我没什么大碍了,就走出了小木屋。我看着养蜂人转过身的背影,觉得养蜂人其实一点都不凶。

　　后来,我知道,我落入水中时,养蜂人刚好在处理蜂箱,他听见了孩子

们惊恐的喊叫就知道出事情了,便放下手头的活,奋不顾身跑下了堤埂,跳入江中救起了我。

我回家后就一直担心自己的父母会因为我去江里玩落入水中而责骂我,所以那些天我都很听父母的话。但事情最终还是暴露了,我不清楚父母是怎么知道的,应该是我的哪个小伙伴出卖了我。父母得知后并没有责骂我,这是我意料之外的事,但把我看得更紧了,这却是我意料之中的事。父母为了感谢养蜂人救了他们儿子的命,从村口那爿小店给养蜂人抬了一坛子绍兴黄酒过去,养蜂人说什么也不肯收下,他说,换了别人也会出手去救孩子的。后来,养蜂人收下了老酒,但在父母走时,送给了父母一瓶蜂蜜,他说:"给孩子吃,孩子受了惊吓,你们不要再说他了。"父母都感激地点点头。

落水事件过后,我变得老实多了,整天待在家里,守着一台黑白电视机,偶尔也去老台门里瞎逛。后来,夏天到了,天气变得十分炎热,我的小伙伴们都跳到池塘里、江里戏水去了。而我每次洗澡都是同爸一块儿去的,一直要等到天黑下来,爸说洗澡去,我才能屁颠屁颠跟在他身后,去池塘里快活半个小时。

那时,我很少再去找小蜂玩,小蜂也不来找我玩,我不知道小蜂都在干吗。夏天快要过去的时候,父母突然决定要把我关进学堂里,省得他们劳心。那一年我六岁,和我一样年纪的玩伴们也差不多都要在九月一号学堂开学时结束自己无拘无束的童年生活。

我觉得我应该和小蜂去告别一下,因为我要被关进学堂了,我不知道学堂里是什么样子的,我讨厌背着一个书包去学堂里,也许我从小就是厌恶读书的。我去小木屋找了小蜂,我对小蜂说:"小蜂,我要去学堂里读书了。"小蜂"哦"了一声,然后说:"我也要去读书了,去新昌读书,夏天过去后,我们就会离开骆家桥的,把所有蜂箱都带回新昌。"我不作声了,我想我当时的心情应该是沉甸甸的,我脑子里又出现了那个像山一样大的菩萨。

后来,小蜂要离开骆家桥的时候,也来找过我一次,算是同我告别,她还送给了我一瓶蜂蜜,我看着那个瓶子很像养蜂人装绍兴黄酒的瓶子。小蜂对我说:"这是阿爹叫我给你的。"我没有推辞也没说谢谢,接过了瓶子,我想这个瓶子可能就是装过我童子尿的瓶子。

养蜂人和他的女儿离开我们骆家桥的时候,我在学堂里读书。我的父母好像还去送了他们。但我始终感觉养蜂人和小蜂就像是突然消失在我的视线中,就如同那天早上他们突然出现在骆家桥的堤埂上一样。但每年暖春油菜花开遍田野的时候,蜜蜂总是会"嗡嗡嗡"地在我耳旁唱起春天的歌曲,我知道这是小蜂给我留下的童年记忆。

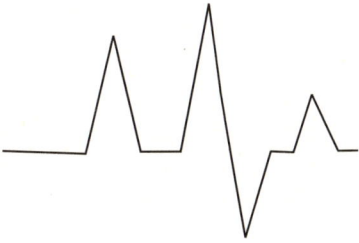
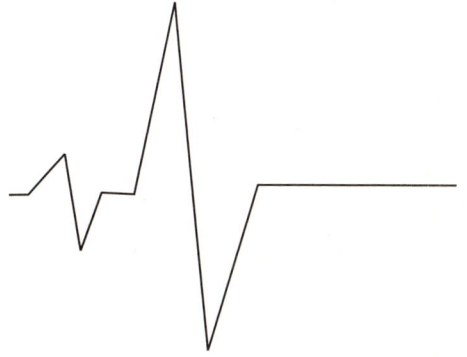

杭州，杭州

1. 空镜头一

最繁华的杭州夜景(钱江新城)。

2. 空镜头二

镜头从繁华夜景转向脏乱差的农民房。

3. 出租房，夜，外

一栋 20 世纪 90 年代建造的农民房,破旧、肮脏、嘈杂,镜头移向农民房的其中一间出租屋。

出租屋外面晾晒着一些衣服,有内衣内裤丝袜,还有一件快递公司的工作服。

刚洗的衣服滴着水。

在滴水声中,传来一个女孩的叫床声。

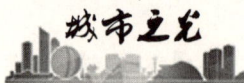

4. 出租房,夜,内

在昏暗的光线中,一个女孩的赤裸的背影。

女孩钱西溪坐在男孩王留下的身上。

叫床声更响了。

5. 出租房外,夜,外

一双脚慢慢地,轻轻地靠近了出租房的门口。

这个黑影站在外面听,动作猥亵。

黑影的脑袋贴近房门,就差把耳朵贴在上面了。

6. 出租房,夜,内

王留下的动作更加猛烈了,床也发出激烈的声音。

突然,钱西溪听到了什么,想要推开王留下,对留下:"外面好像有人
……"

王留下没有停下动作:"什么?"

钱西溪:"外面有人,我刚才听到了脚步声。"

王留下:"啊?"

7. 出租房外,夜,外

黑影站在那里没有动,还是侧耳想要听叫床声。

8. 出租房,夜,内

王留下:"没人啊,外面没有什么声音。"

钱西溪已没有兴趣再做,王留下又开始运动起来。

突然外面传来一声脚步移动的声音。

钱西溪一把推开了王留下:"真的有人,你去看下。"

王留下无奈地从西溪身上爬下来，去开房门。

王留下刚打开房门。

门外那个黑影吓了一大跳，慌乱地逃离。

王留下喝了一声："是谁？给我站住。"

黑影往楼下逃走。

留下拿了一件衣服掩着自己的下体，追了上去。

钱西溪用被子掩盖住自己的身体，皱起了眉头。

9. 出租房，楼下，夜，外

王留下追下楼去，喊着："站住，给我站住。"

黑影很熟悉这一带农民房的路，拐了个弯便消失了。

王留下还想追上去，但看到周围有人围着他看，对他指指点点的，他看了一眼自己还光着身子，只能跑了回去。

10. 出租房，夜，内

王留下回到了出租房。

钱西溪急忙问："那个偷窥狂呢？"

王留下："逃走了。"

西溪："啊？有没有看清他的样子？"

留下摇摇头："没有。"

西溪："要不我们报警吧。"

留下："这点小事情，警察怎么可能受理。况且那人也抓不住，这一片都没有摄像头。"

钱西溪看着这个小小的出租房："我们要是有一套自己的房子就好了。"

王留下坐在西溪身边，心里有愧疚，他将西溪搂入怀里："西溪，对不

起,让你受委屈了。"

西溪:"留下,我们奋斗吧,像景芳和黄龙他们一样,先定一个小目标,在杭州买一套房子。"

王留下看着西溪:"小目标?买一套房子?西溪,说实话,感觉这个梦想还是蛮不现实的,凭我们现在的收入,能在杭州活下去就不错了。"

钱西溪有些生气地说:"你这人怎么这样啊,梦想总要有的,一定会有实现的那一天。"

王留下:"好啦好啦,还是早点睡吧,明天还要上班呢。"

留下说着便躺倒在床上。

钱西溪看了一眼留下,轻叹了一口气,她也躺回了床上。

王留下开始打起了鼾声。

黑暗中,从窗子外面透进来一丝光亮。

钱西溪看着屋顶,久久没有入眠。

11. 景芳住处,晨,内

景芳和黄龙的住处也是一间出租房,几乎和王留下他们的住处相同,没有多少摆设。

黄龙在洗手间刷牙。

景芳一边穿着衣服,一边对黄龙说:"我说黄龙,老余杭那边的房子这周末我们再去看一下。"

黄龙嘴里含着牙膏:"嗯,听老婆大人的。"

景芳:"别都听我的,你觉得老余杭那边怎么样?"

黄龙:"可以是还可以,就是稍微远了一点。"

景芳:"是远了一点,不过靠近未来科技城板块,关键是价格上便宜一点。"

黄龙:"嗯,感觉上以后发展起来还是会很不错的。"

景芳:"要是地铁通到那里就好了。"

黄龙:"肯定会的,G20不是要开了嘛,以后杭州就是一线城市了。"

景芳:"哈,房子,房子,我们争取在明年年底前,住进自己的房子里。"

黄龙:"哈哈,加油。"

景芳面带幸福的微笑:"嗯,加油。"

12.出租房,晨,内

钱西溪一脸的疲惫,她化了一下淡妆,对王留下说:"我去上班了。"

王留下在看手机:"嗯,好。"

钱西溪:"这周末是不是要开同学会了?"

王留下:"同学会?毕业才三年,有什么好开的。又不是人家毕业十年了,才要开同学会。"

钱西溪:"时间过得好快啊,都三年了啊。不知道我们还有多少同学在杭州。"

留下眼睛看着手机屏幕,在玩一个小游戏:"管他呢,反正我没兴趣去开什么同学会。"

西溪又看了一眼王留下,没有再多说什么,匆匆出门去。

13.出租房下,道路上,日,外

道路上脏乱差,鱼龙混杂。

钱西溪穿着OL套装,蹬着高跟鞋穿过这条道路,她在一个早餐摊停了下来,买了早餐。

路边有几个中年男人色眯眯地盯着钱西溪看。

钱西溪拿起早餐匆忙赶去上班。

14. 公交车站旁,日,外

一路公交车已经启动,钱西溪拼命地跑上来:"等等,师傅,等一下。"

钱西溪好不容易才跑上了公交车。

15. 公交车上,日,内

公交车很是拥挤。

钱西溪脚下没站稳,额头撞在扶杆上,她摸了摸额头,看了看周围的人,周围的人都是一副冷漠的表情。

突然一个男人往钱西溪身边挤了过来,西溪厌恶地瞪了他一眼。

那男人稍稍收敛了一会儿,过了一会儿,随着公交车的摇晃,又挤了上来。

钱西溪忍受着这个男人。

16. 城市道路上,日,外

王留下穿着快递公司的工作服,骑着电瓶车,飞奔在这座城市里。

17. 地铁站,日,内

钱西溪等在地铁门口,门口已排满了上班族。

地铁到站。

钱西溪和人群涌入了地铁。

地铁里还是没有座位,但站在那里不会摇摇晃晃,西溪拿出了早餐来,正要吃一口,坐在座位上的一个妇女瞪了她一眼。

钱西溪没好意思再吃,把早餐又放回了包里,拿出了化妆盒子,补了一下妆,在小镜子里,西溪看到了自己狼狈、疲惫的样子。

18. 小区里,日,外

烈日当空,王留下满头大汗,正在派送快递,往一栋单元楼跑去。

19. 钱江新城，钱西溪所在公司，办公室，日，内

钱西溪匆匆地跑到公司的打卡机旁边打卡，打卡机前排着几个人。

西溪看了一下时间，眼看着上班时间就要到了，她很是焦急。

财务部的李申花插了队，打了卡。

后面有人嘀咕："还插队，财务部有什么了不起的。"

李申花回头，傲慢地看了那人一眼，随后转身离开。

轮到钱西溪打卡的时候，时间从 8 点 30 分，刚好跳到了 8 点 31 分。

钱西溪瞪大了眼睛："不是吧，老天爷，你这是在跟我开玩笑吗？"

后面一个叫夏小秋的小姑娘："完了，五十块钱又没有了，这个月已经第八次迟到了。"

西溪看了一眼夏小秋，苦笑了一声，往自己的办公桌走去。

身后上来一人，拍了一下钱西溪的肩膀："西溪。"

钱西溪回头，看到是老总的儿子，富二代康桥。

康桥对钱西溪微微一笑，把打包好的星巴克递给西溪："给你带的咖啡。"

钱西溪来不及推脱，康桥已往自己的办公室走去，随后又回过头来，对钱西溪眨了一下眼睛。

钱西溪愣了一下，看着手中的咖啡。

财务室那边，李申花往钱西溪这边望过来，对钱西溪露出嫉妒的神色来。

20. 高档小区，白灵隐住处，门口，日，外

王留下把一个快递送到了白灵隐住处，敲了门："快递，白灵隐。"

没人应答。

王留下又敲了敲门："快递。"

还是没有人答。

王留下:"刚才还说在家的。"

留下正打算再打电话,房门打开。

里面出来一个少妇,穿着轻透的睡衣,是白灵隐。

王留下看着她,有些说不出话来:"你,你好,你的快递,请签收一下。"

白灵隐随便签了一下名字,看了一眼王留下,随即就关上了门。

留下转身要下楼去,手机响了。

王留下看了一眼号码,接起电话:"黄胖子,有什么事?"

21. 华三科技公司,办公室,日,内

黄龙在给王留下打电话:"留下啊,这周末是我们同学会,你小子一定要来啊。"

电话那头的王留下:"我尽量吧。"

黄龙:"什么尽量吧,一定得过来。我们留在杭州的同学已经不多,其余的同学都是从外地赶过来的,你这个在杭州的不过来,实在说不过去。"

电话那头的王留下有些不耐烦地:"好好好,我知道了。"

王留下挂掉了电话。

黄龙:"这个王留下,真是的……"

黄龙的老板站在黄龙背后:"开什么同学会啊,你不知道你这个月又是垫底的?"

黄龙:"啊,老板,对不起,对不起,我现在就干活,现在就给客户打电话。"

黄龙的老板:"现在很多大学毕业生都找不到工作,你今天工作不努力,明天就得努力找工作。"

黄龙低下头,去翻客户资料。

22. 舞蹈学校，教室里，日，内

教室里，景芳在教学生们练舞蹈。

已到了吃饭时间，景芳对学生们："好了，今天就练到这里。"

学生们："景老师拜拜。"

景芳微笑着："拜拜。"

学生们相继离开教室。

景芳拿出早上买来的白馒头，倒了一杯开水，正准备吃午饭。

景芳的女同事凌翠路过，对景芳："景老师，一起去吃午餐吧。"

景芳已咬了一口白馒头。

凌翠："景老师你怎么又在吃白馒头啊？这样营养会跟不上的。"

景芳："白馒头干净，你看我最近是不是又胖了，我得减肥啊，不然还怎么教学生练舞蹈呢。"

凌翠："景老师你是不是有什么困难？有困难的话，我们大家一起帮你。"

景芳连连摇头："没有没有，我怎么会有困难呢，谢谢你凌老师，我吃白馒头，真的是为了保持身材。"

凌翠："好吧，那我去吃饭了。"

景芳笑了笑："嗯。"

景芳看着凌翠离开后，又啃起了白馒头，就着白开水解决了午餐。

景芳低头翻看着一些楼盘信息，看来看去，还是那个楼盘性价比最高了。

景芳随后打通了一个号码："喂，你好。"

电话那头售楼小姐："你好，景小姐啊。"

景芳："嗯，我想问一下，你们这个楼盘现在价格有降下去吗？"

电话那头的售楼小姐："景小姐，现在这个价格已经很合理了，不太可能再下降了，我劝你啊，还是买了吧。"

景芳:"没有降价了,那好,我再看看别的楼盘。"

售楼小姐:"好的,景小姐,你自己考虑吧。"

景芳挂了电话:"哼,有什么了不起的,这么偏的楼盘还不肯降价,你们不降价,我们可以选择别的楼盘。"

景芳自言自语着,寻找别的楼盘信息。

23. 钱江新城,钱西溪所在公司,办公室,日,内

康桥走到了钱西溪的办公桌旁边:"西溪,一起去吃饭吧。我请客。"

钱西溪看到是康桥:"不了,我已经让小秋她们帮我打包了。"

康桥:"打包的饭菜不健康,走吧。"

钱西溪:"谢谢康总,真的不用了,下次我请你吃饭。"

康桥:"好吧,那就下次吧,不许耍赖啊。"

钱西溪点点头:"嗯。"

康桥离开。

夏小秋拿着打包好的饭菜上来:"西溪,你的饭。"

钱西溪:"谢谢。"

夏小秋:"嗨,刚才那个不是我们的太子爷嘛,他早上请你喝星巴克,中午是不是要请你吃饭?"

钱西溪:"没,没有。"

夏小秋:"感觉他喜欢你哎。"

钱西溪:"怎么可能,他怎么可能看上我呀。"

夏小秋:"我觉得他蛮不错的,是个暖男呢。"

钱西溪没有回夏小秋的话,吃起打包来的饭菜。

钱西溪看着手机,点开了大学同学的微信群。

班长:"这周六下午,大学毕业三年同学会,大家都要来,谁不来就是不给我这个老班面子。"

几个同学回复班长："一定来。"

黄龙也回复："来的来的,一定来,早上我叫了留下,我们在杭州的,肯定都来。"

钱西溪看了一眼信息,没有回复,而是打电话给王留下。

24. 小区楼下,日,外

王留下正在派件,电话响起,他看了一眼,没有接电话。

手机铃声还是不断响着。

王留下无奈接了起来:"喂,我在忙呢。"

钱西溪:"周末的同学会你去参加的吧?"

王留下:"不太想去,周末要送的快递很多。"

钱西溪:"黄龙说你去的。"

王留下:"要不,你去吧,我不太想去。"

钱西溪:"不过我们在杭州都不过去,好像有些说不过去。"

王留下:"那你去吧。"

钱西溪:"我……"

王留下:"不跟你说了,我在工作。"

留下说着就挂掉了钱西溪的电话。

25. 钱江新城,钱西溪所在公司,办公室,日,内

钱西溪看着被王留下挂掉的电话,有些愣神。

26. 校园里,日,内(闪回)

校园里落叶缤纷,钱西溪躺在王留下的怀里,他们坐在草坪上。

两人说着山盟海誓的话。

钱西溪:"以后我们打电话,只能我先挂掉,你要是先挂了,我可要好

好地惩罚你的。"

王留下:"不敢不敢,我肯定不敢先挂老婆大人的电话。"

钱西溪:"谁是你老婆啦。"

王留下:"你啊,钱西溪。钱西溪是我王留下的老婆。"

钱西溪嬉笑着打了一下王留下:"你就是流氓。"

西溪还要打留下,王留下站了起来,对西溪:"嘿嘿,我就是要对你耍流氓。你来咬我啊。"

钱西溪:"哼,王留下,你给我站住,站住了。"

西溪和留下在校园里嬉闹着。

回到现实中,钱西溪的眼角竟然有泪水。

钱西溪自言自语地:"不以结婚为目的的恋爱,都是耍流氓。我和王留下同居都已经三年了……"

27. 空镜头三

西湖全景,日出日落。

28. 空镜头四

延安路的车水马龙。

29. 空镜头五

钱江新城夜景,灯光秀。(空镜头体现杭州元素)

30. 大学旁边垃圾街,奶酸菜鱼饭馆,日,内

黄龙、景芳,以及他们班的大学同学聚集在他们大学旁边的新安江奶酸菜鱼饭馆。

班长江干:"来了多少人,黄龙你点了吗?"

黄龙点了:"差不多有二十人,半个班的人都到了。"

江干："人有点少啊，留在杭州这边的同学都到齐了吗？"

黄龙："就差王留下和钱西溪了。"

江干："不是让你叫了吗，赶紧的，再打电话给他们。"

黄龙："那我现在打。"

黄龙打王留下的电话。

31. 出租房，日，内

王留下已回到了出租房，他的手机拿在手里，似乎在等待着什么。

电话铃声响起。

王留下惊了一下，看了一眼电话号码。

他没有接。

电话一直响到铃声结束。

32. 大学旁边垃圾街，奶酸菜鱼饭馆，日，内

黄龙："留下他不接电话。"

江干："怎么回事，再打。"

黄龙继续打王留下电话。

景芳在一旁："留下可能在忙吧，要不我打一下西溪的电话。"

景芳找钱西溪的号码。

33. 出租房，日，内

王留下看着黄龙打来的电话，还是不接。

钱西溪下班回来，看到王留下坐在床上，手机铃声一直响着。

钱西溪："谁的电话啊，怎么不接？"

王留下："陌生号码。"

这时，钱西溪的电话响了起来，西溪接了起来："喂，景芳啊。"

34. 大学旁边垃圾街,奶酸菜鱼饭馆,日,内

景芳对江干他们:"西溪这边接了。"

景芳和钱西溪打电话:"西溪,留下下班了吗？同学们差不多都到齐了,就差你俩了,你们快点赶过来吧。"

35. 出租房,日,内

钱西溪:"留下,留下他……"

钱西溪看着王留下,王留下摇了一下头,表示不去了。

钱西溪:"留下他还在工作,今天特别忙。"

电话那头的景芳:"那西溪要不你过来吧,留下就随他去吧。"

钱西溪:"我,我一个人过来啊?"

36. 奶酸菜鱼饭馆,日,内

景芳:"哎呀,大家都是老同学,又不会把你吃了的。"

电话那头的钱西溪犹豫。

景芳的电话被江干抢了过去:"喂,西溪啊,你们都快过来吧,你看看我们的老同学从北京都赶过来了,你们两个在杭州的不过来的话,还是不是老同学了,一点同学情谊都没有了。"

37. 出租房,日,内

王留下似乎也听到了电话里班长的声音。

钱西溪很是为难地:"班长,我今天不舒服,要不过会儿我打一下留下的电话。"

38. 奶酸菜鱼饭馆,日,内

江干:"好啦,少废话,就算不舒服,这么多同学来了,也过来坐坐,我现在开车来接你们两个。你们住在哪里?"

黄龙:"我知道他们的住处,我和你一起去吧。"

江干点点头:"好。"

39. 出租房,日,内

钱西溪一听班长要来接他们,有些紧张了,捂住了电话,对王留下:"班长说要来这里接我们过去。怎么办?"

王留下深深地叹了一口气,从床上起来:"去吧,我们自己去。"

钱西溪对电话那头的江干:"班长,不用麻烦你们了,我们自己过来,留下差不多应该也要下班了,我和他一起过来。"

江干:"一定要过来啊,可不能忽悠我们。"

钱西溪:"不会,不会的,我们一定过来。"

江干:"老地方,新安江奶酸菜鱼饭馆。"

钱西溪:"嗯,知道的。"

钱西溪挂了电话,对王留下:"我们准备一下,过去吧。"

王留下没有回钱西溪的话,但还是起身去换衣服,他脱下了身上快递公司的工作服,换上了平时最好的一身衣装。

40. 奶酸菜鱼饭馆,夜,内

黄龙他们聚集在饭馆了,同学挤满了两桌子。

酒菜已经上来,江干对饭馆老板说:"老板,酒太少了,每人至少一箱啤酒,谁不喝完,以后就别做同学了。"

老板很开心地:"好,每人一箱。"

黄龙:"哎呀,这王留下和钱西溪怎么还没有到,景芳,要不你再打一

下他们的电话。"

景芳："好的,我问一下他们到哪里了。"

景芳正要打电话,王留下和钱西溪从外面进来。

黄龙看到了王留下他们:"嗨呀,终于来了,来来来,大家都在等你们呢。"

江干："留下,你个混蛋,最近在哪里发财啊,这么忙的啊。"

王留下笑笑："没,没有……"

江干："你们两个迟到了,罚酒三瓶。"

钱西溪："我,我不会喝酒。留下他也不能多喝。"

江干："哎呀呀,你们俩不是还没有结婚嘛,西溪啊,你可不能把留下管得这么死。"

钱西溪："没有,怎么会管他呢。"

江干："留下,西溪就算了,但是你这三瓶可得喝啊。"

王留下："喝就喝。"

王留下心里郁闷,上前去,拿起酒瓶子就吹瓶。

同学们欢呼着："嗨,这王留下真是真人不露相啊。"

江干："不错不错,有我老江的风范嘛。"

钱西溪皱着眉头看着王留下。

王留下一连吹掉了两瓶啤酒,迅速地又要喝第三瓶,他打了个饱嗝,差点把刚才的啤酒吐出来。

钱西溪劝说："留下,还是慢慢喝吧。"

王留下："没事,不就是三瓶啤酒嘛。"

王留下又一口气喝掉了啤酒。

黄龙鼓掌："嚯,厉害厉害,留下,你牛。"

江干："好了,王留下同学也自罚了,接下去我们树人大学物流管理班的同学,集体来一个。"

男同学们拿起酒瓶子就吹瓶。

女同学也象征性喝了几口。

江干："来来来，坐，都坐下吧。我们毕业三年，大家好像都没有什么变化嘛。"

其中一个叫沈美琳的女同学叫起来："什么没有变化啊，你看黄龙那肚子，感觉都快六个月了。"

江干："是哦，黄龙你现在怎么胖成这样了，你看看景芳，这么瘦。"

黄龙笑了笑。

沈美琳："我说景芳、黄龙，你们什么时候结婚啊，结了婚就可以要小孩了。"

景芳："还早，还早，等买了房子。"

江干："牛逼啊黄龙，你和景芳都要买房子了啊，在杭州买房子可不容易啊。你们两个也算是修成正果了，到时我们同学们一定都来喝你们的喜酒。"

黄龙："嘿嘿，谢谢，谢谢。"

王留下和钱西溪坐在一旁一直没有说话。

沈美琳："我们班大学时候的恋人，到现在还在一起的好像就两对了啊，景芳和黄龙，西溪和留下。你们的爱情真是太坚贞啦。"

钱西溪淡然一笑。

江干："留下、黄龙，来，咱们来一个。敬你们坚贞的爱情。"

三人又把酒喝了下去。

景芳："老班，你和韩丹后来怎么样了？"

江干："什么怎么样，分了呗。"

景芳："真分了啊，那时看你们的感情很好。"

江干："别提了，别提了，她不是去了美国嘛，出国前就分了。"

景芳没有再问下去。

江干："真羡慕你们,这一瓶,我喝了。"

江干又喝了一瓶。

这时,服务员端上来招牌菜新安江奶酸菜鱼。

江干招呼大家:"来来来,同学们,吃吃吃,我吃遍大江南北,还是最怀念我们大学时候最喜欢的奶酸菜鱼啊。"

黄龙刚吃了一口就吐了出来:"不对,不对。"

景芳:"怎么了?"

黄龙:"这奶酸菜鱼的味道不对。老板,老板。"

饭店老板走了过来:"同学怎么了?"

黄龙:"这奶酸菜鱼的味道不对。和以前的不一样了。"

饭店老板:"嘿,同学,原来你是老顾客,我们这厨师已经换了。所以口味就稍微有点变化了。"

黄龙:"嗨,三年没来舟山东路,很多东西都变了。"

江干:"我们的青春也变了,青春逝去了,人也变了。不过希望我们物流班的同学情谊不变。来来来,喝喝。"

同学们又举起杯子来喝酒。

钱西溪劝王留下:"少喝点吧。"

王留下:"我知道。"

江干:"哎,留下,你现在到底在干吗啊?"

王留下:"我……"

黄龙:"留下现在还真在做我们专业这一行……"

王留下看着黄龙,眼神有乞求之色,示意黄龙不要说下去。

景芳在桌子底下踢了黄龙一脚。

江干:"到底在干吗? 我们专业物流管理,无非就是运输和仓储,你不是在开卡车吧。哈哈哈。"

王留下:"没有没有。"

突然，旁边一个男同学："留下，我上次好像看到你在送快递，我叫你，你没有应我，那人不会真是你吧?"

王留下听了同学这话，脸一下子就红了："我，我……"

江干："快递哥啊，哈哈哈，这个还真是我们物流管理班的本行啊，看来留下这个大学没有白读嘛。"

黄龙没心没肺地："对哦，我们物流管理班，好像就留下一人学对了专业。"

江干："来来来，我们再敬留下。"

江干又开了几瓶酒。

王留下的脸色已由红色变得铁青色。

钱西溪拉了一下王留下。

王留下把火气发到钱西溪这里："你拉我干吗。"

王留下拿起酒瓶子一口气喝掉了啤酒，重重地放下瓶子："你们以为自己有多少了不起吗。"

留下随即转身走出饭馆去。

钱西溪："留下，留下……"

黄龙："嗨，这留下怎么了?"

景芳瞪了黄龙一眼："叫你闭嘴，你怎么不听。"

黄龙："我，我说什么了?"

景芳："西溪，你快去看看留下。"

钱西溪对同学们："真是不好意思。"

钱西溪说着追了出去。

41. 杭州，舟山东路，夜，外

王留下跑到了舟山东路上，钱西溪追了上来："留下，留下，你站住。"

王留下没有停住脚步，走到了一棵老树边，猛然间呕吐起来，西溪连

忙上去拍留下的背脊:"没事吧,留下。"

王留下没有说话,继续吐。

钱西溪:"你刚才喝得太急了。我去给你买瓶水。"

王留下:"不用。"

钱西溪:"如果你不想再去参加这个同学会,我们现在就回去吧。"

留下回过头来,看着钱西溪:"西溪,你是不是也觉得我很没用?"

钱西溪犹豫了一下:"不,没有……"

王留下苦笑了一下:"西溪,对不起,你跟了我这么多年,却还跟着我住在出租房里。是我没用,我没用。"

钱西溪抱住了王留下:"不,留下,我钱西溪既然和你在一起,就是爱你,就是要和你一辈子在一起。"

王留下抬起头来,眼睛含着泪水,看着钱西溪。

钱西溪:"我知道刚才同学们的话伤害到了你,但是我们不偷不抢,靠自己的工作养活着,就算是做快递员又怎么了,总比那些啃老族,那些富二代要强。留下,我爱你。"

王留下吻住了钱西溪:"谢谢你,西溪。"

留下和西溪身边走过学弟学妹,朝他们看来。

42.奶酸菜鱼饭馆,夜,内

黄龙:"这个留下也真是的,我们没有看不起他啊。"

景芳:"你还说,人家本来就不想让同学们知道他现在送快递。"

江干:"可能伤到他的自尊心了。"

景芳:"走,黄龙,我们去把留下和西溪叫回来,和他们说声对不起。"

黄龙:"啊?"

景芳:"啊什么啊,以后还要不要做老同学了?"

黄龙:"是是是,听老婆的。走。"

景芳和黄龙走了出去。

43. 舟山东路,夜,外

景芳和黄龙来到舟山东路上,寻找着王留下他们的身影。

黄龙:"跑哪去了?"

景芳指着吻在一起的王留下和钱西溪:"在那里。"

黄龙:"嘿,这两人还在这里回味青春时光啊。"

景芳:"少废话。"

景芳和黄龙走到留下他们身边。

景芳:"西溪。"

钱西溪听到是景芳的声音,和王留下停止了接吻,梳理了一下自己的头发。

景芳拍了一下黄龙,示意他上前去和王留下道歉。

黄龙很听话地:"留下啊,刚才我们同学们的话都是无意的,对不起,对不起,请你不要放在心上。"

王留下:"没事,是我太情绪化。"

黄龙拉了一下王留下:"留下,我们老同学聚一次也不容易,尤其是他们从外地赶过来的,你和西溪还是回去吧,不然他们的心里也会有愧的。"

王留下看了一眼钱西溪。钱西溪点了一下头。

王留下:"好,走吧。"

44. 奶酸菜鱼饭馆,夜,内

王留下他们又回到了座位上。

江干:"留下,对不起,老江我嘴巴欠揍。"

江干打了两下自己的嘴巴。

江干:"刚才同学们的话,你不要往心里去。我老江自罚两瓶。"

江干说着,一口气喝掉了两瓶啤酒。

黄龙鼓掌:"好好,我们的老班真是厉害,一箱子已经干掉了。"

江干:"嘿嘿,小意思,小意思。"

黄龙:"我看啊,今天还早,反正今晚上大家都住在杭州了,现在钱塘江边的灯光秀可是杭州的一大亮点,以前我们读书的时候没有看过。我提议啊,现在我们赶去钱塘江边看灯光秀,怎么样啊?"

景芳:"这个可以有。"

江干:"看灯光秀,好,这个提议好。"

景芳:"西溪,留下,走吧,一起。"

钱西溪看着王留下,征求他的意见。

王留下:"去,一起去,我们在杭州的,也没有去看过灯光秀,我们在G20到来前,去看看杭州的繁华盛世。"

钱西溪听了王留下的话,脸上露出了微笑。

45. 空镜头六

杭州城的夜景,车来车往。

46. 钱塘江边,夜,外

钱塘江边的灯光秀已经亮起。

王留下、钱西溪、景芳他们从出租车里出来,往钱塘江边跑去。

王留下拉着钱西溪的手。

一群同学站在灯光秀的正对面。

47. 空镜头七

钱江新城灯光秀全貌,最绚丽的画面。

48.钱塘江边,夜,外

同学们看着灯光秀都呼喊了起来。

钱西溪:"这灯光秀真的太美了。"

景芳:"是啊,真的好美,好壮观,我们可真是赶上了一个好时代。"

黄龙:"对对对,这是最好的时代。可该死的房价,实在是太贵了。"

钱西溪对景芳:"景芳,你们真好,都快买房子了吧。"

景芳笑了笑:"在看房呢,不知道接下去会不会降一点。"

钱西溪有些羡慕地:"买了房就可以结婚了,结了婚就能生宝宝了,我们同学中,你们是最早修成正果的。"

景芳:"你和留下也抓紧啊。"

钱西溪笑了笑没有说话。

江干感叹着:"杭州这繁华真是好啊。"

王留下:"盛世是他们的,我们只是盛世下的蝼蚁,这座城市里为了活着而活着的蝼蚁。"

黄龙:"嗨,留下啊,你太悲观了,这盛世是大家的,我们虽然小得像蝼蚁一样,但是我们也会长大,我们还年轻。"

钱西溪听到了王留下他们的谈话:"对,黄龙说得对,我们还年轻,年轻就是我们的资本。留下,我们要好好奋斗,争取早日买房。"

钱西溪抓住了王留下的手,王留下也握紧了钱西溪的手,两人搂在一起。

景芳:"别秀恩爱了。今晚上我们物流管理班的同学,面对着杭州最繁华的地方,喊出我们心里的梦想。"

黄龙:"好,老婆的这个想法好。我先来。"

黑夜下,钱江新城的灯光秀格外绚丽夺目,一派大都市的感觉。

黄龙拼命地对着灯光秀喊了起来:"我黄龙,要在杭州买房、买车,有存款,把全世界最好的,都给我老婆景芳。"

江干："哈哈哈,黄龙你小子可真会拍景芳马屁啊。"

黄龙："绝对不是拍马屁,我黄龙是真心实意的,一辈子就爱景芳一人。"

景芳："好了好了,当着这么多同学的面,也不知道害臊。"

黄龙："嘿嘿嘿,咱们都是老夫老妻了,当然不害臊了。老婆,你也说出你的梦想吧。"

景芳："嗯。我景芳现在就一个梦想,就是在杭州有一个家,属于一套自己的房子。"

黄龙又喊叫起来:"房子,房子,在杭州有一套房子,一个家。"

江干："嗨,这两人其实也蛮庸俗的。"

黄龙："那老班你的梦想是什么啊?"

江干："我的梦想啊,就是骑上我的宝马,游遍全世界。"

黄龙："哈哈哈,你的宝马? 不就是一辆自行车嘛。"

江干："我的自行车很多时候比宝马车还厉害,宝马车能上山地吗,不能,但是我的宝马可以啊。"

黄龙："你厉害,厉害。嗨,留下,说说你的梦想吧。"

王留下："我……我没什么梦想。我没有想过梦想这事。"

黄龙："啊,那你现在最想得到什么?"

王留下："我没有想过,反正每天就这样工作。"

在场的同学们都看着王留下。

空气静止。

江对面的灯光秀也静止了。

钱西溪打破了沉默:"我钱西溪的梦想,就是和留下在一起,不管清贫还是富裕,不管在杭州,还是回到乡下。留下,你说呢?"

王留下点头:"是的,我的梦想也是能永远和西溪在一起。"

景芳："好好好,很好呢,我们大学时候谈恋爱的几对,好像只剩下我们两对,维持维持,一直到最后。"

沈美琳:"真好,真好,多么羡慕你们这些能秀恩爱的。"

钱西溪:"你也抓紧啊。"

沈美琳:"嗯。"

景芳:"哈,秀恩爱多好,像杭州这灯光秀一样,让全世界都看到我们在秀。"

钱江新城灯光秀如梦如幻。

同学们的欢呼声。

江干:"来来来,我们物流管理的同学,唱一首我们读书时候的班歌《光辉岁月》。"

王留下、黄龙:"好。"

同学们面对着灯光秀,大声唱了起来:"……年月把拥有变做失去/疲倦的双眼带着期望/今天只有残留的躯壳/迎接光辉岁月/风雨中抱紧自由/一生经过彷徨的挣扎/自信可改变未来/问谁又能做到……"

49.出租房,夜,内

钱西溪和王留下参加完同学会,回到了出租房,两人躺在床上。

西溪:"其实今天蛮开心的,和老同学三年没有见面了。"

王留下看着头顶上斑驳的屋顶:"嗯。"

钱西溪:"景芳和黄龙估计买了房子,明年就要结婚了。"

王留下:"挺好的。"

钱西溪:"留下,G20期间我们公司放假,你们快递公司不是也不收发件了吗,也要放很多天啊。"

王留下:"哦,是的。"

钱西溪:"跟我回家去见我爸妈吧?"

王留下回过身来,看着钱西溪:"去见你爸妈?"

钱西溪："嗯,怎么了,我们在一起都这么多年了,同居都已经三年了。"

王留下："我,我……我还没有心理准备。"

钱西溪握住了王留下的手:"留下,去见我爸妈是迟早的事情啊,这次我们去我家里,等国庆节的时候,我和你去见你的爸妈。"

王留下："哦,好吧。"

钱西溪在王留下的嘴上亲了一口。

王留下也吻住了钱西溪的嘴。

两人激吻起来,随后王留下爬到了钱西溪的身上。

50. 空镜头八

出租房外,农民房夜景。

51. 空镜头九

钱江新城外景,高楼大厦林立,尽显盛世的感觉。

52. 钱江新城,钱西溪所在公司,办公室,日,内

钱西溪在办公室工作着,康桥走到了西溪面前,放了一杯星巴克咖啡,对西溪微微一笑:"中午一起吃饭。"

钱西溪："康总,我……"

康桥："不要再找理由拒绝我了,只是吃个饭。我又不会把你吃了。"

钱西溪："我约了别的同事一起……"

康桥："好了,就吃个饭,你上次不是说你请我吗,难道还想要赖?"

钱西溪："没,好,那中午一起吃个饭。"

康桥对钱西溪笑了笑:"我在万象城王品牛排等你。"

钱西溪："哦……"

康桥离开，钱西溪的眉头皱了一下。

财务室门口，李申花看到了康桥和钱西溪，怒视着钱西溪，吃醋地说："就知道勾引小老板。"

53.万象城，王品牛排餐厅，日，内

钱西溪被服务员带进了餐厅。

康桥已等在了那里，见钱西溪过来，对她微微一笑，又亲自为她拉开了椅子。

漂亮的服务员为钱西溪递上了一杯香槟酒。

钱西溪："谢谢。"

服务员："很高兴为您服务。"

钱西溪和王留下从来没有来过这样高档的餐厅，西溪朝周边望了望。

康桥："这里环境还可以，至少不会有人来打扰我们。"

钱西溪："嗯。"

康桥："来，你看看，点什么？"

康桥送上了菜单。

钱西溪一看菜单上的价格，眼睛都瞪大了。

康桥："我们还是第一次吃饭。"

钱西溪点点头："嗯。"

康桥："随便点，我请客。我有这里的贵宾卡。"

钱西溪看了一眼康桥，有些不好意思，也点不好。

康桥："王品的台塑牛排味道还可以。来一份吧。"

钱西溪又点点头："好。"

康桥召唤了一下服务员："给这位小姐来一份台塑牛排，还有法式香煎鹅肝沙拉、香颂玫瑰露、金皇芒果慕斯。"

服务员："好的，康总。"

康桥对钱西溪优雅地笑了笑:"我随便点的,希望你喜欢。"

钱西溪笑着点点头:"谢谢康总。"

康桥:"嗨,谢什么啊,能和你吃饭,是我康桥的荣幸。"

钱西溪抬头看康桥:"康总,我……"

康桥:"来,我们先喝点香槟酒,我敬你。"

钱西溪:"我不会喝酒。"

康桥:"嗨,这香槟酒是甜的,不会醉,你尝一口。"

钱西溪试着喝了一口。

这时,服务员端上了牛排来:"请慢用。"

康桥:"尝一尝这牛排。"

钱西溪从来没有和王留下去吃过牛排,只在电视剧里看过别人怎么吃牛排,但她还是不好意思去吃。

康桥似乎看出了钱西溪的为难之色,很是细心地为她切好牛排:"来吧。"

钱西溪更加不好意思地:"谢谢康总。"

康桥:"小事情,不要总是说谢啊。吃吧。"

康桥也为自己切下一块牛肉,吃了起来。

钱西溪终于吃了一块,她从来没有吃过这么美味的牛肉。

康桥:"味道还行吧?"

钱西溪点点头:"嗯。"

康桥拿起酒杯又敬了一下西溪。

西溪拿起杯子,喝了一口酒。

康桥:"西溪,其实我喜欢你。"

钱西溪嘴里的酒含在那里,她没有去看康桥,也没有说话。

康桥:"我知道我这样向你表白,有些唐突,但是自从我第一眼看见你,就喜欢你了。"

钱西溪："康总，我很普通，你身边的女孩子那么多……"

康桥："不不不，西溪，她们这些胭脂水粉怎么能和你相提并论呢。你的清纯，是独一无二的。"

钱西溪："康总，我没有你想象中那么好，而且，而且……"

康桥："而且什么？"

钱西溪："我有男朋友的。"

康桥笑了笑："男朋友？呵，就算你已经结婚了，我也会追求你的。"

钱西溪："康总，你不要这样子，你完全可以和更好的女孩子在一起，现在大学刚毕业的女孩，都很清纯。"

康桥冷笑一声："她们怎么可能会清纯。西溪，我知道我这样直接，可能吓到了你，但我是真心的。"

钱西溪："对不起，康总，我和我男朋友在一起很久了，我们不可能分手的。"

康桥还是淡然一笑："我能等。"

钱西溪："康总……"

康桥："好了，不要说了，我们还是把这顿饭吃完。"

钱西溪低下头去，但她没有心思再享用美食。

54. 钱江新城，钱西溪所在公司，办公室，日，内

康桥和钱西溪一起回到公司里。

钱西溪有意走在康桥后面，不让公司的同事看到。

康桥笑了笑往自己办公室走去。

钱西溪随后才走向自己的座位。

在钱西溪身后，李申花站在办公室门口看着他们，极度嫉妒和生气的样子。

55. 高档小区,白灵隐住处,门口,日,外

王留下把快递送到了白灵隐住处门口,他正要敲门,听到里面的吵架声。

白灵隐的声音:"你给我滚,我再也不想见到你。"

郑总:"灵隐,你听我说,你一个人住着不是很好吗,我一星期过来看你三次,你也能做一点你自己喜欢的事情。"

白灵隐:"我不想要这样的生活,你一星期过来三次,无非就是和我做三次爱,你把我当什么了,你当初是怎么说的,你说要跟我结婚。"

郑总:"我……灵隐,这个只是时间上的事情,等时机成熟了。"

白灵隐:"骗子,骗子,我不要听这些话,这些话你已经跟我说过不下十次,骗子,你这个骗子,给我滚,走啊!"

王留下听到了里面白灵隐的哭泣声。

随后门被打开了。

郑总从里面走了出来。

王留下有些尴尬地:"快……快递。"

郑总没有理睬王留下,往电梯口方向走去。

王留下拿着快递只有朝屋子再喊了一声:"你好,有你的快递。"

里面传出白灵隐的声音:"帮我拿进来吧。"

王留下犹豫了一下,还是往屋子里走了进去。

王留下看着白灵隐在哭泣,脸上流着泪。

王留下:"你,你的快递,我放这里了……"

白灵隐:"为什么,为什么所有事情发展到最后都会成这样,我白灵隐成了一个贱女人。我这样做是为了什么,我把我的青春都丢了,我没有了青春,我还有什么? 郑生,你这个混蛋。呜呜呜。"

王留下愣在那里,不知该怎么办。

白灵隐看着王留下:"对,对不起,我失态了。快递是吧。"

王留下："嗯,请你签收一下。"

白灵隐："好。"

白灵隐一边擦拭眼泪,一边签了字。

王留下开口安慰："你不要伤心,没有什么事是过不去的,船到桥头自然直。"

白灵隐重新抬起头打量了王留下："谢谢你的安慰。"

王留下笑了一下："没什么。"

白灵隐："刚才不好意思,我请你喝咖啡吧,我刚磨好了巴厘岛带来的咖啡。"

王留下："不不不,谢谢了。我还有很多快递要送呢。走了,拜拜。"

王留下转身离开了白灵隐住处。

白灵隐看着王留下的背影消失在电梯口。

56.钱江新城,钱西溪所在公司,办公室,日,内

钱西溪正在工作,突然李申花过来,把一份文件拍在了钱西溪的办公桌上："怎么回事?"

钱西溪抬头看李申花："怎么了?"

李申花："你看看这个月华东地区原材料进货数据,老板都说了,现在经济形势不好,要开源节流,结果你给他们报的比上个月还要多,你是不是拿了他们的回扣啊?"

钱西溪："没,没有。"

李申花："哼,我必须把这事跟财务总监,不,得跟大老板汇报一下。"

钱西溪："申花,我真的没有拿过他们什么回扣,你知道,现在的原材料从品质上来说,肯定比以前的要好。"

李申花："不要解释了,如果你没有拿回扣,就是你乱报,是不是想从这笔钱上拿点油水。"

钱西溪:"没有的事情。"

李申花:"这事情,我必须和上面说。"

李申花说着便转身离开。

钱西溪很是郁闷地坐在那里,旁边几个同事看着钱西溪,钱西溪看她们,她们又把头低了下去,假装做事情。

57. 出租房,黄昏,内

王留下回到了出租房,打开电脑,玩起了游戏。

58. 农民房,道路上,黄昏,外

钱西溪也下班回来,走在肮脏不堪的小路上,钱西溪穿着高跟鞋蹬在地上,发出清脆的声音。

几个在路边吃饭的农民盯着钱西溪的美腿,色眯眯地看着。

钱西溪有意识地加快了脚步。

59. 出租房,黄昏,内

钱西溪敲门,但没有人给她开门,她只好自己开门走进了屋子。

王留下玩游戏正玩得起劲。

钱西溪:"怎么不给我开门?"

王留下摘下耳机:"啊,你说什么?"

钱西溪:"我敲了半天门。"

王留下:"没有听到。"

钱西溪很是无语地:"外面衣服收了吗?"

王留下:"没有。"

王留下没有和钱西溪多说话,继续玩游戏。

钱西溪无奈地又走出门去。

60.出租房外,阳台上(或者是顶楼阳台),黄昏,外

钱西溪来到晾晒衣服的阳台上,一件件把衣服收了下来,突然发现有什么不对劲的地方。

钱西溪:"奇怪,我的文胸和丝袜怎么不见了?"

钱西溪看了看周边,没有发现文胸和黑丝袜掉落在地上。

钱西溪的眉头皱了起来:"难道又被人偷走了?"

钱西溪走回自己的房间去。

61.出租房,夜,内

外面的天色转眼间已黑。

王留下还在玩游戏,而且玩得很起劲,钱西溪回到屋子里,王留下也没有看她一眼。

钱西溪:"新买的文胸和丝袜又不见了,这里的变态太多了,我实在忍受不了了。"

王留下没理睬钱西溪。

钱西溪很是恼火地把手中的衣服扔在了地上。

王留下摘下耳机:"你什么情况啊,又发神经。"

钱西溪:"你才发神经,整天就知道玩游戏,不思上进。"

王留下:"我怎么不思上进了?我送了一天快递,我也很累的。"

钱西溪:"送快递,送快递,你以后能有什么出息。"

王留下被钱西溪的话气得涨红了脸,猛地拍了一下桌子,随后又拿起耳机来戴上,继续玩游戏,不去理睬钱西溪。

钱西溪见王留下这副样子更加生气了,她看到桌子上放着一杯开水,走上前去,拿起水杯,就往电脑键盘上倒去。

电脑屏幕立即变黑。

王留下愤怒地站了起来:"你到底想干吗?"

钱西溪:"我就是不想看着你这样子堕落。"

王留下终于爆发了,一巴掌打在钱西溪的脸上。

钱西溪也没有想到王留下会打她,捂住了脸蛋:"你,你竟然打我。"

王留下看着钱西溪,又看了一眼自己的手掌。

钱西溪的眼眶中含着泪水。

王留下想要道歉,但没有说出口。

钱西溪转身,趴在床上痛哭。

王留下看着钱西溪伤心的模样,也有些难过,他坐回到了椅子上,看着黑屏的电脑。

62. 空镜头十

杭州城夜景。

夜未眠。

63. 出租房,夜,内

王留下和钱西溪彼此背对着对方。

默默无言。

黑夜寂静。

钱西溪的脸上还挂着泪痕。(表情特写)

王留下也睁着眼睛,看着这个黑夜。

这注定是一个无法入眠的杭州之夜。

王留下在心里默默道歉:"西溪,对不起,我不应该打你。但是你凭什么说我没用,说我堕落。王留下啊王留下,你能不能在杭州这座城留下来,能不能给你和你交往这么多年的女朋友一个未来?"

钱西溪内心:"留下,我和你在一起这么多年了,我真的不是厌弃这样的生活,我的心里还是爱着你的,不然也不会跟你蜗居在这出租屋里。但是,但是我真的不知道我们的未来会怎么样,我看不到前面的路……"

黑夜。

夜越来越黑。

杭州夜未眠。

64.空镜头十一

杭州城之晨。

天色灰蒙蒙。

雾霾笼罩下的杭州城。

65.出租房,日,内

王留下和钱西溪起床。

谁也没有跟谁说话。

两人冷战。

洗漱完后,各自出门上班。

66.售楼处样板房,日,内

售楼小姐带着黄龙和景芳参观样板房。

售楼小姐:"这个户型可是我们小区主推的小户型,特别适合我们刚需的年轻人,这个是客厅,南北通透,采光很好,落地窗外是个大阳台,全赠送面积,特别实用。这边是厨房和餐厅,这是主卧,这是儿童房,虽说不大,但很温馨。"

景芳露出了满意的微笑,她和黄龙对视一笑,微微地点了点头。售楼员敏锐地捕捉到了这一表情。

售楼小姐拿着合同:"我们公司为了回馈广大业主,特推出了三套特

价房源,每套只要 88 万,不过首付要 30 万,但是真的特别划算。您看是不是先交个定金,预订好房源,毕竟这么划算,好房可不等人啊。"

黄龙和景芳对视一眼:"这样,我们先商量下。"

售楼小姐:"好的。"

黄龙拉着景芳来到阳台上。阳台下望去绿草如茵,景色宜人。

黄龙:"我觉得这挺好,你喜欢吗?"

景芳:"嗯,这个小区我也挺喜欢,远是远了点,但以后我们可以买个车呀。"

黄龙:"那行,我们就定了吧。"

景芳:"别呀。"

黄龙:"怎么了?"

景芳:"我觉得这个价格还有商量的余地,这样,我们先耗她一阵子,反正现在房源还有那么多,对吧?"

黄龙:"行,那听你的。"

景芳和黄龙牵手来到售楼小姐面前。

景芳:"我们商量了下,觉得这个价格还是有点贵,能不能再优惠点呢?"

售楼小姐:"这几套已经是特价了,不可能再便宜。错过了可真没有了。"

景芳:"那行,我们再考虑考虑,谢谢啊。"

售楼小姐:"好的。"

67. 售楼处,日,外

景芳开心地牵着黄龙的手:"我们马上就要有自己的家了。"

黄龙:"看你开心的,要不我们就先定了吧,心里踏实点。"

景芳嗔笑:"瞧你那出息,钱在自己手上,还怕房子飞了呀。"

黄龙搂过景芳："行，都听老婆的。嘿嘿嘿。"

黄龙亲向景芳，景芳嬉笑着跑开，笑声回荡在小区。

68.白灵隐所在的小区，日，外

大雨倾盆。

王留下穿着雨披，分拣着快递。留下看到白灵隐的快递，下意识地愣了一秒，然后放到一边，决定留到最后派发。

留下拿着快递穿梭在小区的各个单元。

王留下最后拿起灵隐的快递，走向灵隐的家。

69.高档小区，白灵隐住处，日，内

王留下敲门："快递。"

白灵隐开门，接过快递："是你呀。"

王留下下意识地看了下自己狼狈的样子，有点窘迫，窘笑着点了点头。

灵隐将门开大："进来坐下吧。"

留下连连摇手："不了，不了。"

灵隐一把拽起留下的手往房间里面拉："都淋成这样了，进来擦擦吧。"

留下站在原地，灵隐从房间拿出一条浴巾，温柔地替留下擦拭头发。

灵隐的酥胸在留下眼前起伏地晃动。

留下红着脸，尴尬地拿过浴巾："我自己来就好。"

留下背过身，快速地擦拭。

白灵隐笑了笑，然后转身去厨房倒研磨好的咖啡。

灵隐拿着咖啡放在了桌子上："过来坐吧，喝杯咖啡暖暖身。"

留下："嗯。"

留下坐下将咖啡一饮而尽。

灵隐笑出了声。

留下尴尬:"不好意思,我太渴了。"

灵隐:"不不不,你别觉得不好意思,我笑是因为你实在是太像我的弟弟了。"

留下:"弟弟?"

灵隐:"嗯,在我老家,有个跟你一般大的弟弟。"

留下面露羡慕:"能做你的弟弟肯定很幸福吧。"

灵隐没有回答,露出一个意味深长的笑。

70. 出租房,夜,内

王留下躺在床上,辗转反侧,脑海里都是白灵隐温柔的笑脸,和她的酥胸。

王留下瞟到西溪的照片,心生罪孽。

王留下冲到卫生间,洗了个冷水脸,对着镜子:"你的思想怎么这么龌龊,人家灵隐拿你当成亲弟弟,你却对人家想入非非,再说,你对得起西溪吗?啊?"

王留下听到开门的声音,收拾好表情走了出来。

西溪走了进来,见王留下脸色不对,担心地走了过去:"你脸色不好,今天下雨淋到了吧?"

西溪摸着留下的额头:"哎呀,发烧了。"

王留下一把搂过西溪,紧紧地抱住。

西溪:"怎么了?很难受吗?要不去医院吧?"

王留下:"西溪,对不起,对不起。"

西溪:"你是坏人。"

王留下:"对不起,西溪,我保证,以后再也不跟你吵架,不跟你冷战了。"

西溪："真是个傻瓜，我们之间还需要说对不起吗？"

王留下："嗯，从今往后，我保证再也不会跟你说这个词，以后所有的事情我都听你的。G20放假，我就跟你去见你爸妈。我要告诉咱爸妈，我王留下，一定会给钱西溪最幸福的生活。"

西溪眼含热泪，紧紧地依偎在王留下的怀里。

王留下抱起钱西溪，向床上走去。

两人一番翻云覆雨。

西溪依偎在王留下的胸前："对了，下周一我表姐要带女儿来杭州玩。"

王留下："哦。"

西溪嗔怒："就一个哦字啊？"

王留下："不然呢？"

西溪："算了，所有的东西我准备，那天你提前跟公司请好假，人出现就好。"

王留下亲了下西溪的脸颊："嗯，听你的。"

71. 杭州，西湖边，日，外

钱西溪带着表姐玉泉和她的女儿游西湖。

钱西溪："姐，你看，这就是西湖，美吧。"

玉泉："西湖是美啊，可这西湖再美能当饭吃啊。"

钱西溪讪笑："姐，你看你。"

玉泉："对了，你男朋友呢？怎么还没来？"

钱西溪拿起手机："我催催。"

钱西溪打电话："喂，你在哪了？好的好的，你快点。"

钱西溪挂掉电话："他马上就到。"

玉泉："西溪,不是我说你,你这么漂亮的姑娘,只要你肯回老家,那说亲的小伙还不踏破你家门槛啊,你看你留在这里……"

一辆黑色宝马停在了西溪的身旁,康桥摇下车窗,打断了玉泉的话:"西溪。"

钱西溪惊讶:"康桥。"

玉泉见到康桥,眼冒金光,拉着钱西溪的衣襟:"这就是你男朋友啊,好帅啊,你怎么不早跟家里说呢?"

玉泉女儿:"小姨,你男朋友原来是高富帅啊。"

钱西溪尴尬:"不不不,这个是我的同事。"

钱西溪对康桥:"康总,你怎么在这?"

康桥下车:"刚跟朋友在旁边吃完饭。出门就遇见你了。真巧。"

玉泉媚笑着伸出手:"你好,我是西溪的表姐。"

康桥有礼貌地跟玉泉握手。

钱西溪尴尬地抽回玉泉的手。

康桥："你们吃饭了吗? 这家饭店是我朋友开的,味道不错。"

康桥指了指西湖边的五星级饭店。

玉泉："没有呢……"

钱西溪连忙打断玉泉的话:"我们吃过了,谢谢。康总你这么忙,就不用招呼我们了,康总再见。"

康桥讪笑。

这个时候王留下骑着破旧的自行车风尘仆仆地赶了过来:"西溪。"

钱西溪尴尬地看了眼王留下:"留下,你来了。"

钱西溪："这个是我的男朋友,留下。这位是我的同事康桥,我们刚巧遇到。"

王留下和康桥对视一笑,点了点头。

钱西溪:"这就是我表姐,玉泉。"

王留下:“姐。”

玉泉:“哎,别乱叫。我可不是你姐。”

钱西溪和王留下尴尬一笑。

康桥:“西溪,那我有事就先走了。难得你姐过来一趟,不要怠慢了。等下我跟我朋友打个招呼,你们任何时候去吃饭,都签我的单。”

钱西溪:“不用了,真不用。”

康桥:“西溪,你就不要跟我客气了。那你们逛,我先走了。”

康桥对着王留下轻蔑一笑。

王留下心里不是滋味。

玉泉媚笑着送走康桥:“再见,再见。”

康桥开着宝马扬长而去。

玉泉冷眼看向留下。

留下讪笑:“姐,你们还没吃饭吧,走,我们去吃肯德基。”

玉泉看着五星级饭店:“都没去过这么高级的饭店呢。”

钱西溪拉起玉泉女儿的手:“走,小姨带你去吃肯德基。”

玉泉女儿白了眼留下,噘起嘴巴:“屌丝。”

钱西溪尴尬。

王留下讪笑。

72. 肯德基餐厅,日,外

王留下他们吃好饭,走出餐厅。玉泉女儿舔着甜筒。

西溪:“姐,我带你再去转转。”

玉泉:“不转了,带我去你们住的地方看一下,我也好回家跟你爸妈交代。”

西溪:“我们住处有什么好看的呀,前面是音乐喷泉,到了黄昏可壮观了,我带你们去看。”

留下:"是啊,是啊,去看看吧。"

玉泉白了一眼留下。

留下不再说话。

玉泉:"我累了,走不动了,走,去你们那。"

西溪:"那我给你们附近找家宾馆休息吧。"

玉泉:"有地方住去住宾馆不嫌贵啊?走,晚上就住你们家。"

玉泉拉着女儿向前走去。

西溪和留下无奈地跟在后面。

留下:"公交车站在那边。"

西溪狠狠地瞪了眼留下,然后伸手拦了辆出租车:"姐,坐出租车吧。"

西溪留下带着玉泉坐上了出租车往出租房开去。

73. 农民房,小道上,日,外

钱西溪带着玉泉走在脏乱差的农民房外。

王玉泉嫌弃地四周打量。

一只土狗从弄堂穿了出来,玉泉吓了一跳,惊叫了一声:"啊!"

74. 出租房,日,内

钱西溪、留下带着玉泉走进出租房。

玉泉瞪大了不可思议的眼睛:"这地方,这地方怎么能住人呢?西溪,你在杭州就住这样的房子啊?咱老家的狗窝也比这宽敞啊。"

留下:"这个地方只是暂时的,我迟早会让西溪住上大房子的。"

玉泉看到留下挂着的快递工作制服,扯下制服摔在地上:"大房子,凭这个?我家西溪有文化有相貌,凭什么要跟你受这种苦。"

西溪:"姐。"

玉泉:"你也是鬼迷了心窍,怎么会看上这种人。"

玉泉对留下:"告诉你,我们家西溪是要嫁康桥这种高富帅的。就凭你,就别癞蛤蟆指着天鹅肉了。"

玉泉生气地一手拿行李,一手拉起女儿的手:"走,回家。"

西溪急着追了出去。

王留下捡起快递制服,紧紧地攥起了拳头。

75.农民房,小道路口,日,外

西溪看着玉泉牵着女儿的背影,突然没有勇气去追。

钱西溪背靠着弄堂的墙壁,慢慢地蹲了下来,抱着自己小声抽泣。

76.景芳住处,夜,内

景芳躺在床上看网剧,接到电话:"你好,小刘啊,已经卖掉了啊? 哦,好的,我有空再去看看,现在有什么优惠活动吗? 嗯,好,再见。"

景芳挂掉电话,有点失落。

黄龙:"怎么了?"

景芳:"卖房的小刘打电话来了,之前我们看中的那套房子已经卖掉了。"

黄龙:"我说什么事呢,这呀只是他们销售员的营销战术而已,目的就是给消费者造成供不应求的假象,饥饿营销,媒体都报道过了,再说好房子又不是只有这一套,我们重新选就是。"

景芳点了点头:"还是我老公聪明。"

黄龙:"这次放假,我先回老家,把首付凑齐,等回来就把房子给定了。"

景芳靠在黄龙身上,不开心的情绪烟消云散:"你说我们要把房子装修成什么风格呢?"

黄龙抱着景芳:"都听你的。"

景芳开心:"等房子装修好,我们就结婚吧。"

黄龙狠狠地亲了口景芳:"行,我们结婚吧。"

77.钱江新城,办公楼楼下,日,外

康桥拉着钱西溪的手:"我真的不忍心你每天踩着高跟鞋去挤公交车上班,下班之后还要回到那种鱼龙混杂的贫民窟。西溪,你应该拥有更好的生活。"

钱西溪拿开康桥的手:"康总,你别再这样,我非常爱我的男朋友,现在的生活是暂时的,我相信我们会越来越好。"

远处,留下拿着快递往这边走来。看到拉扯中的康桥和钱西溪,留下加快了脚步。

康桥:"西溪,你怎么还不明白呢? 他就一个送快递的,跟着他你就只能每天吃盒饭,穿地摊货,背廉价包。"

钱西溪下意识地捏紧了手中的包。

康桥:"我知道这样说会很伤你的自尊,但是,西溪,我爱你呀,我想把世界上所有的美好都给你,房子、车子、LV、香奈儿。"

康桥说到激动处,两手抓住了西溪的肩膀。

留下听到了康桥的话,一把拽起康桥的手甩开。康桥往后跌退了几步。

钱西溪惊讶,她拉住想要往前冲的留下:"留下,别这样。"

王留下指着康桥的鼻子:"你给我听好了,钱西溪是我的女人,别以为你有几个臭钱就了不起,以后离我的女人远点。"

康桥轻蔑一笑:"你的女人,你好意思说出这句话吗? 一个大男人每天干的事情就是送快递,让自己的女人在外面辛苦打拼,却连最基本的家都给不了,你还算什么男人。"

王留下想要反驳。

钱西溪拉住留下的手，义正词严："不管留下怎么样，他都是我的男朋友，无论富贵还是贫穷，我都爱他。所以，我们的生活不管怎么样，都和康总无关，还请康总以后除了工作，不要再干涉我其他私事。"

钱西溪说完，拉着留下的手转身离开。

王留下感动地看着西溪。

78. 出租房顶楼，夜，外

王留下在顶楼支起桌子，摆好椅子。

钱西溪端着锅汤："汤来咯。"

留下连忙接过，放在桌上："小心点，我来。"

西溪对着留下甜甜一笑。

西溪给留下盛了碗汤，里面放了好几块肉："多吃点。"

留下挑出鸡肉给西溪："我不喜欢吃肉，你多吃点。"

西溪又夹给留下："哎呀，我一个女孩子吃肉会变胖的。"

留下又夹了两块还给西溪："那一人一半。"

西溪甜笑："好，一人一半。"

留下的表情甜蜜、内疚。

城中村外的大厦亮起了灯，繁华、迷离。

西溪依偎在留下的怀里看着远处的夜景，留下若有所思。

79. 超市，日，内

王留下在白酒柜台徘徊。

白酒不同价位，各种档次。

王留下的目光徘徊在388元一盒和588元一盒的两种酒之间。

留下犹豫着拿下388元的酒。走了几步又转身放回货架，长舒一口气拿下588元的酒，然后扭头走向收银台。

80. 钱西溪老家门口, 日, 外

王留下拎着白酒和其他礼品, 与西溪相视一笑。

西溪刚要敲门, 王留下拉住西溪的手:"西溪。"

西溪:"怎么了?"

留下:"我有点紧张。"

西溪:"还怕我爸妈吃了你啊。"

留下笑。

西溪敲门:"妈。我回来了。"

钱母开门:"西溪回来了。"

王留下:"阿姨好。"

钱母点了点头, 没有回话。

王留下有点尴尬。

钱西溪:"妈, 这是我男朋友王留下。"

钱母:"都进来吧。"

81. 钱西溪老家, 客厅, 日, 内

王留下尴尬地站在客厅, 手足无措。

钱母叹了口气坐在了沙发上。

西溪拿着礼物:"妈, 这些都是留下给你们买的。"

西溪将礼物放下, 钱母轻蔑地看了一眼。

钱母:"我去看看你爸饭烧好没。"

钱母起身走向厨房。

留下尴尬地站在原地。

钱西溪拉着留下坐下:"你别介意啊, 我妈她对谁都这样, 天生不会招呼人。你先坐下, 我去看看。"

留下:"好。"

钱西溪起身,在留下的嘴唇上吻了一下,调皮一笑。

82. 钱西溪老家厨房,日,内

钱父在炒菜,钱母在帮忙。

西溪:"爸,在烧什么好吃的?"

钱父:"是你最爱的红烧肉。"

钱母:"玉泉都跟我们说了,你在杭州是吃不好住不好,你爸听了心疼得每晚都睡不着觉,这不,你一回来,早早地去菜市场,买的都是你最爱吃的菜。"

西溪红了眼眶:"爸,妈。"

钱父:"你这人,跟孩子说这些干吗。"

钱母:"我哪说错了,孩子,如果你真的孝顺,就应该让自己过得好一点。你可是爸妈的心头肉啊。你过得不好,让我们两个老的可怎么办啊?"

钱母哽咽。钱父指了指客厅:"你小声点,要被听到了。"

西溪:"妈,我好着呢。"

钱母:"听到又怎样,我们打小就心疼西溪,从来没让她受过半点委屈,你看看你现在,瘦成这个样子,哪好了? 要是下半辈子让你跟着个这样的男人,我宁愿你单身一辈子。"

西溪微怒:"妈。"

西溪下意识地看了一眼留下。

83. 钱西溪老家,客厅,日,内

王留下清楚地听到了厨房里的对话,心里不是滋味。

钱西溪走到留下身边,握紧了留下的手。

留下挤出微笑,对着钱西溪摇了摇头:"我没事。"

84.钱西溪老家餐厅,日,内

钱父端出菜肴:"都过来吃饭吧。"

钱西溪拉着留下的手:"吃饭吧。"

留下点了点头,走向餐桌。

钱父钱母落座,西溪留下落座。

留下没有拿筷子。

钱父:"小伙子,吃吧。"

留下拿起筷子:"哎。"

钱母全程严肃。

西溪忙着给留下夹菜:"你多吃点。"

钱父夹了一个大虾给西溪,心疼:"多吃点,在杭州肯定没得吃。"

西溪:"谢谢爸。"

留下低头扒饭。

钱母:"你现在有多少钱?"

留下被突如其来的问题吓到,含着饭:"啊?"

钱母:"你有钱在杭州买房吗?"

留下咽下饭,面露为难:"阿姨,我……"

钱母:"好了,你也不用说了,我的意思我想你也应该明白了。吃饭吧。"

西溪夹了个菜给留下:"吃饭吧,吃完再说。"

留下点了点头,低头吃饭,心情复杂。

85.钱西溪老家,客厅,夜,内

钱母:"小伙子,时间也不早了,那我就不送了。"

留下尴尬起身:"那我先回去了。"

西溪:"这么晚,回什么回啊?"

钱母一把拽过钱西溪。

留下:"没事,还有火车,那叔叔阿姨我先回去了,西溪,你留下来多陪陪叔叔阿姨。"

西溪想要上前,钱母死死地拽着西溪的手臂。西溪担心地看着留下。留下冲西溪一笑。

留下起身自己开门,走了出去,背影落寞。

86.钱西溪家,夜,外

关上大门的那一刻,留下的眼泪夺眶而出。

留下奔跑在街道上,想哭却拼命抑制,不让自己哭出声音。

87.钱西溪老家,客厅,夜,内

钱西溪:"妈,你怎么可以这样对留下。"

西溪说完拿起手机想要给留下打电话。

钱母一把夺过手机:"西溪,今天妈就在这撂下狠话,如果你还认我这个妈,你就不能回杭州,这个男人你也必须分手。你也许会恨爸妈,但是多年之后,等你有了自己的小孩,你肯定会感谢爸妈今天为你做的决定。"

西溪痛哭:"妈。"

钱母拉起西溪的手走向卧室:"时间不早了,你好好休息。"

钱母说完,将房门反锁。

88.钱西溪老家,房间,夜,内

西溪打不开门,急着喊道:"妈,妈你锁着我干吗呀?"

钱母含泪走开。

西溪拍门:"妈,妈,你开门呀。"

西溪失望,她徘徊在房间内,担心着留下:"怎么办,我必须得出去。留下,你可千万不能出什么事啊。"

西溪的目光锁定在窗台。她打开窗台,向下望去,一根水管在窗台旁边。(钱西溪家在二楼)

钱西溪:"管不了那么多了。"

西溪闭上眼睛深吸一口气,然后从窗台沿着水管爬了下去。

89. 钱西溪老家,楼下,夜,外

钱西溪最后一步纵身跃下,含泪想:"爸、妈,女儿不孝,对不起,我一定用幸福的生活,来报答你们的养育之恩。"

钱西溪扭头跑走。

90. 火车站,夜,内

钱西溪奔跑着,四处搜寻留下的身影。售票处、候车室都没有他。

钱西溪来到站台,依然不见留下的身影。

钱西溪落泪,内心呐喊:"留下,等我,等我。"

钱西溪四处寻找。

91. 火车站站台,夜,内

钱西溪大声呼喊哭寻:"留下,王留下。"

一列火车开过,钱西溪绝望地呼喊着,待她抬头,留下正站着站台的另一边。

王留下眼含热泪:"西溪。"

西溪:"留下。"

两人一起跑向对方,相拥抽泣。

留下："西溪，我王留下发誓，这辈子只疼你一个爱你一个。我一定会让你幸福的。"

西溪点头："我相信，我相信。"

92. 售楼处，日，外

景芳和黄龙兴高采烈地走向售楼处。

93. 售楼处，日，内

景芳瞪大了眼睛，难以置信："不是88万吗？"

售楼小姐站在景芳和黄龙对面一脸无奈："88万是我们当时推出的特价房，就那么几套，两天就卖完了。那会我也催过你们下单的。"

景芳表情复杂："就算这样，现在这价格涨得也太离谱了吧。"

售楼小姐："这也是没办法的事情，这G20一开，整个杭州的楼市猛涨，大环境如此。"

黄龙有些着急："咱说好的呀，88万，我这首付都带了，你们怎么能反悔呢？"

售楼小姐无奈："我当时就跟你们说了，过了这个村没有这个店，现在后悔也来不及了，但是我还是奉劝你们趁早下定金，之后的房价肯定还会涨，早买早赚。你们考虑下，我先忙别的了。"

售楼小姐走开。

景芳和黄龙面如死灰。

黄龙："当初就应该把房子给定掉的。"

景芳："现在说这些还有什么用。"

景芳气愤地走出售楼处。

94.售楼处,日,外

黄龙追向景芳:"景芳,景芳。"

景芳突然停止脚步,眼神坚定:"这房子我必须买。"

黄龙:"景芳,对不起,都是我没用。"

景芳:"黄龙,把你老家的房子卖了吧。"

黄龙:"不行不行,卖掉了这房子,我爸妈以后住哪里啊?他们仅有的十五万都已经给了我们,我黄龙可不能这么不孝啊。"

景芳:"那难道你要我去问我爸妈那里借钱吗?"

黄龙:"景芳,你放心,我会想办法筹钱的。"

景芳表情复杂:"走吧,回家。"

两人落寞地离开了售楼处。

95.出租房,日,内

阳光洒进房间。

留下对着西溪耳朵调皮大喊:"懒猪,起床了,迟到了。"

西溪掀开被子跳起来:"我的全勤奖,啊……你怎么不早点叫我。"

留下笑。

西溪故作生气的样子,瞪了眼留下。

西溪火速穿好衣服,刷牙、洗脸。

西溪拿起包向门外跑去,又火速跑回来,在留下脸颊亲了一下:"么么么。"

西溪又准备往外跑。

留下拿着牛奶追上去:"牛奶,牛奶。"

留下往西溪手里塞了罐牛奶:"记得喝啊。"

西溪回头冲留下一笑:"知道了。"

西溪跑开。

96. 钱江新城,钱西溪所在公司,办公室,日,内

钱西溪走进办公室,打卡,与同事打招呼:"早。"

同事笑得很奇怪:"早。"

钱西溪纳闷。

人事部丁主任叫住钱西溪:"西溪,你来一下。"

钱西溪纳闷:"好的。"

钱西溪来到人事部办公室。

丁主任:"是这样,集团一方面呢要精简费用,另一方面呢也想提高职员的整体素质,所以集团要对部分员工进行职业考核,为期一个月,如果不能达到集团的要求,这部分人将被集团辞退。"

钱西溪苦笑:"所以,我是考核对象。"

丁主任:"对,具体的考核方案你可以向康总请教。"

钱西溪若有所思:"康总?"

丁主任露出诡异的微笑:"好好把握这么好的机会。"

钱西溪陷入沉思。

97. 钱江新城,康桥办公室,日,内

钱西溪敲康桥办公室的门。

康桥:"请进。"

钱西溪走进。

康桥:"坐。"

钱西溪:"不用了。康总,刚人事找过我了,我就想问问你对我的考核方案。"

康桥起身把西溪按在椅子上:"急什么,先坐,要咖啡吗?"

钱西溪急:"康总,我……"

康桥边泡咖啡边说:"这个考核方案具体细节我还没想好,这次考核呢主要是针对入职三年内的员工,当然,西溪你这么优秀,是完全没必要担心的。"

钱西溪起身:"既然这样,那我就先出去了。"

康桥端过咖啡:"咖啡已经泡好了,喝完再走吧。"

钱西溪笑:"谢谢康总,我男朋友给我带了牛奶,喝了咖啡怕是喝不下牛奶了。"

钱西溪说完走了出去。

康桥微笑的脸变得僵硬、冷峻。

98. 华三科技公司,办公室,日,内

黄龙坐在办公桌旁,拿着手机,逐一给朋友发微信。

黄龙打字:"兄弟,江湖救急。"

微信甲:"不好意思啊,最近兄弟手头也紧。"

微信乙:"兄弟还想问你借钱呢。"

微信丙:"我都很久没有见过钱的样子了。"

……

黄龙愤恨地摔手机:"一群白眼狼。"

99. 高档小区,白灵隐住处,日,内

王留下拿着快递正准备敲门。

房间传来白灵隐歇斯底里的声音:"现在你跟我说你不能离婚,你离不了,当初追我的时候你是这么说的吗? 啊?"

郑总拿出一张卡:"好了,别闹了,出国去散散心吧。"

白灵隐:"好啊,拿钱叫我滚蛋是吧。"

郑总:"你好好冷静下,我还有个会。"

白灵隐哭着扯着郑总衣服吼叫:"开会,当初你跟我一起翻云覆雨,回家跟老婆也是这么说的吧?"

郑总甩开白灵隐:"不可理喻。"

郑总夺门而出。

郑总看了眼站在门外尴尬的王留下。

王留下尴尬:"送快递。"

郑总走向电梯。

白灵隐瘫坐在地上,眼妆已花,小声抽泣。

王留下小心地走了进去:"你还好吧?有你快递。"

白灵隐抬头看向王留下,一把抱住留下,王留下不知所措,想要推开。

白灵隐:"借你的肩膀让我哭会行吗?"

白灵隐伏在留下肩膀上大哭,口红和眼影蹭到了留下的肩膀处。

100.钱江新城,康桥办公室门口,日,内

钱西溪刚走出康桥办公室,手机响起。

钱西溪看了下是父亲的电话,钱西溪小跑来到僻静处接起,小声说:"喂,爸,我上班呢。喂,爸,你在听吗?爸,爸。"

电话那头传来声音:"西溪啊,那件事你也不要怪你妈,你妈也是为你好。"

西溪内疚:"爸,我知道。对不起。"

电话那头钱父哽咽的声音:"不,你不知道,有件事我和你妈瞒了你很久。"

西溪心头一紧。

钱父:"你妈生病了,乳腺癌,晚期。"

西溪两脚发软。

钱西溪:"爸,你怎么不早说呢?"

钱父："早说又能怎么样，这个病需要很多钱，我们都不想给你增加负担。你妈现在唯一的指望就是你能嫁个好人家，可不能跟我们一样到老了连个看病的钱都没有。"

钱西溪只觉两眼发黑。

康桥见状，走近："西溪，你怎么了？"

钱西溪回过神，拭干眼泪，挤出微笑："没事，我去上班了。"

康桥拉住西溪的手："西溪，如果有困难，一定要告诉我，无论如何，我不想让你一个人面对。"

钱西溪点了点头，转身走开。

101. 出租房，夜，内

钱西溪回到出租房，留下正在玩游戏。

王留下看到西溪回来，连忙关掉了电脑。

西溪有点恼火："房间也不知道收拾下，就知道玩游戏。"

钱西溪收拾着床上的衣物，往脸盆里面扔。

王留下一脸关切："西溪，怎么了？哪里不舒服吗？"

钱西溪突然抱着留下大哭："呜呜呜……"

王留下吓了一跳："西溪，怎么了？有什么事我们一起承担。"

钱西溪："留下，我妈妈生病了，怎么办，怎么办？"

王留下："生病？"

钱西溪号啕大哭："是乳腺癌。"

王留下安慰："西溪，先别难过，现在医学这么发达，你妈肯定会没事的。"

钱西溪趴在留下肩膀点了点头，然后看到肩膀上一个淡淡的口红印。

钱西溪止住哭泣，她定定地看着口红印，然后在口红印旁边捡起一根染过色的长发："这是怎么回事？"

王留下这才留意到肩膀处："西溪，你别误会。"

钱西溪大吼："这是怎么回事？"

王留下急："西溪，不是你想的那样，就是我送快递，碰到一个女客户，她失恋了，然后就借我的肩膀靠了下……"

钱西溪大声："王留下！"

留下着急地看着钱西溪。

钱西溪："王留下，亏我钱西溪对你是一心一意，死心塌地。你倒好，送个快递还能送出一个投怀送抱的女客户，你长出息了啊。"

王留下急："不是的，西溪，我跟灵隐真的没什么？"

钱西溪眼神涣散，绝望："灵隐，呵呵，叫得真亲密，呵呵。"

王留下："西溪，你不要吓我，我们真的没什么，我发誓，我王留下对钱西溪……"

钱西溪大声喝道："够了，你的誓言能值几个钱，如果你真的有本事，现在就给我变个二十万出来，我现在只需要钱，只要钱，你听明白了吗？"

钱西溪说完，摔门跑开。

王留下沮丧地坐在了床上。

102. 空镜头十二

西湖夜景。(此场景也可以选择在西溪湿地慢生活区，或是具有杭州特色的景点。西溪人比较少。)

103. 西湖，夜，外

钱西溪在西湖边漫无目的地走着。

手机响起，来电显示是景芳。

钱西溪接起电话："喂，景芳啊，我在西湖啊。好啊。你快来，我们喝一杯。"

钱西溪挂完电话,坐了下来,眼神空洞。

景芳从远处跑向钱西溪。

景芳气喘吁吁:"西溪。"

钱西溪朝着景芳挥挥手。

景芳跑到钱西溪旁边坐下:"姑奶奶,半夜三更地跑到这来赏什么景啊。"

钱西溪:"景芳,你说这人活着有什么意思呢?"

景芳:"西溪,你是怎么了? 是不是王留下那小子欺负你了?"

钱西溪苦笑摇头:"只是觉得这生活一点希望都没有了。"

景芳:"是啊,这生活真没劲。"

钱西溪:"钱真是个好东西。"

景芳苦笑:"可不是吗,就这么几天,我所有的梦想、所有的期待都幻灭了。"

钱西溪:"梦想,好遥远的词语啊。"

景芳:"西溪,你今天是怎么了? 到底发生什么事情了?"

钱西溪落泪:"景芳,我觉得自己真的好没用,我妈她辛辛苦苦养了我二十五年,爱我、疼我,现在她老了,生病了,可我却束手无策、无能为力。因为我没钱,我的男人也没钱。"

钱西溪说完抱着景芳大哭:"景芳,我该怎么办? 怎么办?"

景芳抱着钱西溪,也心疼地落泪:"傻瓜,你不是还有我们,还有留下吗,我们一起想办法。"

寂静的西湖,两个女子的背影显得尤为凄婉。

104. 景芳住处,夜,内

景芳回到住处,黄龙已睡。

景芳换了睡衣,躺在黄龙身边,睡意全无,她瞪大眼睛看着天花板。

她的脑海里不断闪回钱西溪的话："景芳，我觉得自己真的好没用，我妈她辛辛苦苦养了我二十五年，爱我、疼我，现在她老了，生病了，可我却束手无策、无能为力。因为我没钱，我的男人也没钱。"

景芳突然"噌"的一下坐了起来。

黄龙吓了一跳："景芳，你回来了。"

景芳："黄龙，这房子我们不买了。"

黄龙一个激灵："景芳，你放心，我一定会借到钱的。"

景芳："黄龙，我是认真的，特别认真，为了这么套郊区小房子，搭上我们两家所有的积蓄还得四处背债，何必呢？"

黄龙狐疑地摸了摸景芳额头。

景芳拍开黄龙的手："我只是想通了，黄龙，明天你就把你向爸妈借的钱还给他们吧。"

黄龙："景芳……"

景芳："没有房子，我们就租房子，市中心、地铁口，想住哪住哪，多方便。"

黄龙："景芳，对不起。"

景芳："没有什么比我们两个在一起更重要。"

黄龙感动，和景芳依偎在一起。

105. 景芳住处，日，内

景芳打开支付宝。

支付宝显示余额 59100。

景芳毫不犹豫将五万转账到钱西溪的账户上。

景芳收起手机，微微一笑。

106. 出租房，日，内

钱西溪收拾好准备出门上班，王留下赶紧拿着牛奶递给钱西溪，欲言

又止。

钱西溪接过牛奶,转身离开。

王留下看着钱西溪的背影,表情落寞。

107.公交车站,日,外

钱西溪收到支付宝提示,五万人民币汇入账户。

钱西溪急忙打开详情,汇款人:景芳。

钱西溪感激得热泪盈眶。她仰起头,不让眼泪流下。

钱西溪心想:"谢谢你,景芳,你们这些老同学都是我人生中最好的朋友。"

108.钱江新城,钱西溪所在公司,办公室,日,内

钱西溪坐在自己办公桌前,一副心不在焉的样子。

钱西溪的手机响了一下。

钱西溪看了一眼微信。

是康桥发来的微信。

微信内容:"我在这里那里咖啡书吧等你,现在过来吧。"

钱西溪犹豫了一下,还是起身,走出了办公室。

109.这里那里咖啡书吧,日,内

康桥把钱西溪约到了咖啡馆。

钱西溪:"康总,现在是上班时间,你把我约到这里来喝咖啡……"

康桥没有让钱西溪说下去,拿出一张卡:"里面有二十万,密码是你的生日。"

钱西溪:"康总,这个不可以。"

康桥:"听我的话,拿着。我已经打听到了,你的妈妈得了癌症,急需

用钱。"

钱西溪:"康总,我不能拿你这个钱。"

康桥:"西溪,这钱你先拿着,先解决眼前的困难,我康桥不会向你索求什么,我只要你开心就好。"

钱西溪看着康桥,心里很是感动,感激地:"康总,谢谢你,我不知道说什么好,这笔钱我一定会还给你的。"

康桥:"以后的事情,以后再说。"

钱西溪:"我会还的。"

康桥拉住了钱西溪的手:"好了,不要说了。"

钱西溪看着康桥拉住她的手,她竟然没有挣脱,她甚至感觉到了康桥的手是如此温暖。

康桥:"还有,以后就叫我名字吧,康总显得太生疏。"

钱西溪微微点头。

康桥露出一个得意的笑容来。

110.杭州老小区,小巷子,日,外

王留下骑着电瓶车进了一条小巷子,正准备去一个小区里送快递。

突然王留下面前挡住了两个人。

这两个人手中都拿着木棍,戴着墨镜。

王留下:"你们干什么?"

带头的墨镜男:"你是王留下吧。"

王留下:"是我。"

带头的墨镜男:"给我打。"

墨镜男旁边那个人向王留下冲了过去,抢起木棍打向王留下。

王留下想要往后退。

后面又出现一个墨镜男。

王留下被堵在中间,他想要逃跑,快递散了一地。

随后,一阵木棍打向了王留下的身上。

王留下:"你们是什么人?干吗要打我?"

带头的墨镜男一直看着,冷冷笑着,不回王留下的话。

王留下被打趴在地上,双手护着自己的脑袋,但脸上还是被打出了乌青。

两个墨镜男把王留下打得说不出话来。

带头的墨镜男走到王留下身边,对着他吐了一口唾沫:"屌丝男,离开钱西溪,如果不听话,下一次就不是打你一下这么简单了。"

王留下睁开眼睛看着墨镜男。

带头的墨镜男:"听见了没有,离开钱西溪,臭屌丝。"

王留下沉默着。

三个墨镜男又踢了王留下几脚,然后才转身离开了小巷子。

王留下躺在地上,实在痛得无法起身。

这时,下了雨,雨水砸在了王留下的脸上。

王留下的耳朵边还回响着墨镜男的声音:"离开钱西溪,臭屌丝。离开钱西溪,臭屌丝。"

王留下忍着疼痛站起来,一个个去捡散落在地上的快递。

111. 钱江新城,康桥办公室,日,内

康桥的手机响起。

康桥接起了电话:"好,我知道了。你们辛苦,钱已转到卡里。"

康桥放下电话,路上露出一个阴阴的笑容。

112. 出租房,夜,内

王留下躺在床上,钱西溪走进出租房来,她叫了一声:"留下,留下……"

王留下没有回应。

钱西溪走到王留下身边坐了下来，突然看到了王留下脸上的乌青。

钱西溪："留下，你脸上怎么了，你受伤了，你是不是跟别人打架了？"

王留下推开了钱西溪的手。

钱西溪："让我看一下，要不要去医院啊？"

王留下："不用你来管。"

钱西溪："王留下，你怎么说话的，是不是发生了什么事？"

王留下从床上起来，怒视着钱西溪："你和那个富二代到底是什么关系？"

钱西溪："什么什么关系。我们只是上下级，他是我们公司大老板的儿子。"

王留下："只是这样的关系吗？他在追你！"

钱西溪："是的，他在追我，但我拒绝他了。"

王留下："呵，你也心动了吧，我王留下一个屌丝，他可是富二代啊，你要是嫁给他，你就是现在这家公司的老板娘了。"

钱西溪犹豫了一下。

王留下："我说得没错吧，好，我放手，你跟他去吧。"

钱西溪："我……"

王留下也没有再说下去。

113. 空镜头十三

整个杭州城被夜色包围。

窗外下着沙沙沙的雨。

农民房外面，昏暗的路灯照出雨丝，显得很是冰冷和孤独。

114. 出租房，夜，内

王留下和钱西溪躺在床上，仍旧是背对着彼此。

两人默默无语,但谁都没有入眠。

王留下睁着眼睛,看着小小的出租房,他轻声地开口:"西溪,你睡着了吗?"

钱西溪沉默了一下,还是开口:"没有。"

王留下沉默了一下,似乎在思索事情:"西溪,我们分手吧。"

钱西溪听了这句话,没有说话,眼泪夺眶而出,小声抽泣。

王留下的心如刀绞般疼,他的泪水也忍不住流了出来:"谢谢你和我在一起这么久,对不起,西溪。"

钱西溪终于开始哭泣,泪流满面。

王留下:"西溪,不要哭好不好,你哭,我也会很难过。别哭了。"

钱西溪擦拭眼泪,但还是忍不住哭泣:"我没有哭……"

钱西溪深深舒出一口气:"留下,我们真的要分手吗?"

王留下:"嗯,对不起,西溪,可能我们在一起,真的不适合,你也得不到幸福。长痛不如短痛,还是分手吧。"

钱西溪呜呜呜地痛哭起来。

王留下心想:"西溪,可能在现实面前,爱情真的不值钱,你和我在一起,确实看不到头,连你的妈妈生病了,我都无能为力,我无法保证你的未来,不能给你幸福。希望你能得到幸福,能够在这座城市立住脚,和康桥在一起,每天都开开心心的。祝福你。"

王留下的眼泪也是止不住流,湿透了枕头。

115. 空镜头十四

天色渐渐转亮。

杭州城在雾霾笼罩中苏醒过来。

116. 出租房,晨,内

王留下起床:"西溪,这个出租房你还住吗? 如果住的话,我把下个月的房租交了。"

钱西溪:"以后你住哪里?"

王留下:"我,我回老家去了。可能这座城市,真的不属于我王留下。"

钱西溪听了王留下的话,内心一阵痛,眼泪也止不住流了下来。

钱西溪强忍住眼泪:"留下,今天再陪我去一趟西湖断桥好吗?"

王留下:"去断桥?"

钱西溪:"嗯,就算是最后一次陪我一起吧。"

王留下转过身:"好。"

117. 西湖,断桥上,日,外

王留下和钱西溪站在断桥上。

寒风吹得钱西溪有些发抖。

王留下本想脱下外衣,但终于还是没有。

钱西溪望着西湖,淡然一笑:"留下,你还记不记得,我们读大学时候,第一次牵手,就是在这断桥上。"

王留下:"记得。"

钱西溪:"还是我先牵你的手。"

王留下没有说话。

钱西溪:"从哪里开始,就在哪里结束。也许这就是天注定。"

王留下看着西湖上的游船:"天注定。"

两人站在断桥上,默默无言。

好一会儿,王留下打破沉默:"西溪,我还要去公司办离职手续。我先走了。"

钱西溪的眼泪又流了下来。

王留下:"答应我,不要再流泪了,要好好的,幸福的。"

钱西溪没有说话。

王留下咬了咬牙,转身离开,心里一阵疼。

钱西溪看着王留下离开的背影,泪如雨下,她不顾游人们看着她,撕心裂肺地蹲在断桥上哭了起来。

118. 空镜头十五

西湖的水,被风吹起了一阵微波。

天色如昼。

119. 杭州东站,日,外

王留下拉着行李箱,背着一个包,离开杭州。

景芳和黄龙来送王留下。

景芳:"留下,以后常联系。"

黄龙:"是啊,常回杭州来看看,一起喝酒。"

王留下点点头:"好,我知道了,你们回去吧,我进站了。"

王留下和黄龙、景芳告别,走向了车站。

在走进车站的那一刻,王留下回头看了一眼杭州城:"再见了,杭州。再见了,我的青春。我终究没有在杭州留下来,或许也是天注定,天注定。"

王留下进站。

120. 杭州东站,道路上,日,外

在离火车站不远处的道路上,钱西溪坐在康桥的豪车里,望着王留下离开了杭州。

钱西溪落泪。

康桥握着钱西溪的手："西溪，我会给你幸福的。"

钱西溪没有说话，她的眼神还是望着外面。

120. 野路上，日，外

外面下着雨。

雨水打在一辆豪车的车窗上。

车里面，一对男女正在玩车震。

是康桥和钱西溪。

钱西溪的眼睛还是望着车窗外，任由康桥玩弄。

夜色又降临。

杭州变成黑夜。

121. 钱江新城，某酒店楼下，日，外

康桥搂着一个漂亮女孩出来，钱西溪站在那里："康桥。"

康桥看到钱西溪，先是愣了一下，随后又笑了笑。

漂亮女孩："康总，她是谁啊，该不会是你老婆吧？"

康桥："不是，是女朋友。"

漂亮女孩打量了一下钱西溪，冷笑了一声："有点土。"

钱西溪怒视着康桥，她这一次没有流泪，毅然地转身离开。

122. 字幕

一年后……

123. 舟山东路，奶酸菜鱼饭馆，日，内

饭馆的门口摆着黄龙和景芳的结婚照的易拉宝。

饭馆里很是热闹。

黄龙:"来来来,同学们,里面请啊。"

江干:"嗨,我说黄龙啊,你和景芳虽说是裸婚,但也不能在这里请同学们喝喜酒啊。"

景芳穿着婚纱:"不是为了让同学们怀念一下青春岁月嘛。"

黄龙:"对对对,老婆大人说得对,我们是为了怀念青春岁月。"

江干:"你们啊,一个字,抠。来,拿着,我的大红包。"

黄龙:"哈哈哈,还真是大红包啊。老班,你真够意思。"

景芳:"谢谢老班,为我和黄龙的买房梦想添砖加瓦了哦。谢谢,谢谢。"

黄龙:"里面请。"

景芳向外面望出去:"西溪和留下怎么还没有来啊。"

黄龙:"嗨,他们俩,你还不知道,每次都迟到。"

两人说完这话,对视了一眼。

124. 杭州,舟山东路,日,外

王留下从舟山东路的西面走来。

钱西溪从舟山东路的东面走来。

两人不期而遇,站在那里对视。

王留下淡然一笑。

钱西溪也微微地一笑。

两人的眼中却都含着泪水。

全片终

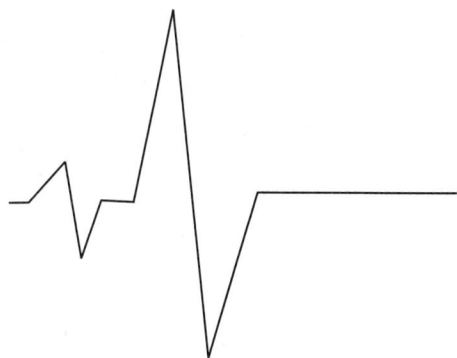

寻找父亲

　　赵武林找到父亲九堡那一刻，九堡的一颗眼珠已被老鼠吃掉，鼻子也少了一大半，整张脸就是三星堆古物中一件残缺奇异的青铜面罩。这已是七个月零十三天之后发生的事，当时骚动的熔浆弥漫在空气里尖叫，整座城市被血色的火焰包围。赵武林像是刚从桑拿中心出来一样，身子上流淌着无数条河流，河流被炽热极速蒸发。半山垃圾场围堵着很多人，他们闻着尸臭就是要一睹九堡这具肮脏的尸体，王古荡和宝善都在，九堡就是被王古荡发现的，古荡是先通知了派出所然后才告知赵武林的。

　　派出所的办案人员倒是不稀罕九堡的尸体，除非他真的是从三星堆发掘出来的古物，他们才非要疯抢了不可。但九堡只是一具令人作呕的尸体，办案人员捂紧鼻子，很不情愿地远远站着观望。赶来验尸的法医满头大汗，汗液渗透了口罩，他靠近九堡的尸体后只做了一个让人来不及看的动作，言语从口罩中传出来，带着酸溜溜的汗臭："你们谁把他背起来，先送到太平间去让他凉快一下。"这话是对派出所的办案人员说的。派出所的人集体向后退了一步，这群家伙似乎是从一个排里退伍出来的，后退一步都做得非常默契。

没有人来背九堡。九堡眨巴着孤零零的一只眼睛，把渴望的眼神对准了儿子，他不想开口说话，其实他的确开口说话了，只是没有人听到。赵武林毕竟是个孝顺儿子，他走到父亲身边，慢慢地趴下身，身上的河流顷刻间一泻千里，在地上奔逃和呼叫。赵武林从喉咙底里跳出来几个字："老爹，我终于找到你了。"

九堡点点头，发音有些怪异，没有鼻子的人像是鼻子被堵塞住了一样，他说："儿子，我在这个废弃的垃圾场里等了你七个月零十三天，今天终于把你等来了，我们现在就回家吧，我好像有些饿了，是的，这么长时间都是那些要命的老鼠和苍蝇在吃我，我什么都没吃，只有吃泥土。我回家要多吃两个大馍。"

赵武林叫道："我把身上的肉割下来给你去换大馍吃。"说完他毫不犹豫地扛起了腐烂的父亲。人群迅速划开一道口子，派出所的办案人员、法医，还有王古荡和宝善他们都躲闪得老远。九堡笑着，带着浓厚的鼻音说："这群爱看大戏的傻子。"

熔浆引燃了赵武林身上的汗毛，在他黝黑的皮肤上刻画下神秘的图腾，又如一幅藏有玄机的越狱地图，这地图连武林自己都看不懂，只不过他稀里糊涂就在快窒息的一刹那寻找到了突破口，然后一跃而出。他背着父亲臭烘烘的尸体，一步一步向前走着，眼泪终于啪嗒啪嗒滴落下来，但他觉得自己身上背着的尸体就是一片轻薄的纸板，或者只是一只女人的红色高跟鞋。

喧闹的城市极尽繁华，灯红酒绿，纸醉金迷，高跟鞋混杂着安全套的橡胶味，豪华的轿车里总是坐着肥头大耳的达官显贵。富商的小秘书扭着性感的水蛇腰，傲慢得跟奥斯卡女明星一样，鬼知道她的傲慢从哪个洞穴里冒出来。倒是富商的二奶十分低调，开着光亮的雷克萨斯拐进了这座城市最豪华的别墅区，保安急忙向她立正敬礼，二奶淡淡地朝他笑了下。她向富商特意为包养她而买的小别墅开去，二奶心里突然抱怨自己买的股票跌得不成人形,自己的情感烂得一塌糊涂,我是一件男人的玩物啊,真见鬼!小鸟依人的美少妇有时也会骂真见鬼。

真见鬼。为什么这么有发展潜力的地段竟然没有得到开发商的青睐,谁知道呢?半山地带明显已属于城市的边缘,这里的拾荒者像是漫天飞舞的红头苍蝇,踏着小三轮车,吆喝着生硬的普通话,角角落落寻找着任何值钱的垃圾。赵武林和赵九堡就是无数苍蝇中的两只,他们每日天尚未亮透时就从蜗牛壳似的屋子里爬起来,穿上前一日晾在外头的脏衣服。赵武林怀里揣个大馍,又灌了两瓶白开水扔在车兜里。

九堡的脑子有点不灵清,年纪只有六十出头,身子却已成一棵干瘪的老松树,而且还摇摇晃晃,应该是得了老年痴呆症,有时连自个儿的儿子也不认得。赵武林是个孝子,他怕父亲一个人待在屋里会失踪,于是每天拾荒都把他带在身边。在垃圾站里挑拣可回收垃圾时,武林也会指点父亲哪些垃圾是可以换钞票的,先挑出来,过会儿他再来细细分类。九堡像个懂事的小孩,按照儿子的吩咐在垃圾堆里翻来掏去,但每次拣出来的垃圾大多是不能换钱的。武林也不生气,他对父亲说:"老爹,你坐一会,车里有水,渴了就喝。"九堡笑着把拣出来的却不值钱的垃圾送到武林手里。去收废旧品时,九堡就坐在儿子三轮车后面的栏挡上,平静地看着经过身旁的车辆和行人,也不说话。到了陡坡,赵武林也不会让父亲下车,而是自己下车然后往上拉。武林浑身都是力气。

赵武林的那些"同事们"经常调侃说:"武林,别人捡垃圾收废品是带着老婆,就你每天都带着老爹捡垃圾,你看看你老爹,他还认识你这个儿子吗。"然后"同事们"又朝九堡打招呼:"你儿子叫赵武林还是叫大馍?"

九堡一听大馍就感觉肚子饿了,于是叫道:"大馍,大馍,我要吃大馍。"所有"同事"都乐得笑翻了天。武林从怀里掏出大馍,掰了小半个给父亲,又对那些拿父亲寻开心的人说:"你们要懂得尊重老人知不知道?"

王古荡是本地拾荒界的元老，宝善、赵武林都只能算是他徒孙辈，古荡赶忙接住了武林的话说："哎哟，我们的赵武林同志越来越讲文明了，还晓得尊老爱幼哩，好好好，我们要尊重老人。嗨，九堡，你怎么吃大馍就跟猪八戒吃西瓜一样，三口两咽就吃完了。省着点吃，我们武林都快四十岁的人了，还没讨老婆呢，看来都是被你给吃穷了。"说完，围在一起的"同事"又笑开了。

赵武林知道自己肯定斗不过这群油嘴滑舌的人，于是三十六计走为上，拉起还在舔手指头的父亲说："老爹，上车，我们去别的地儿转转。"九堡很听话，跳上三轮，对儿子说："上车了，我们走。"

赵武林把父亲丢了的那天刚好是一个雾茫茫的周末，拾荒者没有周末，相反，有时在周末更加能捡到和收到好的废旧品。武林在前一天晚上就听"同事"宝善说，半山垃圾场要来一车"宝贝"，都是从别墅区拉来的，有钱人扔掉的东西，早点去肯定能捡到值钱的。

武林明白早起的鸟儿有虫吃这个道理，五点光景就起来了，外面的天还没有亮透，飘着白蒙蒙的雾气。其实他起这么早是没有必要的，因为垃圾车也不会这么早来，但他毕竟起来了，就要做点儿什么事。赵武林看着父亲还在熟睡中，想着那就让他多睡会吧。他来到车棚里拉出了小三轮，收拾掉车兜里几个孤零零的易拉罐，又把几只没有装满的蛇皮袋中的废旧品倒出来，再把它们集拢在一只袋里。赵武林需要多准备几只大蛇皮袋，他感觉今天能捡到值钱的东西。

天还是被雾气笼罩着，所以没有亮开，可见范围只有三米远。赵武林本想回到屋里跟父亲说，今天你不用去了，又想想虽然父亲帮不上忙，但把他带在身边一来自己放心，二来父亲的力气还是有的，多多少少能帮上手。武林推开屋子的门时，九堡已经穿好了衣服，今天他的脑子似乎有些清晰，他探到儿子身旁说："武林，我们早点去半山垃圾场，早去能多捡些东西,多捡些东西就能多换些钞票,多换些钞票就能给你讨个老婆。"赵武林惊讶地朝父亲看,自己的脑子没能反应过来,这个糊涂老爹今天一开口就说了这么多话,而且说得还这么有道理。

九堡依旧坐在儿子三轮车后的栏挡上,木然地看这个世界,酷似一位艺术家在无际的旷野里寻找灵感,因为旷远,所以不知所措。赵武林卖力地向前踩着踏脚,三十七八岁的男人身上有着使不完的力气,也许像武林这样的人做一个拾荒者简直是大材小用,他应该去工地里扛水泥板才算人尽其用。

雾气笼罩着前面的路,路还是向前延伸,小三轮在延伸的路上奔跑,如同不明飞行物在黑夜里寻找着落点。突然,王古荡从雾中蹿出来,他也是踏着小三轮,但他没有载人,所以能像驴子一样飞快地蹿到赵武林面前。古荡说:"武林你小子还挺聪明的嘛,这么早去是不是想捡金元宝?"

赵武林不理王古荡,他知道只要自己开口,古荡肯定又能编出很多话来,所以干脆不要开口好。武林还真是个聪明人! 王古荡见武林不说话,不甘心地又说:"这么早去,垃圾车肯定还没来的。武林,要不我们去路口的小吃摊吃鸡蛋饼,味道可好哩?"

赵武林仍不说话。

"怎么样?"

赵武林还不理睬。

王古荡不死心,他一定要找个人跟他说说话,于是把目标转向了九堡:"九堡叔,早饭吃什么了?"

九堡说:"昨天吃剩的大馍。"

"又是吃大馍啊,早上吃大馍,午饭吃大馍,晚饭也吃大馍,人都要变成大馍了。让你儿子给你买鸡蛋饼吃。"古荡诱惑着九堡说,岂料九堡不受诱惑,大声道:"我就喜欢吃大馍,要吃鸡蛋饼你自己去吃。"

　　赵武林朝王古荡笑笑,完全是一个胜利者的姿态。武林回头对父亲说:"老爹,坐稳咯,我们要加速了。"说完,赵武林的小三轮如同 F-1 赛车一样向前飙去。

　　如王古荡所说,垃圾车确实没来,但半山垃圾场里的拾荒者们都如饥似渴地望着垃圾车开来的方向。不过从这个方向来的是赵武林和他那位脑子糊涂的老爹,他们从雾气里急急忙忙踏着小三轮迎面而来,拾荒者们有些失望。

　　赵武林也远远看见了"同事们",他心里一阵紧张,感觉垃圾车倒出来的好东西已经被他们捷足先登抢走了。但他很快又反应过来,因为"同事们"都悠闲地坐在三轮车上,那垃圾车的确还没来哩。赵武林得意了一下,他想吹口哨庆祝,又一时想不起来吹什么曲调。这时,坐在栏挡上的九堡哼起了《东方红》:"东方红,太阳升,中国出了个毛泽东⋯⋯"武林听了老爹唱《东方红》,自己也吹起了《东方红》的曲调。这曲调简直是被砍掉了手脚的精灵,游离在半山垃圾场的上空,撞击着,把白茫茫的雾穿破了,露出一个一个混沌的窟窿。

　　雾气汇拢了,未散开,太阳没有从东方升起来。赵武林把小三轮车歇到宝善旁边,宝善却不搭理他。武林有些讨好的意味,主动和宝善打招呼:"嘿嘿,宝善你这么早啊!"

　　宝善点了点头,朝他看看,又朝九堡看看。

　　赵武林又说:"今天的雾怎么回事,是不是要等到中午才会散去?"

　　"我哪里知道,我又不是神仙,我要是神仙,手一挥就让这雾散掉。"宝善说完哼哼地笑,为自己的想象力感到满意。

　　武林叹息道,雾这么大,垃圾车肯定要迟来一点了。又回头对父亲说:"老爹,过会儿垃圾车倒东西的时候你不要过来抢,在三轮车旁边待着,等到我叫你过来的时候再过来。"

九堡很懂事地点头,又说:"我知道,我什么都知道,我知道你是个孝顺儿子,我也知道是我这个老爹在了所以你不能讨老婆。放心,这辈子我肯定会让你讨老婆的。"

武林对父亲的反常有些惊讶,惊讶得说不出话来。

宝善也感觉九堡今天不对头,从三轮车栏挡上跳下来说:"九堡叔,你的脑子怎么灵清了,真是奇了怪了。你是不是吃错什么药了?还是我耳屎太多听错了?你都知道要给我们武林讨老婆了,看来今天的太阳真要从西边出来……"

宝善的话音还没落地,王古荡从老远处飙着快车大喊过来:"垃圾车来了,垃圾车来了,大家来捡金元宝啊。"

所有人都探出了身子,精神一下子抖擞了好几倍。

未见其车先闻其车声,当时能见度在六七米左右,但对于垃圾车开来的声音,拾荒者们再也熟悉不过了。垃圾车从王古荡的小三轮边经过,将他的话丢在了后面,活活吞没。赵武林和宝善都提起蛇皮袋冲了上去,九堡想跟上去,又记起了儿子的话,所以停住了脚步。他看着儿子瘦削的背影冲在最前头,感觉是一条女人细细长长的腿在奔跳。

美少妇一丝不挂地从床上跳到地上,疾奔着跑到窗口向外望去。外面有些雾茫茫,时间都快九点了,雾还是这么大,它像是要把人间变成一座天堂,一座只有雾,让人寻找不到前路的天堂。她看着富商的车已启动,掉了个头,只留下淡淡的一缕尾气,车子恍然间就消失在她的视线里。雾实在太大了,可见度很低,如果你莽撞地行走在外面,完全有可能迷失在熟悉的城市里。

多无助,这厚重的雾气,让人透不过气来。这已不是第一次,就算最初的爱是火焰,最后仍会被风吹灭,更何况她和他之间的爱是畸形的,在世人看来是偷偷摸摸的,她哪里敢在父母和亲朋面前骄傲地说这是我

的男人。

激情过后,立刻会冷却到零度,毫无一丝温存可言。就算有行为上的安抚,他完事后会在她额头上轻轻地吻一下,但这是他发自内心的吻吗?这简直就像他的职业一样,完全是一种表里不一的奉承。七年过去了,难道自己的青春换回来的就是这样的结局?她要的不是这些,她不愿意承认这一切,离开他虽然可以得到一笔可观的财富,但她就是想赖着他,想要不断地折腾他,是他毁了她纯洁的梦想,吞噬了她的青春,这是多大的仇怨,现在怎么可能轻易放过他呢!

或许正是因为她的任性,才导致了现在的僵局。他说:"你不能这样逼我,我无法选择。"无法选择?说得多轻松啊!当初你完全可以不选择我的,又不是我死皮赖脸来勾引你。她只想安安静静过自己的生活,做自己的事,为了得到这份工作,她和她的父母亲付出了多少心血。考入政府部门,对于一个女孩子来说,能得到这样的工作,这简直是祖坟上冒青烟,结果得到了又如何?

她知道自己是被欺骗了,当初自己是多么单纯啊,竟然信任他,虽然那时也无路可走了,但是都这样了就不想再放弃,可要是下定决心也是能够断绝的。她换份工作去别的地方,和林在一起,也许得到的仍然是一种幸福,至少可以过上安静的生活。或许她现在已是孩子的妈妈,呵,那肯定是有孩子了。而如今却越陷越深,已经身不由己,无法再从泥潭里跳出来了。他一个大老板怎么会轻易为了她离婚,再来娶她呢,这代价对于他来说是非常沉重的。他还要依靠他老婆那边的人来维持他在商场上的关系,没有那个黄脸婆,也许他这辈子就完了,这是他亲口对她说的,为的就是让她明白,他的处境是多么困难。如果选择了她,他在商场可能不再风生水起。代价太大了,所以他宁愿花钱买下别墅和豪车给她,息事宁人。

美少妇慵懒地退回床边,坐下来,仍旧是赤裸着身体,房间里开着空调是多么温暖,至少富商的身体要温暖得多了。这个冷血动物,她和他之间或许就是动物与动物之间的关系了。他说,他还爱她。这是真话吗,她已经不相信真话,这世上还有真话吗?但是她还爱他吗?她现在也不清楚了,爱,爱到底是什么?她点了一根细细长长的烟,晃动着白净的双腿,事实上自己还不老,青春的尾巴还在啊。要抓住吗?她不想去抓,抓住它要花上多大的勇气和力量。

她吐出来的烟圈是这样美丽,就如那小天使头顶上的小圈圈。她又想到了孩子,她想这辈子还会有孩子吗?她已经扼杀了三个自己的孩子,都是富商的种,他把自己的疯狂和乐趣都建立在了她的痛苦上。第一个、第二个、第三个,一次一次地谋杀自己的孩子,就在这七年的时间里她为他堕了三次胎,前两次都是心甘情愿的,到了第三次她愤怒了,因为她开始意识到这完完全全是一场骗局,而自己简直就是一个脑残,竟会被他的花言巧语蒙骗得团团转,骗了整整七年,也许自己还在被他骗下去。美少妇疯狂摇头,甩动着一头乱糟糟的长发,泪水洒落了一地。突然间,她又安静下来,她站了起来,环顾房间里的一切,可以说,她的生活是奢华的,总统套房里的设施都没有这里好,富商为了讨好她,为她配备了世界上最好的物件。

去你娘的,美少妇抓住了"娇兰"香水用力地朝镜子砸去,香水和镜子都没有碎,只是镜子裂开了渔网一样的碎缝。她举起一把椅子完全没有头绪地朝四面八方乱砸,砸碎了台灯,砸烂了放在柜子上的装饰品,砸得满地都是废品。她笑着,感觉自己整个人都冒起了汗,身子上像是流淌着无数条火热的河流,这简直要比去健身房锻炼爽快得多啊!她又砸到了镜子前,镜子里似乎出现一个穿着破烂衣服的老头儿,他一个劲地傻笑,似乎在笑话她的无助和绝望,她厉声大喊道:"我叫你笑话我。"话音未落,那把椅子已砸向了镜子,这回镜子碎裂得异常彻底,"哗"的一下,这声音回荡在房间里,镜子里的老头儿立刻消失掉了,但是他的笑容却留在了美少妇的脑海里。

终于安静了下来,她没有力气再砸下去,房间里的物件也砸得差不多了,她瘫坐到了地上,垂下手,移开柜子最下面那个抽屉,摸索着,摸索了大半天终于摸到一小包用塑料袋包装好的白色粉末,她微笑了一下,静静地欣赏着它,这可是一种让人通往天堂的灵药,能够让人欲仙欲死,彻头彻尾忘记这个世界的灵药。她又把手伸进抽屉,她想寻找锡纸和打火机……

垃圾车开进垃圾场时放慢了速度,拾荒者们垂涎欲滴地看着车上的垃圾。这车东西果然如宝善所说,是一车宝贝,光看露在外头的一些废旧物就知道。赵武林盯着垃圾车想,到底是从别墅区拉来的,和普通地方拉来的完全不一样。别墅里住着的都是些什么身份的人呐,吃的用的穿的,他们应该都跟电视剧里那些有钱人一样,可能比那些人还要好,所以他们扔掉的东西拣出来仍然是宝贝,仍然可以换钱。没有容得赵武林多想,垃圾车已经调好了位置,准备向指定地点将车兜里的垃圾倒出来。

垃圾倾泻而出,拾荒者们奋不顾身地扑上去,一群肮脏的老鼠发了疯似的去抢食一块鲜肉。赵武林是只动作敏捷的老鼠,九堡在背后叫唤:"武林,我要不要上来?"赵武林向后挥挥手,示意他不用上来,他冲在最前面。垃圾倒下来时,武林感觉眼前有烂漫的花絮飘过,恍然如一个极乐世界里,一位容貌娇美的少妇在轻舞,她十分孤独。赵武林想进去,他的身体也想飞翔起来,可以随意抓住自己想要的物件,任何人都无法和他抢夺。突然,一只塑料袋吹到了武林的嘴边,他啐了一口唾沫,醒悟过来,有什么美少妇啊,赶快抢宝贝。他在心中大叫。

赵武林的手脚非常麻利,这是宝善和王古荡都比不上的,或许两人合在一起也不如他。他一只眼睛可以看到两个地方,两只眼睛能够分开来把四周的垃圾尽收到自己的脑子里,又迅速寻找、发现、选择、分类,值钱的东西一般难逃他的秒杀。半支烟工夫,赵武林竟然拣出了半蛇皮袋值钱的废旧品。

王古荡眼馋地喊过来："赵武林你小子动作怎么这么快,跟猴子似的,好东西都被你给捡完了,你叫我们喝西北风去啊?"

宝善也气呼呼地说："武林,早知道我就不叫你了,过会儿换了钞票,你至少要请我喝两瓶二锅头。"

赵武林实在没有时间搭理他们,他头都没抬回了一句话："你们少说一句话就能多捡一个罐子。"说完又翻开了一堆垃圾,两三个易拉罐露出在他眼前。武林刚要下手去捡,却发现易拉罐旁边静静地躺着一只红色高跟鞋,他盯着高跟鞋足足呆滞了半分钟,这是多么漫长的时间⋯⋯

富商二奶从车里轻盈地跨出来,细细长长的腿被黑色的裤袜包裹着却更显得性感,而脚上的红色高跟鞋对于雄性动物来说绝对是一种致命的诱惑,不过黑夜把这种诱惑一拳头捶得稀巴烂。"啪",她关上了车门。夜,毫无出路可言,完全寻找不到方向。她的心情突然间变得糟糕。

夜的风像一个个色眯眯的男人,轻轻地钻进了她灰黑色的貂皮大衣里,亲吻这个狂野而寂寞的少妇的每一寸肌肤。贪婪,简直像极了那个道貌岸然的富商。她的脑子里找不到思路,却冒出这个该死鬼来。

美少妇踏着红色高跟鞋,高跟鞋撞击地面发出清脆的声音惊动了夜间所有寻寻觅觅的精灵,以至于让它们变得兴奋,这声音强烈地刺激着精灵们身体中的每一个情欲细胞。整座城市最豪华的别墅区里回荡着高跟鞋"啪嗒啪嗒"暧昧的声音。别墅区静得就如同一具拾荒者的尸体,根本无人理睬它。理睬谁?

他叫道："做我儿子的老婆吧,我儿子都快四十岁的人了,还没有老婆哩,为什么那个男人可以有两个,不,可能还有更多的女人,没道理啊,不都是男人嘛,你就做我儿子的老婆吧⋯⋯不理睬我啊?"

她觉得风在耳边说话,用一种粗俗的声音说话。一张苍老的面孔在

她脑子里闪过，心咯噔了一下。美少妇快步地朝自己的那栋别墅走去，慌乱地打开门，又疾步进了房间，里面已被保姆收拾得非常干净，毁坏的物件已换了新的，有钱真是什么都可以解决。但她的眼睛里却是空荡荡的，如自己的情感一样空虚。她看不见物质上的豪华。她想哭，想叫，想喊，想和任意一个认识的或者完全陌生的男人疯狂性交。她都无所谓，她感觉自己什么都不是，只是一个道貌岸然的雄性动物手里的玩物。她真想找一个忠诚的男人依靠，然后安安静静地尘埃落定，或者死去。

可是无法寻找到啊，她命中注定只是一件玩物。她简直要疯了，美少妇突然把脚上的两只红色高跟鞋踢了出去，一只落到了沙发上，那张她曾经和富商做过爱的沙发上。而另一只竟然飞出了窗外。她懒得搭理，一只高跟鞋就像被人包养的二奶，多么轻贱，随它去吧……

在易拉罐和红色高跟鞋之间，赵武林竟然去捡了高跟鞋，这是谁都没有想到的。但他毕竟选择了红色高跟鞋。对于一个拾荒者来说这真是不可思议，但武林似乎看见了那个遥不可及的美少妇。他找到了什么？一只红色高跟鞋，赵武林用袖子仔细地擦了擦它，像是擦拭一个心爱的女人，他把高跟鞋温柔地揣进了贴身衣服里，一股冰冷的感觉传遍全身，也让这个勤快的拾荒者的意识清醒过来。

"赵武林，你捡到什么宝贝了，还藏进衣服里面，快拿出来让我们瞅瞅。"王古荡大叫道，然后和宝善一起疯狂地奔跑过来。他们把武林扑倒在地上，三个男人在垃圾堆里扭打起来，因为赵武林死命地护着胸中的红色高跟鞋。

王古荡和宝善都认定赵武林捡到了值钱的东西，他们两人抢不到赵武林的宝贝就召唤来大批的"同事"，十多个人一起涌了上来，洪水猛兽简直能把垃圾车撞飞天。黑压压扑在了赵武林、王古荡和宝善身上。武林嗷嗷叫着，如同一只被抓住了蹄子等待人类斩杀的猪。

他们终于扒光了赵武林的衣服。武林赤条条亮在众人面前,雾气倒是散开了许多,他身上的那几根排骨清晰可见。宝善抢到了红色高跟鞋,气喘吁吁地问道:"就这女人穿过的玩意?"

赵武林喘着大气,沉沉地点头。

宝善狐疑地骂道:"你玩我们是不是,真是浪费我们的心思,真的没有把值钱的东西藏起来?"

武林轻声说:"没有。"然后又说,"把高跟鞋还给我。"

王古荡一把夺过宝善手中的红色高跟鞋,指着赵武林说:"赵武林你是不是想女人想疯了,我看你是一个变态狂,把女人穿过的高跟鞋竟然当成宝贝。"

赵武林的心头失落了一大片,眼睛死死地盯着古荡手中晃动的红色高跟鞋。他突然想起了什么,回头大叫道:"老爹!"

"老爹,老爹你在哪?"赵武林赤裸着身体,急急忙忙环顾着四周,雾气猛然间消散去,不留下任何痕迹,空气干净得不能再干净,但晃动的人影中确确实实找不到赵九堡的身影。他像是去了一个外星世界,任何一个地球人都寻不着他。

赵九堡将身子伏在窗口边,这窗沿非常洁白,上面还雕刻着精美的图案,九堡想这个地方是哪里啊,我明明是在垃圾场的,难道这也是个垃圾,嘿嘿,这垃圾肯定值钱,值钱的。雾终于散去,暖烘烘的阳光照耀着九堡,他伸伸懒腰,揉了揉眼睛,如同刚从睡梦中走出来,他探了一下头,看见房子里有个女人在走动,像是在找什么东西。他开始认真观看她。

美少妇愤怒地抓挠着头皮,她找不到那双红色高跟鞋了,她今天突然想穿着它去逛街,但的的确确找不到了。见鬼了,只找到一只,她狠狠地骂了一声,弯下身往桌子底下去找,也没有。她想起这双红色高跟鞋还是富商陪同她一起在商场买的,价值六千多,丢了一只就是三千多块钱没

了。不对，丢了一只等于一双都丢了。

突然间有一种莫名的悲伤在美少妇心里升腾起来，她竟然开始轻声抽泣，有些东西失去了还能挽回吗，为什么我一直都在失去，明知在失去，却停不下来。我只想做一个普普通通的文秘，你为什么要看中我，为什么不放过我，我为什么需要别墅、豪车、金钱，这些物质的东西真有那么重要？为了这些我付出了贞操，当了你的情妇，我背叛了林，我在他们中间抬不起头来，我有什么可以骄傲的，我失去了这一切，失去了这么多年的青春，我还能找寻回来吗？不……美少妇突然大叫着哭起来，哭得那么伤心绝望。九堡听着美少妇这种撕心裂肺的哭，自己竟然也流出了泪，他想我被武林丢弃了，武林不要我这个老爹了，他要去讨老婆了。

赵武林终于把自己的父亲给丢了。

王古荡说："奇了怪了，刚才人还在的啊，难不成和雾一起散去了，这个九堡真成了神仙？"

赵武林还大叫着："老爹，老爹，你在哪，是不是躲起来了，不要吓我，你出来啊。"武林开始奔跑着叫喊，他的叫喊声中带着哭腔。富商二奶，那个美少妇的哭泣声中带有无助的挣扎。九堡叫道："你们都不要哭啊，难道哭能解决问题？你们为什么要哭，难道丢失了东西？嘿，我来帮你们找找，找找。"

"找找，都找找。"宝善说，"就这么一会儿工夫，九堡叔肯定不会走远，肯定就在附近的，武林你脑子也不灵清了，不要急。我们帮忙找找啊，一个神志不清的人怎么可能会跑到哪里去！"

可就是九堡这个神志不清的人消失得这般彻底和干净。赵武林、宝善、王古荡等人把整个半山垃圾场翻了个底朝天都寻找不到他的人影。王古荡说："连个屁都找不到。"

宝善突然拍着脑门，想起了什么，大叫："会不会回家去了。说不定九堡叔早就回去了,害得我们辛辛苦苦在这个臭气熏天的地方乱找。武林,今天晚上你要请我喝五瓶二锅头。"

武林听到宝善说老爹可能是回家去了,身体中的血液都开始呼啸,他跳上了三轮车飞了起来,穿越城市浑浊的空气和嘈杂的喇叭尖叫声。他飘在空中,像是一条狼狈的蛇扭扭曲曲地在飞行。

所有人都看着这奇异一幕,他们能够望穿空中一切飞行的物体。紧接着,王古荡的声音尾随而来:"赵武林,你这只高跟鞋不要了啊。你个神经病,就是这只破鞋子让你丢了魂儿,丢了九堡这个老东西!"

屋子里空荡荡的,如脱光衣服的身体一样一览无余,和早上出去时一个样子。

九堡没有回家。

赵武林的脑子里"嗡"的一声轰响,眼前黑压压一片,他瘫倒在了床上。一切都是这样寂静,寂静得可怕,白茫茫一片,这是雾气吗,怎么看不到前方?武林一直往前走,越走越深,越走越找不到北。忽然,他撩开了白色的帘子,终于能看到东西了,武林惊喜地看见一个美少妇,她只穿着一只高跟鞋在轻盈地跳舞,这只高跟鞋是红色的,和他捡到的那只一模一样,他不知道这只鞋子是他捡到的那一只,还是这女人自己的,女人的舞跳得非常好看。一高一低跳起来竟然也能这么美?

女人停下了舞步,脱掉了红色高跟鞋,举到赵武林面前问:"你是在找它吗?"赵武林大叫道:"不,不是,我在找我老爹,我把老爹丢了。"

"不。"美少妇坚定地说,"你肯定是在找它,我知道的,你那儿也有一只,凑上我的,就是一双了,鞋子要一双才是有用的,你只有一只,无论它多贵重,还是没有用的,你说对不对?"女人把鞋狠狠地摁到了武林的脸上。赵武林觉得是一摊鲜红的血浆泼了过来,泼到脸上。他惊醒过来,脸上流下来红色的液体,渐渐地要将他吞噬。

王古荡和宝善推开了门，见赵武林坐在床上用茫然的眼神望着他们，他们大声问道："找到了吗?"

"没有。"赵武林抹掉了脸上的液体。

"没有找到? 没有找到你还在家里睡大觉，我们都还以为你找到了，你看看现在都几点了，都快要吃晚饭了。"王古荡说。

"什么? 要吃晚饭了? 我到底睡了多久?"武林不敢相信时间会过得这么飞快，他跳起来向门外冲去。果然，外面的天色已是灰蒙蒙的。

赵武林决定出门再去寻找，今晚找不到老爹，晚上就不用回来睡觉了。宝善和王古荡堵在了门口，古荡递上红色的高跟鞋，在昏暗的光线下，它变成了一只干枯的手，在静静招摇。赵武林猛地抢过来，如同抓住了救命稻草，他回想起那个遥远的沉重的梦，把鞋重新揣进了怀中。只听得红色高跟鞋欢快地吹着口哨，兴奋得想在赵武林的身体上跳舞。

赵武林像是对古荡和宝善说，又像是对全世界人民宣布，他的语气斩钉截铁："我要去找我的老爹。"

这一整个晚上，赵武林都在寻找。他没有骑小三轮，但他的步子迈得很大，看上去像只跳跃的黑豹。起先的时候，武林还大声喊叫着："老爹你在哪里，老爹回家了，武林在找你啊，老爹……"声音传遍了一条条小巷、一个个屋弄，传进了人家的窗户里，让他们在睡意蒙眬中骂娘。可是赵武林喊着喊着喉咙底就有东西堵塞住了，喊出来的声音就变了样。

他不再喊了，但不喊，父亲哪里能听见，要是能录音下来让喇叭喊多好啊，不过他没有这设备。赵武林想去买瓶矿泉水喝喝，但他怕路边的小卖部会坑他的钱，明明一块一瓶的矿泉水要卖一块五，这五毛钱就是坑他，他要捡五个易拉罐才能换来五毛钱，所以他决定还是不买矿泉水了，不就喊几声吗，咽口唾沫，忍忍就过去了。

武林不再一路喊去，只是走一段路喊两三声，走一段路再喊两三声，这声音很快就被黑夜吞没。在黑夜里找人可真是一件不容易的事,红色高跟鞋睡在赵武林温暖的怀抱里,打了个哈欠,它认为这人真是牛脾气,夜应该深了吧,怎么还不回去睡觉,这样找会有结果吗?它有些不明白又有点替他难过。赵武林想哭,但只是干干地哭,哭出了声,却哭不出眼泪来。

几乎找遍了大半个区,武林收垃圾的地方差不多都找遍了,他看到路边有丢弃的易拉罐,却不去捡了。这性格已完全不是赵武林自己,换是以前,他肯定兴奋得不得了,会像是看到金子一样。一路上要是把看到的易拉罐都捡来了,也能换两瓶矿泉水。但此时此刻赵武林却忘记了,他只想快点寻找到他的老爹。

黑夜在慢慢消失,等到东方天空泛出了鱼肚白,赵武林感觉自己的身体真的飘了起来,他感觉不到自己是在走路还是停留在原地,他看到天空昏暗的云层在静静移动,像是后面有一只手在推着它们走。武林确实已经走不动了,就算有人推他,他也走不动了。他比云层要沉重得多。

赵武林依靠在路边的一根电线杆旁死沉沉地睡去了。天空在他眼睛里重新黑暗下来。突然一只红色高跟鞋飞快地向武林砸了过来,那个美少妇径直冲来,她怒气冲冲地指着赵武林说:"你个混蛋,你为什么抛弃我,难道我真像是一只高跟鞋一样没有价值吗?"

武林云里雾里但还是很快认出了她,美少妇在他的脑子里已经印刻了下来,是白天在梦里见过的那个跳舞的美丽女人。他对美少妇的话有些摸不着头脑,举起手挠自己的头皮。

美少妇还未等赵武林开口就大声责问,"你给我说清楚,你为什么不要我的高跟鞋,难道你认为一只鞋子能当宝,告诉你,一只鞋子就是个废物,你必须找到另一只才有用,现在我把另一只送给你,你竟然不要,你是跟我客气还是脑子有问题?"

赵武林更加蒙了,提了提胆子说:"要不我把我这只给你,反正我也穿不来，倒是你穿着这双高跟鞋，跳起舞来很漂亮。"他把手伸进怀里，抓住了鞋子，递到美少妇面前。但他立刻感觉到这个漂亮女人的脸突然间阴沉下来，还未等武林醒过神，美少妇已经冲上来重重地推了他一把，厉声骂道："你给我一只破鞋，难道我就是破鞋吗，你是在讽刺我是不是，连你也瞧不起我。"女人发了疯似的抱头狂叫起来。

赵武林踉跄地往后退了退，看见自己手中握着的竟然是老爹穿过的那只鞋子，破旧得不能再破旧，头上露着一个大窟窿，足够让两个脚指头出来透气。他望着破鞋心里一阵难过，也开始哭，哭着叫："老爹，老爹，老爹你在哪里啊？"

这时，美少妇笑着站起来，抹去了眼角的泪水，走到赵武林身旁，猛然间她用自己的身子紧紧地抱住了他的脑袋，她像是可怜一个孤独无依的孩子一样，温柔地抚摸武林乱糟糟的头发。九堡看着他们，高兴地拍手庆贺，如同疯子一样呼喊，他说自己快要找到了。

武林恍然间感觉脑子里暖和了许多，嘴里喃喃地叫："老爹，老爹。"他缓缓睁开眼睛，他是被卖鸡蛋饼的夫妇给叫醒的，因为他占了他们摆摊的地盘。卖鸡蛋饼的男人拍了拍赵武林的脑袋说："大哥，醒醒，你没事吧，是不是昨天晚上喝醉了，怎么睡在这里？"

赵武林迷迷糊糊唔唔了几声，揉揉眼说："我在寻找，找了一个晚上。"

"找什么呢？"卖鸡蛋饼的女人问。

"找我老爹。"赵武林说。

"找到了吗？"男人认真地问。

女人抢了话："废话，找到了他还能睡在这？"

赵武林看清了男人的脸，瘦削，枯黄，窄窄的额头已布上几丝皱纹，年纪要比自己大，估摸有五十岁光景，那他怎么叫自己大哥呢？武林又要去看那女人，但那女人没等他反应过来就亮着嗓门说："这位大兄弟，你睡的这个地方是我们卖鸡蛋饼的摊位，我们要开始做生意了，你让一下吧。"

武林听到鸡蛋饼,心里咯噔了一下,想起昨天早上王古荡要他们父子俩去吃鸡蛋饼,他当初怎么就不跟古荡去吃鸡蛋饼,老爹可是从来没有吃过鸡蛋饼。武林想要是找到了老爹就给他买十个鸡蛋饼吃,可是现在人在哪里呢?他的眼角终于湿漉漉了。

赵武林转身要走,要继续寻找。

女人喊住了武林,有些同情地说:"大兄弟,慢慢找,应该会找到的,你爹又不是三岁小孩,不会有人贩子要拐卖的,你放心点吧!"

赵武林回头朝他们看时,已是泪流满面。

女人又说:"大兄弟不要哭啊,大男人怎么能说哭就哭呢,饿了吧,要不俺给你做个鸡蛋饼吃吃,不收你钱。"

武林哽咽着说:"我不饿,我先走了,我还要去找哩。"他说完转身就走,其实赵武林的肚子一直咕咕叫着,但他一点食欲都没有。他只想早点找到他的老爹。

这些天里,赵武林几乎没有回自己的蜗牛壳,他不习惯孤独。虽然就算九堡在的时候也说不上几句话,但只要人在的,武林心里就踏实。但现在九堡失踪了,武林脑子里的想法就是丢掉了世界上最宝贵的财富。一定要找回来,找回来就算是死的,也踏实。

赵武林在呼喊寻找无果后,终于舍得掏钱去复印店里打印寻人启事,他印了一千份,依旧是他独自奔跑在这座城市里张贴。他觉得这种寻人启事应该贴在最显眼的地方,他的脑子还不算愚笨。红色高跟鞋仍然躺在赵武林的胸前,武林像是对待自己女人一样呵护着它,而高跟鞋也如同听话的孩子一样紧紧依靠着他,陪伴他跑遍城市的角角落落。

一个上午下来,赵武林光是在拱北小区周边就贴了一百多份寻人启事。中午时间武林觉得肚子在叫了,叫得能听见声音,他掏出大馍,干干地咬了一口,只一口,他就停止了动作,只是把大馍含在嘴里任其慢慢软

下来。

他站起身，看着手里厚厚的一叠寻人启事，眼眶里的泪水不知什么时候开始打转了。他又拿起一张寻人启事，涂上了糨糊，刚刚按到电线杆上就听到一个霹雳般的声音："终于被我逮到了，你这个破坏分子，你这个城市垃圾，垃圾制造者，乱贴东西，罚款，要罚款。"

赵武林回头愣愣地看，是一个穿着橘黄色衣服的环卫工，人高马大的中年妇女。她冲到武林面前就要去夺他手中的寻人启事，武林一转身躲了过去，这时他发现环卫工妇女的畚斗里都是寻人启事，刚贴上去的撕下来似乎很容易，大多数都是整张撕下来的。"你怎么能把这个撕下来啊，我在找我老爹，你撕掉了就没有人看见了。"赵武林大叫，眼泪挥洒出来。

"找个屁啊，你不知道这个东西不能随便乱贴的，破坏市容市貌？"

"我要找我老爹，找不到我就还要再贴。"

"你贴我就撕掉。"环卫工没有让赵武林得逞，整个下午一直尾随在武林屁股后面。赵武林贴一张，她上去撕掉一张。武林也终于知道是徒劳了，他累了，随随便便坐在公交站牌旁边，吸收公交车开走的尾气。环卫工在不远处静静候着。

到了下班时间，公交站牌边开始拥挤起来，赵武林再次抬起头来时发现那个环卫工不见了，他向四周探望，依然没有人影。武林在公交站牌的广告版里贴了两份寻人启事，这样一个天才的想法也只有他能够想到。黄昏时分，赵武林又去贴掉了三十多份，也许经过一个晚上，这些寻人启事能够死死地贴在墙上、电线杆上、公交站牌上。

高架下的灯都亮开了，这个夜晚很安静，只有汽车呼啸而过。这一切与赵武林无关，他在高架下的一小块空地里扯了一些干草铺在地上，缩着腿坐了上去，一阵冰冷。水泥柱上的爬山虎只剩下光秃秃的藤条，像一条条蟒蛇一样慢慢攀附上去。

啊！赵武林胸前的红色高跟鞋发出一声惊叫，它急切地要探出脑袋来,但武林的破棉袄牢牢地裹着它,让它的叫声显得十分无力。

又是一声呼啸,美少妇踩足了油门,她感觉把车子开快了真是一种释放,可以目空一切。她喝了酒,但看不见半个交警,她醉了,如果前面有一辆卡车在开,她一定要钻到它下面去,醉了和死了一样,这样死一了百了,多舒服,任何知觉都不会有。可是美少妇的眼前恍然间闪出一个影子,一个坐在高架桥下面的疯子,一定是个疯子。与她无关,在她的视线里只是一闪而过。

是王古荡让武林去报社刊登寻人启事的。这已是赵九堡失踪二十三天后的事了,赵武林整张脸都是黑黝黝的胡须,茂密得如同原始森林,眼睛里布满血丝,他就是睡梦里也在寻找。他已经跑遍了整座城市,把这个地方挖地三尺找了个遍,把寻人启事贴得满街乱飞,但还是一无所获。赵武林的心在哭泣,呜呜地哭着。"老爹,你在哪里啊?这么多天来你都吃什么了,我应该在你身上留些钱的啊,这样你就可以自己去买吃的。吃鸡蛋饼也可以呀。"

王古荡拍了拍武林的肩膀,以示安慰。但他没有要陪着武林一同去报社的意思,古荡说:"这么冷的天,骨头都要被冻僵了,武林啊,你也不是小孩子了,胆子要大点,走到哪里关键是要把钱带着,有了钱走到哪里都能说上话。武林,你带着钱,自己去吧,报纸上登的东西就没人会把它拿掉了。带上钱,放心去吧。"

赵武林本以为古荡和宝善会陪同去,听古荡这样一说,他的心莫名地紧张起来。武林朝宝善看去,宝善很快把目光斜向了门口。武林说:"宝善,你跟我一起去吧?"

宝善惊讶地把目光移到武林脸上,然后很后悔地说:"我也想跟你一块儿去的,今天刚好不巧,要去石祥路收一批旧报纸。"宝善就这样把赵武林给搪塞了。

武林心里有些失望，本想再说什么，但他又放弃了，他低着头说："那我一个人去吧，你们也都忙……"

王古荡又拍拍武林的肩膀，关照道："千万不要忘了带上钱，没有钱，别人不会睬你的。"

寒风像恶鬼一样叫唤着，几只麻雀被冻得快要掉毛，时不时发出"叽"的一声叫，这叫声又被风给吹得远远的。赵武林听到了树上的麻雀在叫，抬头望去，鸟也朝他看过来，但很快就缩起了身子，因为赵武林只是一个人类，而它们需要的是食物。武林怀里揣了三千多块钱，他的身子在颤抖，摸了摸放在胸口的钱，硬硬的还在，他是最害怕"三只手"的。虽然没有被偷过，但是每当他听到古荡他们讲公交车上那些"三只手"偷别人的钱包、手机的事情时，他就觉得这些"三只手"是最可怕的，别人辛辛苦苦赚来的钱，他一摸就摸走了，这不是在喝他们的血吗！血，和高跟鞋一样是红色的，它想起它原先的主人有时会用小刀子刻自己的手臂，刻出血来，然后自己慢慢吸吮干净，它不明白这个美少妇为何要做这种愚蠢的事情，喝别人的血是快乐的，难不成喝自己的血也快乐？不去想人类这些闹心的事，冷，即使躺在赵武林怀里也感觉冷，红色高跟鞋打了个激灵，缩起身子，合上了眼睛睡觉。

城市在冬眠。道路上即使有来来往往的车辆，看上去也十分安静，一番与世无争的样子。报社在一座高楼大厦的背后，这座只有四层高的楼房应该是 20 世纪 90 年代建造的。每天为这座城市生产新闻和精神食粮的地方显得有些陈旧，洁白的马赛克早已不再洁白，在岁月的消磨下，变得灰暗、苍老，还在一片片不断地掉落。赵武林以前在报社楼下捡过易拉罐，不过没捡成，因为这里已是别人的地盘。武林刚刚打开垃圾桶的盖，就有人冲上来阻止他下一步行动。

这次赵武林来报社根本没心思去看垃圾桶，就是有满满一桶易拉罐白给他,他也不要,自从父亲失踪后,他就没有捡过垃圾。赵武林这个胆小鬼一个人走进了报社,他上了楼,这要是在以前,任凭武林这点狗胆子哪里敢来这种地方。他认为这种地方都是有文化的人来的,这里的人都是喝墨水的,而自己就是个捡垃圾的。所以他要恳求王古荡和宝善一起来。

武林独自在楼层里胡乱地找着,也不知道问人,路过的人都用怪异的目光朝他看,把他当作天外来客,他胆怯地低垂着眼也朝他们看,但很快又把目光转了过来,生怕自己看了别人,那些人就会要他拿出观赏费来。突然,有人在赵武林的肩膀上拍了拍,武林惊了一下迅速回过身来,这是一个戴着眼镜,剃着平头的中年男子,一脸笑容。

赵武林急忙露出谄媚的笑,讨好地点点头。

中年男子也笑着点点头,他说:"我看你从一楼跑到二楼,又从二楼跑到三楼,你在找什么?"

赵武林说:"我在找我老爹。"

"找你老爹?你老爹是哪位?也在报社工作吗?"中年男子连连问。

武林急忙说:"不不不,我不是找我老爹,噢,不对,我是在找我老爹,但不是来报社找,我老爹哪里会在这么好的地方工作,我是来报社登寻人启事的,我的老爹丢了。"

他一口气说完这些话,有些气喘吁吁,这几句话他在路上酝酿了很长时间。他庆幸自己把大致意思都说明白了。

中年男子听了赵武林的话感觉很吃惊,"啊呀"了一声:"你的老爹丢了,丢了多长时间了?"

赵武林答:"快个把月了。"

中年男子问:"你是要在报纸上登寻人启事?"

武林点点头。

中年男子"嗨呀"了一声,然后挽住了赵武林的肩膀说:"在报纸上登

寻人启事是没多少作用的啊,你看看现在的报纸都成什么样子了,以前的报纸是小说连载,现在的报纸是广告连载啊。一般人看到广告就直接翻过去了,你说你登豆腐干这样一块东西谁会看到,看不到那还有什么价值可言?"男子摊摊手继续说,"而且这个报纸刊登此类广告性质的东西,价格还死贵死贵的,半个手掌这么大的版面就至少要两千块钞票。"男子滔滔不绝,还伸出白胖的手来比画版面大小。

赵武林一惊,把手慢慢地移向了胸口,这里有三千多块钱,登半个手掌大的寻人启事就要两千,那我这点钱不是连两回都登不了。高跟鞋触到武林的手,惊了一下,它暗叫,坏了坏了。

中年男子看了看赵武林手移向的地方,轻轻地一笑,神神秘秘地说:"兄弟,不瞒你说,我是电视台里的人。"

"电视台里的?你不是报社的?"赵武林抬起头惊问。

"我是来报社找个朋友的,我的单位在电视台。"

"电视台啊!"武林对眼前这个和自己说了这么多话的电视台里的人蓦然升起一种崇高的敬意。

中年男子和善地对赵武林笑笑说:"我觉得吧,在报纸上登寻人启事,还不如在电视里做呢!电视里能看到的人多啊,你说是不是?要不我们去外面茶馆喝个茶,我慢慢和你说。"

赵武林急忙推脱:"啊,不不不。"他害怕去茶馆喝茶要很多钱,自己哪里是去这种地方的人。

中年男子热情地说:"放心,我请客,不会让你付钱的。"

武林还想推脱,但中年男子硬是拉着他的手臂,一个劲地说:"没事没事,喝杯茶的时间,不会耽误大家多少工夫的。"

茶馆这种地方赵武林以前也是没有来过的,穿着棉质旗袍的服务员给中年男子和武林上了一壶龙井。武林怯怯地瞄了一眼服务员,又急忙把目光低垂下去。服务员为他们倒上了茶,中年男子说,我们自己来吧!服务员退了下去。

中年男子又对赵武林说:"要不要弄点点心吃吃。"

武林连忙抬起头,摆摆手说:"不,不用,不用了。"

"那好,那就喝茶吧,先暖暖身子。"

杯中的龙井飘着淡淡的清香,薄薄的热气悠闲地往上升起来。赵武林拿住了洁白的茶杯,送到嘴边,轻轻喝了一口,咕咚一声咽了下去。他觉得这龙井没什么味道,再尝了一口,还是感觉不出味道来,这茶也太淡了,武林心里说。

中年男子注视着赵武林喝茶的表情,轻蔑地笑了声,把龙井拿起来,吹了吹杯子边的热气,缓缓地喝一口,然后眯了一会儿眼睛。

赵武林喝光了杯子里的水,突然他的目光斜到了茶水的价位表,他识字不多,但上面几个简单汉字和数字还是认得的。龙井:79元。他朝中年男子看去,他说:"我们谈正事好不好?"

中年男子睁开眼睛,像是从睡梦中惊醒过来,他微笑了一下:"不要急嘛,来,再喝一杯。"说着,他给武林倒了一杯,又给自己的杯子满上。

这回赵武林没有急着喝茶,生怕多喝一杯就要自己付钱了,他轻声地问:"在电视台登寻人启事是怎么收费的?"

中年男子没想到眼前这个愣头汉子会开门见山问这个,他不慌不忙又喝了口龙井,清了清嗓子说:"如果你真心实意要在电视台登寻人启事,我出面肯定会给你一个十分优惠的价格的,我看你也不容易,大伙儿能帮忙一定是要帮的……"

"这个优惠的价格是多少,比在报纸上登要便宜吗?"武林打断了中年男子又问道。

中年男子微笑着说:"和报纸差不多吧,不过你也知道的,电视肯定要比报纸起的作用大。"

武林不说话,低头看着杯子里的龙井茶和慢慢飘上来的热气,他能感觉到胸前那叠三千块的钞票正温暖地贴在自己身上。而那里还有一只红色高跟鞋把心提得高高的,它恨不得跳出来阻止接下去发生的事。

"要不要在电视里登寻人启事,还是要你自己决定的。"中年男子又喝了口龙井说。

赵武林皱了皱眉头,他想去摸那些钱,但又感觉不好意思,似乎这些钱不是他自己的,而是别人口袋里的钱,自己去摸了就成了"三只手"。

红色高跟鞋几乎要哭出声来,它伤心武林为什么此时此刻没有想到它,他应该轻轻地抚摸一下自己的。

中年男子能看出赵武林的心思,他招呼武林再喝口茶,要不换杯热的。赵武林推辞说不用了,他说:"我今天身上全部的钱只有三千多块,你看在电视上能登上多少次寻人启事?"

中年男子心里笑了下,但不紧不慢地说:"只有三千多啊。"

"怎么,不够吗?"赵武林急问。

"呵,够是够了,只不过上的次数不多,这样吧,你先把钱给我,这个事情就包在我身上,我尽自己能力,帮你多上两次。"中年男子说完后慢慢地喝了口茶,等待武林的反应。

武林一听要把钱先拿出来,心里就起了矛盾,犹犹豫豫地说:"这个,这个钱要先付吗,能不能一手交钱一手交货的?"

"什么?"中年男子叫着站了起来,又平和了一下语气说:"这怎么可能,现在在电视台登寻人启事都是要排队的,你也不想想就你这么点钱,还一手交钱一手交货,你以为是小商小贩啊,算了算了,这个忙我不帮了。服务员,买单!"

赵武林见中年男子发了脾气,急忙站起身拉住他说:"我只是说说而已,我知道你是为了我好,这个事情我就靠你帮忙了。"

服务员走了过来,中年男子挥挥手让她再等一会儿,又对赵武林说:

"我也知道兄弟你不容易,这样吧,你把钱给我,我留给你我的手机号码,有事就打电话找我,我保证在两天之内在电视上登上你的寻人启事。"

王古荡骂武林简直就是一头蠢猪,怎么就这么放心把三千多块钱交给一个不明底细的人。

赵武林这时也茫然了,心里凉了一大截,说不出一句话,忽然又想起了什么,手颤抖地从口袋里掏出一张纸,上面写着中年男子的手机号码:"这,这是他的电话。"武林说。

古荡夺过来一看,又默念一遍,然后递给宝善:"你打个过去试试。"

宝善没接纸条,不高兴地说:"你不是也有手机吗,干吗让我打?"

王古荡辩解:"这个号码是移动的,我是联通号,你也是移动的,你打过去费用省一点。"

"我不打,要打你打。"宝善仍不接纸条。

"小气鬼,我打就我打,这点手机费我还是花得起的。"古荡盯了宝善一眼,又用安慰的目光朝武林看看,终于把手伸向别在腰间的手机,他小心翼翼地把手机从套子里拿出来,对着纸条上的号码,一个键一个键按。

赵武林的心都提到了喉咙处,他瞪大眼睛看着古荡按完了号码后把手机放到了耳朵边。

"空号。"

武林一听,向后退了一步,几乎要瘫坐到地上,古荡急忙扶住了他,又让他坐在凳子上。赵武林的耳朵里突然间有一只苍蝇在飞,嗡嗡地叫个不停。它几乎到了穷途末路,死了还舒服一点。

古荡重重地说:"肯定是个骗子,武林啊,你被骗了。"

赵武林的眼里饱含了泪水,他努力使它们不流出来,但这些不争气的东西哪里肯听使唤,"哗"的一下像泄洪一样喷涌而出,顿时将藏在胸中的红色高跟鞋模糊一大片,一直把它浸透了能看到另一个世界。

绝望的苍蝇对着玻璃没命地撞击，撞到断了气掉落到沙发上才安静下来。美少妇瞪大着眼睛观看这场自杀游戏的整个过程，她低下头看颤抖的手中拿着的锡纸，上面是白色的粉末，一种可以让人欲仙欲死的毒药，她打着了打火机，冒出蓝色的火苗，火苗在锡纸下面静静地燃烧，美少妇把鼻孔贴近了锡纸，那种极乐的气体慢慢注入了她身体中的每一个细胞，让它们兴奋，也让美少妇忘记这个世界的全部。她的灵魂飘起来，飘起来，飘到上空，她看到了天堂，天堂里的世界完全是另一个样子，她那么高贵，那么纯洁，她得到天堂里所有人的尊敬，还有爱。她需要的只是这一些，多么虚无的东西。

美少妇再一次得到满足，这种满足是前所未有的，人世间所有乐趣都比不来的。她终于安静下来，睁开眼来，那具可怜的苍蝇的尸体依旧躺在沙发上，她发出一个迷人的笑容，然后轻轻吹出一口气将尸体吹落到了地面上。

赵武林像是被人从高空摔落下来，整个身体痉挛了一下，他愤怒了，他大声号叫道："我要杀了这个狗娘养的，他骗我的钱，简直比'三只手'还要狠毒啊！"武林回顾着周围想找可以杀人的利器。但没有找到。

王古荡急忙劝慰："杀人犯法，你还是先把他找到再说吧！"

"去哪里找啊？还能找到吗？"赵武林叫着。

"报社，你们既然是在报社见面的，那他一定还会在报社出现。"王古荡坚定地说。

"对，武林，你不要急，这次我们和你一起去报社。"宝善也站了出来。

"但是他说他不是在报社工作的，他是在电视台里的。"赵武林猛然间又抱头哽咽起来。

"我们今天先去报社堵他，就不信找不到那狗娘养的。"古荡握紧了武林的手臂。

那天赵武林同王古荡、宝善一同赶到报社门口的时候,报社里的人已经下班,武林向值班的门卫描述了中年男子的模样,但门卫摇摇手说,从来没有见过这样一个人。到后来,天就越来越黑了,冬日的天本来就黑得快,宝善叫着肚子都饿疯了。赵武林让他们先回去,自己再到附近走走,说不定还能碰上。说这话武林其实是在安慰自己。

宝善和王古荡走后,赵武林也离开了报社,门卫处那点昏黄色的光线在寒冷的空气里显得十分孤独和落寞,武林的背影却被拉得很远很远。

赵武林又去下午喝茶的茶馆门口晃了一圈,他没有走进去,只是在门口徘徊。茶馆的生意也有些冷清,一晚上没几个人进出。

可能已经是到了很深的夜晚,因为赵武林看不见街道上的行人,寒风像刀子一样一刀一刀刮着他的脸,让这张被泪水模糊过的脸辣辣地痛。武林一个人蹲在黑暗的街头,重新呜呜地哭泣起来,完全如同一个迷失回家路途的小孩。现在他不知道是寻找父亲还是那个中年男子,脑子里翻来覆去,他决定应该先找到那个中年男子,先把三千多块钱要回来。

赵武林越哭脑子越清醒,他明显感觉到自己的肚子闹腾得厉害。他摸了摸胸前的口袋,想摸出个硬币来,但身上竟没有一分钱,他把所有的钱都给了那个中年男子。胸口只有一只高跟鞋,它在兴奋地欢叫,像条忠实的哈巴狗看到了好久不见的主人。

瘦骨嶙峋的九堡朝儿子奔跑过来,他用了最后一口力气说话:"不用找了,来了,来了。你再等等。"

赵武林茫然中喊出声来:"老爹?"

但是黑暗中什么也没有,听不到一丝气息。九堡断了气,他是被冻死的,当然还要加上饥饿。几只饿疯了的老鼠在干冷的风中发着抖,身子上稀稀拉拉的毛吹了起来,猛然间,它们呼啸着像狼一样朝九堡的脸上扑了过去。

赵武林的脸如同被撕裂了一般,他哭得更厉害了。来了,来了,一束

刺眼的光由远及近把武林照得睁不开眼来,雷克萨斯从他身旁极速飞驰而过,错过,难道又要错过,这回可不会错过了。

突然一个急刹车,雷克萨斯停了下来,然后慢慢倒退回到赵武林面前。武林微微抬起头,一个穿着棕色高跟皮靴和黑色靴裤、毛皮大衣的美少妇从车上下来。美少妇傲慢地对赵武林说:"你一个大男人这么晚在这里哭号什么啊?"

赵武林觉得有些莫名其妙,他没敢正视美少妇,反倒是低下头去看她的高跟靴子,他又摸了摸藏在胸前的高跟鞋,他想,这鞋要是穿在这女人的脚上肯定是很适合的。

"喂,我问你话呢。"美少妇有些不耐烦地说。

赵武林没有完全抬头,他轻声说:"我在寻找。"

"你也在寻找?"美少妇惊讶地问。

"是。"武林简短地回答。

美少妇靠着车门,点燃了一根细细长长的烟,烟头发出一点红,在冰冷黑暗的夜里,照耀着这座城市里的一男一女。

沉默着,时间和时空都像是被凝固了。美少妇突然问:"你叫什么名字?"

"啊?"武林慌乱地回答道,"武林,我叫赵武林。"

"噢。林。"美少妇有些惊奇,这名字多么熟悉,可是她掩饰住了这种短暂的激动,她轻轻地吐出一口烟。烟圈像羽毛一样飘到了空中,在黑暗里被冰冷的空气击得支离破碎。

赵武林也想问她的名字,但他这胆子和嗓子也都被凝固了。他打了个颤抖。

美少妇不想让眼前这憨厚男子再颤抖,扔掉了手中的烟,一脚把它踩灭,主动地说:"我叫西湖,就是杭州那个名胜——西湖,噢,对,我姓荀。"

"你也在寻找。"赵武林窃窃地说,但这语气分明是肯定的。

　　荀西湖与赵武林不知不觉聊了很久,他们都觉得双方似曾相识,两人感到这场谈话是那么畅快淋漓,他们完全忘记了这个世界的存在,忘记了贵与贱。红色高跟鞋躲在武林温暖的怀抱里安静地睡去了,睡得死死的,像九堡的尸体一样死死的。

　　雪花从天空中滥情地飘落下来,发出来的声响就如蚕食一样贪婪和美妙,它们跌落到了地面上,没有迅速融化去,可能这鬼天气真的是太冷了。赵武林跟着荀西湖仰天看落雪,他们似乎看见了明天这座城市被雪覆盖得白茫茫一片。

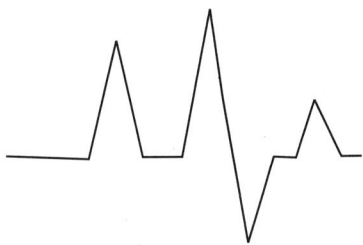
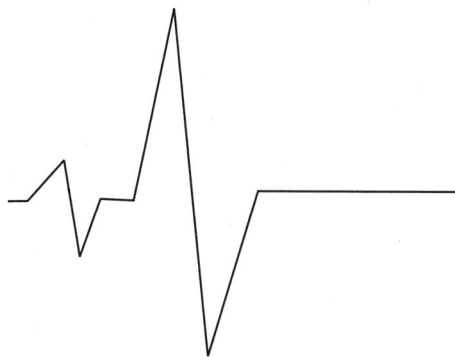

枫桥往事

　　一个中年农民吃了官司。事件的起因是这样的,这个中年农民名叫树木,树木是一个农民,但不是专职型的,他的主业是织布。土地是树木的老爹留下来的,树木在百忙中还是照料着自留地。那一天,天色已经快暗下来,树木在布厂交了自己家的布后,就拿了把锄头来到自留地,打算开地种豆。这时,隔壁的阿德癫子说:"树木,你家的狗把我家的鹅给咬死了。"树木抬起头,和气地讲:"阿德叔你怎么能乱说话,你亲眼看见了吗?"阿德癫子喉咙响了许多,说:"除了你家的狗还会是谁家的狗呢,就是你家的狗把我家的鹅给咬死的。"树木有些气愤,树木是个中年男人,火气一下子上来了,他对阿德癫子说:"你再乱说,我就把你打倒。"

　　事件的起因就是这样,后来树木就真的把阿德癫子打倒了,但阿德癫子没受什么伤,受伤的是阿德癫子的小儿子,亚军小癫子,亚军是出来帮爹的,但结果却被树木打了。亚军小癫子受了伤,医院的鉴定结果是轻伤。打架打成轻伤,这就构成了刑事案子。就这样,树木犯了一件刑事案子。

树木家的自留地和阿德癞子家的自留地隔了一条小沟,树木的锄头柄还没有握热,阿德癞子隔着小沟喊过来说:"树木,你家的狗把我家的鹅咬死了。"树木是刚从布厂交完布匹回来的,听了阿德癞子的话,感觉莫名其妙。阿德癞子是树木的叔伯辈,树木把锄头立在泥土里,说:"阿德叔,你亲眼看见我家的狗咬死你的鹅了?"阿德癞子肯定地说:"我没看见,但村子里就你家的狗会咬鹅,我家的鹅不是你家的狗咬死的,那还会是谁家的?"树木感觉有些被冤枉,人一被别人冤枉就感到委屈,树木感到委屈后,嗓门就高了许多,树木说:"你没有亲眼看见你就不要乱说话。"阿德癞子听了一个小辈这样对自己说话,心里的火也上来了,他说:"就是你家的狗咬的,你不要不承认,上个月你家的狗就把仲剑家的鸡给咬死了,仲剑亲眼看见的。"树木愣了一下,然后才开口说:"仲剑家的鸡被我家的狗咬死了,那他怎么不来和我说?"阿德癞子也愣了一下,他想,是啊,仲剑家的鸡被咬死了,为什么不去同树木说?

树木望了一眼阿德癞子,他没有时间和阿德癞子耗费,树木要趁天黑下来前把豆子种下去。但树木刚拿起锄头,阿德癞子又开口了:"就是你家的狗咬的,就是你家的狗咬的。"树木瞪了一眼阿德癞子说:"你再乱说话,我就把你打倒,你不要以为你是我的长辈我就不敢动你。"阿德癞子在小沟那边蹬蹬脚说:"就是你家的狗咬鹅咬鸡的,我们去找仲剑当面对质。"树木不想被人乱冤枉,把锄头一扔说:"对质就对质,如果不是我家的狗咬的,我就给你吃两个耳光。"

事实上,阿德癞子根本就没有看见树木家的狗咬死他家的鹅,他只是猜想而已,因为树木家的狗总是在外面奔来跑去,经常追逐鸡鸭,而那一天阿德癞子发现自己家的两只鹅死在了江河边,他极其气愤,两只鹅至少值两百块钞票,他查看了两只鹅身上的伤,明显就是狗咬的。阿德癞子想都没有多想就断定是树木的狗咬死的,仲剑就同他悄悄说起过,树木家的狗咬死了自己家的鸡。

而此刻阿德癞子见树木的态度这么坚决,他的心里就有些发虚了,因为他清楚仲剑是一个爱挑拨是非的人,是个两面派,仲剑的话并不可信。但这一刻阿德癞子已骑虎难下,于是他也态度坚决地说:"要是你家的狗咬的,我也给你吃两个耳光。"

树木的头发都快冲起来了,他对阿德癞子说:"阿德,到时不要说我树木不讲道理了。"阿德癞子轻蔑地骂了一句:"树木你这个畜生,你以为你有多少了不起啊?"树木此刻不甘示弱,回骂了一句。"我是没有多少了不起,但总比你生出个牢监犯强!"

树木的这句话,深深击中了阿德癞子最忌讳的东西。阿德癞子的小儿子亚军因为强奸隔壁村堂里的一个妇女而判了两年的刑,现在刚放出来不到半年时间。阿德癞子十分忌讳别人提起这件事,总是怀疑别人在他背后偷偷议论这件不光彩的事体,而树木竟然当着他的面说了出来。

阿德癞子暴跳如雷说:"树木你给我过来,今天我们去找仲剑说个清楚,今天我阿德不扇你两个耳光,我就不活了。"

树木没再多说什么,他只是想把事情弄清楚。树木跳过了小沟,就同阿德癞子去找仲剑。他们还没有到仲剑家,就碰见了仲剑。仲剑刚赶了一群羊回家,他看见了阿德癞子和树木就问:"你们两个干吗去?"阿德癞子说:"找你呢。"树木说:"是的,找你,阿德叔讲你同他说我家的狗咬死了你家的鸡,有这回事吗?""啊啊!"仲剑说不出话来。阿德癞子说:"仲剑你上个月跟我说的啊,树木家的大黄狗咬死了你家的一只鸡。""有是有,但我也不敢确定,好像是一只大黄狗,又好像是只黑狗。"仲剑挠挠头皮说。"你上次不是说就是树木家的大黄狗咬的吗?"阿德癞子冲到仲剑面前大声说。仲剑后退了一步,说:"我记不太明白了,都过去的事体了,不就一只鸡嘛,没什么。""仲剑你……"阿德癞子说不出话来,简直要被仲剑活活气死。

这时树木走出来说:"阿德,你以后话不要乱讲,先把事情弄清楚再跟我来说。"树木也不想把事情闹大,本想就此了事。但阿德癞子转过身子说:"今天我就看见你家的狗在外面奔来跑去,除了你家的狗,不会是别人家的狗咬的。"树木一听这话,刚被熄灭的火焰重新燃烧起来:"阿德癞子你血口喷人,今天你真是骨头发痒了,不打你几下你还不服气啊。"阿德癞子当然不甘示弱:"树木,你以为我怕你不成。"阿德卷起袖子,摆出迎战树木的姿势。树木没想到眼前这个六十多岁的老男人这般猖狂,不给他点颜色瞧瞧,今天自己也会没面子。树木又说了句:"你再说说看?"阿德癞子涨红着脸蛋,指着树木说:"就是你家的狗咬的,我还怕你不成啊。"树木一步上前挥手拍掉了阿德癞子指着自己的手。阿德癞子虽然年纪比树木大,却要比树木高出一个头,他居高临下想去闪树木的耳光,树木灵机一动躲过一招,然后猛地推了阿德癞子一把。阿德癞子毕竟有些年纪,被树木一推,差点跌倒,仰身靠在了放在路边的砖头堆上。

仲剑连忙跑到阿德癞子身边慰问:"阿德你没事吧,要不要紧?"阿德癞子猛然一起身,说:"树木你这个畜生,今天我不把你打回来我就不活了。"他冲到树木面前刚想出手,树木又一把擒住了他,让阿德癞子动弹不得。阿德癞子手脚不能动就动起了嘴巴,他大叫道:"树木你这个畜生,你想把我打死是不是啊?"树木说:"你这种人做人太坏了。"树木说这话是有根据的,阿德癞子在村子里的确是一个势利的人,当年连老婆有病都不肯花钱给她去医院,后来老婆就是小病变大病,大病变绝症,就这样去了。

树木这个中年农民身上有的是力气,阿德癞子被他擒着也只能大喊大叫。而这大喊大叫刚好被阿德癞子的小儿子听见,小儿子亚军三十出头,属于血气方刚的年龄,他听到自己老爹在喊叫,就立刻从家里冲了出来。他看见树木在欺负自己的老爹,二话不说冲到树木的背后用力踢了一脚。这一脚有些重,树木痛得立刻放开了阿德癞子,他转身发现了一张愤怒的脸蛋。树木被人这样偷袭,心里十分气恼,奋身朝亚军扑了上去。亚军当然比自己老爹有用多了,他就同树木面对面打了起来。当时是黄昏时分,好些人家已经在家里面吃晚饭,仲剑的老婆也来找仲剑吃饭,但等她走到仲剑身边时,发现了树木和亚军在扭打,阿德癫子还在一旁助阵,时不时偷袭树木一下。仲剑的老婆想上前去劝架,却被仲剑一把拉住了,仲剑丢了一个眼色,老婆就不敢上前了。

亚军小癫子是在和树木扭打过程中被树木无意打伤的,但打架受伤这种事不能讲有意无意,而亚军后来被法医鉴定为轻伤却是实实在在的事。树木面对阿德两父子,在力量的平衡上是处于劣势的,当时亚军同树木相互掐着脖子谁也不肯海阔天空一下,两人涨红着脸蛋,甚过当时天边的落霞。亚军虽然年轻,个子也要比树木高,但身子却没有树木强壮,树木粗壮的手臂像是个老虎钳似的钳住亚军的脖子,亚军憋着呼吸,自己的手劲快要不行了。突然,树木感觉自己的脑袋被什么东西重重地敲击了一下,顿时一股热乎乎的液体流了出来,顺着脸庞流进了树木的嘴巴里,树木感觉到是自己的血。树木一把甩开了亚军小癫子,当时他全身是火,转身看见阿德癫子正拿着一块砖头,刚才阿德癫子就是用这块砖头打自己脑袋的。树木像是一头狼,挥手闪了一个耳光给阿德癫子,阿德癫子张开双手重新跌倒在砖头堆上。树木满脸是血,仲剑的老婆大声尖叫着,叫他们不要再打了。亚军小癫子见老爹倒下,他哪里肯就此罢休,又是一脚踢在树木屁股上,树木一个踉跄,差点跌倒,但他还是支撑住了身体。他一个仰身,一拳击中了亚军的胸腔。亚军捂住了胸腔,感觉一阵气闷。

仲剑老婆的叫声引来了不少群众,树木的老婆也赶来了。树木想再上前教训亚军小癫子时,却被老婆死死拉住了。树木的老婆惊慌地叫道:"不要再打了,再打就要出人命了,你出了这么多血,快回家去。"

天已经黑了下来。树木是被老婆搀扶着回家的。树木回家后,用清水洗去了已经凝固的血。树木老婆担心地说:"要不要紧,去医院看看吧?"树木洗干净血渍后,感觉有些头晕目眩,他说:"被他们打成这样子,

阿德癞子这个老东西真应该多扇他几个耳光。""你以后少说几句,跟他们吵什么架?"树木老婆教训老公。树木气愤地说:"便宜他们了!"树木老婆说:"不用说了,事情都已经发生了,难不成你还想再去打啊?你自己有没有事,我看看?"树木老婆说着就去看老公受伤的头皮。她看见一道伤痕高高肿起了。她说:"我看还是去医院看一下吧,防止发炎。"树木摇摇手说:"没事没事。"树木同老婆正说着,家里的电话响了。树木老婆去接了电话,是村支书打来的。支书说:"阿德癞子告状到村委那里了,说是树木打了他,肋骨都断了,叫树木去村室里讲清楚。"村支书是个女人,叫秋美。秋美四十岁不到,靠做水泥生意发了财,在村子里算是最有钱有势的。

阿德癞子的确断了肋骨,是被树木一耳光扇倒在砖头堆上摔断的。仲剑提议叫阿德癞子去向村委告状。阿德癞子也感觉自己有理,是自己受了委屈。后来,仲剑就搀扶着阿德癞子去找了秋美告状。

秋美打来电话后,树木就同老婆去了村室。村室里有好多人,都是一些吃过晚饭后没事干的闲人。当时阿德癞子被仲剑搀扶着去村室的路上,阿德癞子是一路喊过去的,说树木这个畜生打了他。于是就跟来这么多闲人。村里人挺爱看热闹!秋美招呼了树木一下,她叫树木讲清是怎么回事。树木稀里糊涂讲述了一番,其实事情的经过在树木来村室之前,仲剑已经给秋美讲过了,仲剑当然是讲树木没有道理,打了阿德癞子,阿德癞子是长辈,打长辈当然是不对的。仲剑没有说树木被阿德癞子一砖头打得头破血流这回事。秋美也感觉是树木没有道理,她对树木说:"阿德叔有些年纪了,你应该让着他才是。"树木的脸蛋发青,嗓门很高地说:"他年纪大就不会一砖头打在我脑袋上了。还要我让着他啊?"秋美感到好奇,阿德叔也打你了?树木老婆站了出来,她叫树木把头低下去,她对支书说,你看看,这么长的一道伤口!秋美望了一眼树木的头皮,上面的确是有一道伤口。但树木已经把血渍洗干净了,所以支书也没看出伤口有多么严重。

村支书官虽不大,但事情却非常多,自己还有一笔水泥生意要照看,她没有时间浪费在树木一伙人身上。秋美懒懒地说:"你们各自把事情经过写下来,我看你们的伤也不是很严重,至于树木家的狗咬死阿德叔家的鹅,我看……"她看了一眼树木,接着说,"树木你拿出一百块钱赔阿德叔就算了。"树木猛然抬起头惊讶地说:"什么,他根本就没有看见是我家的狗咬的,怎么叫我赔钱了?""这……"秋美说不上话来。树木心里的火焰还没有消退,他拍了一下桌子说:"我的头皮伤成这样就不用赔钱了?"女支书还没开口,阿德癞子大声哭了起来,他边哭边说:"树木啊,你这个畜生,你把我的骨头都打断了啊!"树木瞧了一眼阿德癞子,又敲了一下桌子,想冲过去打阿德癞子,但被站在旁边的两个村委给拉住了。秋美支书想息事宁人,她大声喝道:"别的事先不说,把事情原委写清楚,如果我处理不了,就要上面派出所来处理。"树木老婆感觉把事情闹大也没意思,就劝树木安稳一点算了,给支书一个面子,写一下。

树木和阿德癞子各自写了一张事情经过的纸条,秋美吩咐两个村委把事情调解掉,自己就先走一步了。女支书走后,村委也懒得多管,叫树木和阿德癞子先回家休息。

树木同老婆回到家时,时间都快九点钟了,晚饭都还没有吃,树木老婆匆匆做了晚饭。晚饭摆出来后,树木说没有胃口,刚才在村室里由于精神亢奋没有感觉到什么,但现在一放松下来,他就又感觉头晕目眩的。树木跟老婆说:"我想先去睡一下。"树木老婆感觉树木不对头,硬是叫树木还是去医院看一下。后来树木没去医院看,只是在村卫生所叫赤脚医生在他的伤口涂了点消炎药。树木是一个非常节俭的中年人。树木从卫生所回来后就去织机间织布了,家里的两张织布机是唯一的家庭收入来源。树木织布织到子夜一点时,感觉自己的脑袋快要炸裂了,他实在撑不下去就去睡觉了。

树木平时的工作时间是这样的,他每晚织布一直要织到凌晨四点,这时老婆就来换他的班了,树木吃点点心上床睡觉已是四点半。他从四点半睡到中午十一点,起床后匆匆吃完午饭,就又要到织机间把织好的布匹修理出来,修完布后,下午就到布厂交掉。作为一个中年男人,树木的压力也是挺大的,因为家里供养着两只书包,女儿去年刚考上大学,儿子在市里面读高中;而树木还有一对老父母在世,老父母已经干不动地里面的活了,所以树木每月都要交生活费和粮食。树木的家里除了织布外,还有三亩水田,这都得靠树木自己照看。树木每天六个半小时的睡眠根本是不够的,谁都知道白天睡觉睡眠质量不高。

那一晚,树木躺在床上后脑袋还是发胀,无法睡去,他感觉黄昏时分的事情自己实在是太委屈了。树木越想越气,决定第二天再去找阿德癫子两父子出气。

亚军小癫子没有去村室,他被树木击中一拳后,胸口一阵麻木,感觉有些透不过气来。亚军小癫子就回家去睡觉了。吃晚饭时,亚军的老婆叫他吃饭,亚军说,我吃不下去,我要睡一觉。亚军老婆知道刚才打架的事,但她看不出自己的老公受了伤。

亚军小癫子的工作是给织机户接头,他睡了一觉后稍稍感觉有些舒坦了,但胸口还是闷。他本想不吃饭,一觉睡到天亮的,但深夜十一点,向阳大炮打来电话说布已经织完了,叫他快点来接头。亚军起床后随便吃了点饭,就赶去向阳大炮家接头了。

亚军在向阳家接头,一开始还同向阳聊天,当然他也聊起了黄昏时分发生的事情,还说被树木打了一拳。但说着说着,亚军感觉越来越不对头,身子像是要飘起来似的,脸上直冒冷汗。向阳大炮问:"没事吧?"说着给亚军递了一根烟。亚军无力地摇摇手,他感觉口干舌燥,胸口像是被人一记一记重击一般,他眼花缭乱的,眼前的线头千丝万缕根本无法控制。

亚军疲惫地对向阳说:"大炮,我今天实在吃不消了,明天一早再给你来接吧。"向阳看着小癞子这副模样也不好再多说什么,他说:"没事没事。"

亚军脸孔煞青,说不出话来,他转身要离去时,胸膛像是被重重地挤压了一下,他感觉喉咙里有一股东西上来,猛然一下,刚才在家里吃下去的东西全都吐了出来,还赔上许多清水。

向阳大炮眼看不对头,急忙上前轻轻拍了拍亚军的后背,当他看清亚军的脸蛋时,根本不能相信刚才还是活灵灵的人现在像是从棺材里走出来的鬼一样。向阳瞪大了眼睛,亚军,去医院看看吧,是内伤就麻烦了。

亚军惊慌地抬起头,心里叫了一声,内伤?然后他就恍恍惚惚靠在了墙边。

亚军是被向阳送去医院的。向阳大炮把亚军抱上了三轮摩托车,亚军的老婆一同陪了去。

亚军小癞子被送到医院的时候已经有些不省人事,医生们立刻把他送进了急诊室。亚军的性命保住了。事后医生对亚军说,要是明天来,你这命怕是保不住了!亚军同老婆都吓出一身冷汗,对医生的话信得要命,连连感谢医生的救命之恩。当然还要感谢向阳大炮送他来了医院。亚军在医院住了一个星期,他家里的条件并不好,哪里住得起医院!医生在亚军的病历簿上写着的伤是左胸壁软组织挫伤、左气胸。

亚军出院后,第一个来看望他的人是仲剑。仲剑不知道同他说了些什么,事后亚军一家非常感激仲剑,尤其是阿德癞子,留着仲剑要请他喝老酒。阿德癞子觉得如果没有仲剑的提议,说不定他儿子从树木那里连医药资费都拿不到手。

阿德癞子在黄昏时分走进了建国的家,建国是他的堂侄子,以前从不来往,他同这个堂侄子都是相互看不顺眼的,但阿德癞子这天却兴冲冲来到了建国家,建国见了阿德癞子就明白他来自己家的目的了。建国是个

相当聪明的人,曾经在酒厂里当出纳,笔头也相当不错,后来是因为偷酒厂里的东西才被开除的。他见了自己的堂叔并没有叫,只是等阿德癞子主动开口。阿德癞子身上还有伤,又见堂侄子这样的态度,但他还是乐呵呵开口说:"建国,事体你晓得了吧?"

建国淡淡地"唔"了一声说:"我知道,怎么了,阿德?"阿德癞子并没有对堂侄子的直呼其名而放下脸孔,继续满脸堆笑地说:"树木这个畜生,把我们家的亚军打成了轻伤。""哦?"建国抬起头,语气有些惊讶,亚军被打成轻伤,这个他倒是不怎么清楚,他只是知道树木打了阿德和亚军两父子,亚军还住进了医院。

阿德癞子见建国对事情感了兴趣,他便一鼓作气,气呼呼地说:"树木这个畜生,真是无法无天了,他当我们家里没有人了。"阿德癞子说这话的意思十分明显,他把建国当作自己家的人看待了。他继续说:"上次你要在院子后面打围墙,这事干树木他屁事,说什么围墙的水滴进他家道地里了,什么话啊,根本没有的事体,我看着就很不舒服。"建国点了点头,他同树木家是前后邻居,半年前他想在后院围一堵墙,但却被树木阻止了,后来这事还请来土管局的人,土管局的人说,围墙这事要是没侵犯到邻居的利益倒也可以围,但现在邻居不同意,那也没办法了,就此耽搁下来。建国一直想找个报仇的机会,如今机会送上门来了,他心里极其得意,像是身上多长了一块肉。但建国没表现出心中的得意之情,他笑笑说:"阿德叔,这些都是小事,况且都过去了,我们家同树木家都快二十年邻居了,他不同意我围围墙,也是有他的道理的。"建国语气一转,接着说,"但树木把亚军打成这样,这事体就有些欺人太甚。"建国一脸愤怒,像是身上的一块肉被树木给吃掉一样。

"就是这么说,我今天就是来找你帮忙写一张状纸,我们联名上书,树木这个畜生真是坏事做尽,做人做事也太猖狂了,我们告他去坐牢。"阿德癞子比建国更气愤,如同自己的肋骨又一次被树木打断。他想起树木骂自己生出个牢监犯,肋骨又断掉一根。但他又想到在不久的将来,树木也要坐牢,身子上断掉的肋骨一下子都愈合了。

"这个啊?堂叔,我要考虑一下。"建国没想到眼前这个干瘪的老头儿,心思却比自己还要毒,想要树木去坐牢。他又转念一想,法律会不会同意这样的请求,他明白一些法律知识,他想要是多几个人联名,说不定还真能把树木给送进监牢里头。建国眼珠子转了一阵,语气坚定地说:"叔,我给你写这张状纸。"

亚军轻伤的事在他出院后三天就在村子里传开了,同时还有一件事也在村民口中传述,那就是树木打人这么狠,把亚军打成轻伤,这回一定要把树木送进监牢里,要他去吃些苦头。事情是从仲剑的老婆口中传出来的,她说联名状纸都写好了,已经有九个人签字了,树木这次怕是要吃苦头了。

树木的老婆听了传言后,茶饭不思,家里的布也不织了,她不知如何是好,只能找娘家的人来出主意。娘家的人也没有什么权势,只能说一些宽心的话,叫她不要急,船到桥头自然直,是轻伤又不是把人给打死了。树木在家里也坐立不安,虽然经常在电视里看一些案件,一些民事纠纷——树木在夜里织布有空闲的时候经常看一个叫《纪实》的节目,那些案子到最后都会有一个适当的解决方案——但此时事情发生在了自己身上,他就急了。树木没有表现出来,他看着老婆哭哭啼啼的模样,心里就更懊恼了。树木是一个不会发火的人,但今儿个也在家里敲了一记桌子说:"他们联名好了,我又没有杀人放火,他们就算告到主席那里去又能把我怎样,你去织布去。""要织布你去织,叫你不要同别人吵,你还偏不听,现在舒服了,事情出来了吧?"树木老婆没地方出气,只能把气出在倒霉却老实的树木身上。树木没说话,他觉得老婆发几句牢骚是应该的,但他又感觉自己的头脑胀鼓鼓的,十分难受。树木终于没再说些什么,低着头去

织机间织布了。

树木的老娘见儿子出了这么大的事，生怕自己的儿子真去坐牢，哭丧着脸去了阿德癫子的家。

阿德癫子正坐在门槛上抽烟，他见树木的老娘来了，起身就回进了屋里。树木的老娘厚着脸皮跟在阿德癫子身后说："阿德，树木打人是不对，但他也是无意的，要是知道会打成轻伤，他就不会打了，况且他自个儿也被你打得头破血流。"树木老娘说了这么多，阿德癫子只是从鼻孔里发出一个声音："哼！"树木的老娘没有气馁，继续低声下气说："你同树木做邻居也做了二十几年了，知道树木其实是个老实人，你们两家的关系一直是好下来的，亚军讨老婆的时候，树木还借过你们钱，帮过你们的啊，阿德你就放过树木吧。"当年阿德癫子孤儿寡父的，亚军到三十岁才讨老婆，亚军讨老婆时，树木十分热心，出钱又出力。但此刻阿德癫子竟忘得一干二净，他现在的心思是叫树木赔钱又叫他去坐牢。这样才能发泄出自己心中的恶气。阿德癫子心里是打定了这样的主意，所以无论树木老娘怎样乞求，他都没有松口。

树木的老娘无可奈何地跨出了阿德癫子家的门槛，她摇摇头说："这可怎么办啊？"

亚军的轻伤报告被送去了法院，同时还附上了一份联着十三个人的名字的告状信。后来阿德癫子还把一模一样的两份证据送进了镇子上的派出所。仲剑剔着牙齿说这就叫作双管齐下。

日子在一天一天过去，似乎所有事情都平静了下来，但村子里群众的心却提得老高，像是在期待一场喜讯的到来。当然对于这件事最最着急的是当事人自己——亚军一家同树木一家。亚军一家是喜悦的心情，尤其是阿德癫子，走路都是昂着脑袋走的，似乎是自己儿子当兵在部队里入党、立功了一般。而树木一家却整日提心吊胆，如同死期将至。

树木打伤亚军是初夏季节，而此刻已是八月，天气相当炎热。这时，派出所的消息下来了，法院没有受理案子，而是叫派出所先解决。村子里一阵骚乱，每户人家茶余饭后都在议论树木的案子，他们十分关注树木会不会去坐牢，群众的言语绝对比树梢上的知了还要热闹。但戏并没有群众想象中好看，派出所的意见是能私了就私了，这样一来反倒又要出动村干部了。

女支书秋美先找了树木谈话。秋美说："树木，事情你也清楚了吧？"树木点点头。秋美又说："阿德叔这次咬住你不放了。"树木抬起头，满脸疲惫地说："秋美，要是赔点钱能完事，我就认了。"秋美试探着问："你觉得赔多少合适？""这……"树木的心绷得紧紧的，如同一根牛皮筋被拉长了十倍。树木怯怯地伸出一根手指头。秋美说："一万？"树木的身子也猛然间绷紧了，而后才缓缓点了记头。书记叹了口气说："要是医药资费也差不多了，但我看他们没这么简单，我先帮你去跟他们商量商量吧！"

秋美没有亲自同阿德癞子和亚军两父子去商量，她派了自己的老公和两个村委去做调解工作，用枫桥经验做调解工作。

三个男人是吃过晚饭后去阿德癞子家的。阿德癞子没卖村干部的乖，没把他们放进眼睛里，对村干部的态度就跟对树木老娘的态度一样。三个大男人面对一个干瘦老头儿却尴尬起来。亚军有些不好意思，连忙递烟给秋美老公和两个村委，还想把他们请进屋来坐坐。但被阿德癞子一声喝住了，他说："有什么事外面讲清楚就是了。"其中一个村委伟苗说："我们的来意你们也大致清楚了吧，树木说赔一万块钞票把事情解决掉算了。"阿德癞子顿时火气冒出来，说："算了，什么算了，他打人的时候怎么没说算了。"伟苗又说："那你打算要多少钱才能解决问题。"阿德癞子手指头指指说："我要他坐牢。"这时，秋美的老公站出来说："阿德叔，我看坐牢也没有这么简单，法院、公安机关都是讲法律的地方，他们都说叫你们私

了,这就说明问题不是十分严重,你认为两万块钱能不能把这事解决?"阿德癫子继续愤怒地说:"我就要树木这个畜生去坐牢。"

支书的老公同伟苗没有办法,只能叹口气,摇摇头。

一直不说话的另一个村委这时对亚军做起了思想工作,但无论他怎样磨破嘴皮子,亚军小癫子只是微笑着不作声,像是一个害羞的小姑娘。这个小癫子比他老多还要阴恶!

村干部在阿德癫子家的道地里做说服工作时,邻里间的狗都叫得沸沸扬扬,好像它们也在参与议论。这会儿树木的心却乱得不得了,他想只要一万块钱把事情解决了那该多好,但愿村干部能说服阿德癫子两父子。树木站在自家屋内,从窗口望出去,看见阿德癫子家门口的灯亮着,他侧耳倾听着从阿德癫子家那边传过来的声音,想听清楚谈话的内容,但他只能听见吵闹声同狗叫声混杂在一起,十分模糊。

阿德癫子家的声音渐渐安静了下来,但树木的心却没有安静下来,反而更加紧张。终于他忍不住了,他对老婆说了一句,我去支书家问问情况。说完后就骑着摩托车出了家门。

支书的老公明确告诉了树木:"树木,这次是真的要上法院才能解决事体了。"

镇上派出所把树木传了过去,那些天的温度都可把人晒成人干了,树木是第一次同派出所的民警面对面。一个年轻民警例行公事般问了树木一些话,其实他们已经了解这个案子的情况。树木感觉自己是犯人似的,而眼前的警察就是在审问他。他看见同一个屋子的角落里蹲着几个小伙子,双手都抱在头上,跟投降分子一个样。民警突然敲了敲桌子说:"认真点,你是不是也想和他们一样。"树木吓了一跳,忙说:"不不,你还有什么事尽管问吧。"树木说这话时,一个熟悉的身影走了进来,他看清楚了,是亚军小癞子。

民警说，我们所里还想给你们调解一下，这个小案子上法院多少麻烦啊。民警说着站了起来给亚军拿凳子。树木希望派出所能调解好这件事，他感激地向民警点头，同时也向亚军微笑了一下。"你这个受害人有什么要求吗?"民警把凳子放在亚军身后然后问道。亚军掏出一根烟给自己点上了，他说:"树木在村子里非常霸道，村民们都想让他坐牢去。""我是问你的意思。"民警问。"我也要他去坐牢。"亚军吐出一口烟回答。

民警有些鄙视眼前这个受害人，他说:"你虽然评了轻伤，但要他去坐牢也没这么简单。他又不是不肯赔偿你的损失。"

亚军斜着眼睛看了一眼说话的民警，并不理睬他。

树木站起来说话:"亚军，你想要多少钱，你开个口吧。"亚军鼻子哼了一下，没去看树木半眼:"我要多少钱，我要你去坐几年牢。要你也尝尝坐牢的滋味。"树木顿时被气红了脸，怒骂了一声:"你这个牢监犯。""你也要成牢监犯的。"亚军不甘示弱。

"乡里乡亲的有什么好吵的。"这时走进来一个老民警。年轻的民警叫了声"老杨啊"。老杨点了点头，随后转过身对亚军说:"去上法院也只能赔一万多块钱，我看还是在这里调解算了。"老民警的口吻很温和。"不，我要上法院。我要树木去坐牢。"亚军非常固执。

民警老杨坐下来，不紧不慢地说:"像树木这样的情况，就算你把他告到了法院里，他认罪态度好，就可酌情从轻处罚，依照《中华人民共和国刑法》第二百三十四条第一款、第七十二条第一款之规定，最严重就是判个监外刑，不用去坐实牢的。你懂吗?"

亚军听了老杨有理有据地说着，变得沉默了。

老杨继续说:"而且你这一告，你们家和树木家这辈子都不会再有什么交往了。你何必这样苦苦逼人，你们村里人又会怎么说你，你有想过吗?"

亚军看看老杨,又看看树木,深深地叹了口气。

老杨又说:"亚军你要是心里还有气,以后每个月都让树木来我们这里上思想教育课,我老杨亲自用枫桥经验教育他。"

亚军瞪大眼睛说:"让树木学习枫桥经验啊?哈哈哈。"

老杨说:"对的,树木你愿意学习枫桥经验吗?"

树木连连说:"愿意,愿意,我很愿意学习枫桥经验。"

后来秋天的叶子落了,树木家的自留地里又到了丰收的时候。树木每隔两个月都要去派出所上一次思想教育课,学习枫桥经验。上完课后,老杨还要叫树木写一篇思想汇报,树木想怎么还要写思想汇报啊,又不是入党,但树木这个中年农民还是拿起了二十多年没握的笔头,认认真真写起了思想汇报。

树木每次去学枫桥经验,要是碰见熟人问他去哪里,树木这个老实人也会幽默一下,说:"去派出所开会哩!"然后那问话的人说:"噢,升官了啊!"结果树木同那个问话的人都哈哈笑一番。

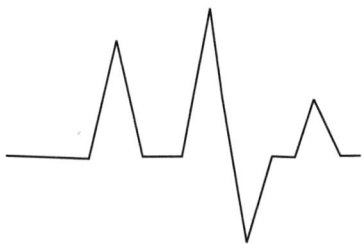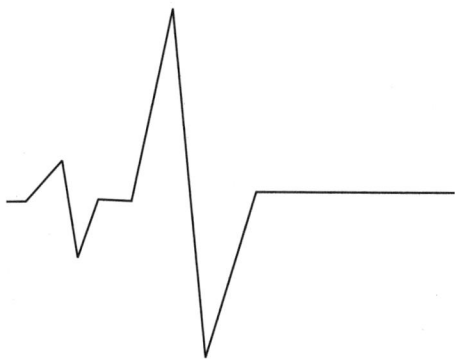

战争与爱情

1937 年 7 月末,南京城上空的天干净得像一张婴儿的脸。

金陵女子大学校园中响起一阵阵欢笑声,日寇已经入侵,但女学生们似乎没有感受到战争带来的恐惧感。

这一年的夏天明显没有往年的炎热,连南京这样一个火炉城市,空气中都弥漫着湿气。

一个叫凌翠的女生冲进教室,叫了声:"小秋。"

那个叫夏小秋的女生没有抬头,低头写着什么。

凌翠走过去:"哈哈,又在给你的兵哥哥写情书啊?"

夏小秋吓了一跳:"没,没有,你说什么呢。"

小秋把信笺藏了起来。凌翠坐到了桌子上:"写就写呗,这事是我们蒋夫人倡导的,你是她最好的支持者。"

夏小秋笑了一下,看着窗外的梧桐树,是的,自从宋美龄女士倡导给战场上的士兵写信后,小秋已经和一位素未谋面的战士通信十一次。

国军阵地刚刚被日军飞机进行过一轮轰炸,战壕中的张云虎抬起头

来，摇落掉了头上和身上的泥土，他摸索了一下口袋，没有抽烟。

张云虎摸出一封信来，他闭上眼睛轻轻地吻着信笺，鼻孔里那股让人厌恶的硝烟味顿时消散了，随之而来的是淡淡的兰花香。张云虎又深深地吸了一口气，仿佛给他写信的那个女孩站在他的面前，他要好好珍惜这时光和香气。

这时，日军那边连续打过来好几发炮弹，顿时国军战壕里炸开了花，一堆烂泥向张云虎扑上来，把他手中的信笺给玷污了。

张云虎的脸上露出怒色，他骂了一句："狗日的小鬼子。"

张云虎抡起机关枪，对着冲上来的日军士兵一阵扫射，冲在前面的几个鬼子倒了下去，随后张云虎对战壕下的战士们喊道："弟兄们，跟我上。"

张云虎带着三排战士冲杀上去，和日军士兵展开了一场血战，战斗打了一天一夜，终于压住了日军的进攻。张云虎的三排只剩下半个班。师长来战场上问候，看着一脸黑的张云虎，拍着他肩膀说："黑大汉，好样的，等打完鬼子，老子升你当连长。"

张云虎对师长敬了一个礼："师座，你只要给我一个排的兄弟就行。当不当官无所谓。"

师长拍了拍张云虎的肩膀，没有再说什么。

后来，张云虎的连长还没升上，师长已带着他的老母和三房姨太太撤出了县城。张云虎他们这支部队也没有和日军交战多长时间，便溃败下来。

张云虎在溃败前夜，给夏小秋回了一封信，说近期他们这支部队会往南京这边退守，如有机会，希望能见上一面。张云虎的字写得歪歪斜斜，他不知道这封信发出去能否送到小秋的手上，还有他也不知道自己能不能活着撤退到南京。

八月初的时候，报纸上还发表社论说日军不会来轰炸南京城，但到了中旬,南京城突然响起防空警报。金陵女子大学里,魏特琳女士叫学生们赶紧往防空洞里面跑,此时夏小秋还想回到教室里去拿自己的课本,一颗炸弹在校园里炸开,顿时无数的碎玻璃向小秋飞来,魏特琳女士大叫一声向小秋扑来,两人摔倒在地上,魏特琳女士的脸庞被碎玻璃划伤,小秋站起来:"校长,对不起。"

魏特琳说:"现在很危险,赶快离开这里。"

小秋有些惊魂未定地:"嗯,我知道了。"

小秋从课桌里拿出了书包,和魏特琳一起逃离了教室。

日军的飞机连续地轰炸着南京城,好不容易有两日停息,夏小秋冒险赶回了家,小秋家在雨花台附近。小秋的父母都还在家,父亲看到小秋,便哭着抱住了她,随后母亲也一起抱上来,一家三口就这样哭了起来,小秋是他们的独女。在这样一个战乱时期,失去一条生命,是随时都可能发生的事情。

刚才小秋回来的时候,看到外间父亲的理发店已经被炸塌了,看来日后的生意很难做了。小秋父亲说:"没事的,大不了我回到十年前,走街串巷挑个担子去给人家剃头。"

小秋母亲说:"只要能活命,还做什么生意啊。"母亲的意思是,趁着日本鬼子还没有打进来,赶紧逃出南京城去。但父亲不肯,他觉得委员长都还在,他们现在没必要逃,何况他们也没钱逃,逃出去也是要被饿死的。

小秋知道父亲这几年理发赚来的钱,除了日常生活费用,其他的钱都用来给她念书了。父亲希望她念了大学,有上层人的样子,这样就有可能嫁个有钱人或是当官的。小秋一直没有把自己和一个战场上的大兵通信这事和父母亲说过,她怕他们反对,认为她这么做是毫无意义的事。

夏小秋还是收到了张云虎从战场上发来的信件,张云虎提到他们的部队可能会撤退到南京,和南京的部队一起抵御鬼子。在信上,张云虎没有提他们其实已经是一支溃逃的部队。小秋拿着信看了两遍,随后小心

翼翼地将信夹进了国语课本中。她很期待能见上这个杀寇英雄一面,不为别的,只为心里的这一丝敬仰之情。

自从日军飞机轮番轰炸南京城后,委员长已下令和日军做浴血抵抗,唐生智将军更是血誓决不放弃南京的一寸土地。南京的老百姓觉得这一回政府要有所作为了,小秋的父亲重新收拾了一下理发店,又开了张,但这回开张后生意一直不好,好不容易来了客人,也是当兵的,当兵的理完发不付钱。小秋父亲胆小,不敢追上去讨要,还得赔上笑脸,只能在他们背后吐口唾沫,问候他们的祖宗。

小秋也回到了学校,校园里也是一种肃杀的气氛,有钱人家的学生已经和家长一起离开了南京,所以班上的同学只剩下一半。凌翠问小秋:"你们家什么时候走?"

小秋摇摇头说:"我们家不会走。"

凌翠说:"不怕日本鬼子打进来吗,他们可是杀人不眨眼的魔头。"

小秋说:"唐将军不是说了吗,固守南京城,保卫老百姓的安全。"

凌翠轻笑了一声说:"当官的话你也能信啊,反正我们家是要离开南京了,到重庆舅舅家去。"

小秋"哦"了一声,凌翠回过头来:"我劝你们也趁早逃离。"

小秋笑了一下,没再说什么。小秋又给张云虎写完了一封信,但她不知道该把这封信往哪里寄了,因为张云虎在来信中已说过,他们的部队已经撤走。小秋将信藏好了,她希望有一天能把这封信亲自交到那个英雄手里。

张云虎他们溃败到苏州后,又在这里和一支八路军部队联手同日军打了一个月游击战。

张云虎这个排里只剩下两个人,二班班长铁彪和战士小绍兴苏晓。小绍兴还是个学生,他是在淞沪会战中临时入伍的,当时连枪都没有摸过。张云虎原本是不要这样的学生娃娃的,但小绍兴满腔杀敌之心,张云虎无奈之下让他留了下来,后来张云虎给夏小秋的信,都是小绍兴跑去送的。小绍兴还给张云虎指出过错别字,张云虎一开始觉得丢脸,打了小绍兴的脑袋,几次信下来,张云虎觉得无所谓了,还时不时让小绍兴给他想想,该和小秋说些什么。小绍兴说:"你应该把上阵杀鬼子那本领和气势写上。"张云虎按着小绍兴的话写了,每次通信中,张云虎都会把自己这几天杀的鬼子数目写上。

在苏州打游击战的时日里,张云虎心里一直记着自己消灭鬼子的数目,苦于没有信纸和笔,他只能记在心上,他想如果有一天能够活着见到夏小秋,他一定要把这数字告诉她。

张云虎他们在苏州没有坚持多久,很快整座苏州城也沦陷到日军手里。张云虎他们继续溃逃。

此时南京已是岌岌可危,所有人都在逃命,包括军人还有国民党要员。其实小绍兴是建议张云虎不要往南京方向逃的,因为这座城也迟早会被日本人打下,但张云虎还是坚持往南京这边走。

当张云虎他们来到南京城边上时,南京守军和日军已交战上。小绍兴再次劝说张云虎:"排长,我们就不要进去送死了。你看看,这里有多少人还想逃出来呢。"

张云虎说:"我们去和南京的兄弟们一起打鬼子。走。"

小绍兴还想劝阻张云虎:"排长,你不就是想和你的梦中情人见面吗,你觉得她还有可能在这城里吗?她怕是早就逃走了。"

张云虎回头看了一眼小绍兴,拍了他的头一下:"你小子废什么话,要是怕死,你就给老子滚蛋。"

张云虎又看了一眼铁彪,铁彪连忙跟在了他身边,他们往前走去。小绍兴叹息了一声:"好,跟你们一起死在南京。"小绍兴跑了上去。

这几日的炮火震得夏小秋根本睡不着觉，父亲胆小，但还是开着理发店，他说就算免费给士兵们理发，他也愿意，只要剃头刀在手，他就不怕。他还寄希望于唐将军会拼死抵抗日军，老百姓不会有事的，只要不在大街上乱跑，所以父亲每日再三叮嘱小秋，不能出家门。

其实小秋他们的左邻右舍都已经跑得差不多了，城外的枪炮声连绵不绝。小秋的母亲一直在祷告，她越发相信这个世上有上帝的存在，上帝会来解救他们。

小秋只是感觉到乏味，所以她又摊开信纸，给张云虎写起信来，她给他讲现在南京的状况，希望他能够来南京和日军作战，虽然小秋不清楚张云虎是什么级别的军官。

寒风吹得夏小秋打了一个颤抖，把信纸吹起来，这封信没有写完，因为楼下有邻居老杨在叫喊着，说日本鬼子就要打进城了，让小秋一家快点逃命。

小秋的父亲急得直跺脚，不知道该怎么办，突然想起了什么，朝着楼上喊："小秋，小秋……哎呀，这个丫头，现在都什么时候了，还在楼上干吗啊。"

小秋下来走到父亲身边，父亲终于说出："逃吧，终究还是要逃的。"刚才小秋父亲出门去看了一下，不管有钱的，还是没钱的，都在逃命，往江边逃去。

夏小秋一家简单地打包了一下行装，离开了自己家，走的时候，小秋的父亲还不忘锁门，他想，可能还会回来的，这个家还是他们的家。

张云虎他们三人进城后，在中华门这边和国民党 88 师的弟兄们一起打了鬼子。张云虎是想着要去找夏小秋的，但后来一想南京都已经这么乱了，小秋肯定是不在城里了。张云虎在南京又干掉三个鬼子，有一个还是日军少佐，本来张云虎是想就这么打下去，只要是打鬼子，在哪里不是打，但是让他没想到的是，装备精良的南京守军竟然也往后溃逃了。

张云虎是亲眼看着中华门失守的，但日军用迫击炮轰炸开城门，国军士兵如洪水般往后逃命，许多受伤的士兵被自己人踩在脚下丧命，此时那些军官们早已不知去向，而攻上来的日军只有国军人数的十分之一。张云虎后来想，我们中国人每人一泡尿都能把小鬼子淹没掉，为什么要逃，为什么这么怕死？怕死的结果就是三十万中国军民被屠戮。

张云虎又干掉了一个冲进中华门的日军士兵，铁彪在后面大叫："排长，我们都完蛋了，快逃命吧。"

张云虎无奈地往后撤退，这一刻，他突然想到，如果夏小秋还没逃出南京城会怎样？一个女孩子手无缚鸡之力，肯定会受到伤害。张云虎一阵紧张，他想寻找小秋，但是怎么找，现在整个城已乱成一锅粥，更何况，他没有见过小秋的样子，茫茫人海，根本无法找到。

此刻，夏小秋一家正在往江边奔逃，但是逃命的人实在太多了，所有百姓都在逃命，都想活命。老百姓永远是最苦的，太平时苦，战乱时更苦。这时，人群中有人大喊起来，说江边有很多日本鬼子，往那里逃，就是去送死。百姓们完全崩溃了，到处都是号叫声。

小秋父亲蹲在地上，说："不逃了，就留在城里。"

小秋母亲哭着，但没有反对。她是一个没有主见的家庭妇女。

夏小秋突然想到了什么，惊喜地说："爸、妈，去我们学校，那里可以躲人。"

小秋父亲一听，像是抓到了救命稻草："那还不快走。"

小秋一家连忙起身，往金陵女子大学方向逃去。日军已进了城，烧杀、抢掠、强奸，一队日军正往金陵女子大学这边奔来，沿途开枪屠杀着逃命的中国百姓。

小秋他们来到街道的拐角处，夏小秋听到枪声，连忙让父母亲先躲一躲。小秋母亲吓得瑟瑟发抖，小秋抱着母亲说："妈，别怕，妈别怕。"

鬼子正一步步逼近，眼看着就要到小秋他们跟前，鬼子军曹说："去那里看看，好像有人。"

小秋母亲看着鬼子过来，突然间疯狂地往外面跑了出去。

鬼子军曹大叫一声："站住，站住。"

小秋母亲还是往前跑着，鬼子开枪，打中了小秋母亲的小腿，母亲摔倒在地上。

三个鬼子淫笑着："呦西，是个女人，长得还挺有风韵。"

小秋看着母亲拖着流血的腿往前爬着，嘴里喊着："救命，不要啊，救命啊。"鬼子向母亲扑了上去。小秋的眼泪一下子涌出了眼眶，但是她却不敢叫出声。

鬼子一把撕开了小秋母亲的旗袍，任凭小秋母亲怎么挣扎哭喊都无济于事，鬼子军曹放荡地狂笑着。这时，小秋父亲大叫一声冲出来："放开她。"

小秋想去拉父亲："爸……"

小秋父亲还没冲到鬼子面前，一个鬼子兵已开枪，子弹射进了小秋父亲的胸膛，小秋母亲哭着叫着："阿发……"

小秋父亲拼尽最后的力气，还想往小秋母亲这边爬过来，鬼子兵拔出了刺刀，往小秋父亲身上连刺两刀。

鬼子军曹一边笑着，一边继续强奸小秋母亲。

夏小秋再也不敢去看外面的场景，只是默默流泪。

三个鬼子轮奸完了小秋母亲，小秋母亲连哭泣的力气也没有了，但她的眼睛一直看着死去的丈夫。

鬼子军曹淡然一笑，拔出手枪，对着小秋母亲的脑门开了一枪，他的这一举动完成得很轻松，随后点了一根烟，挥了一下手，鬼子们继续往前走。

夏小秋终于忍不住低声抽泣。

三个鬼子已走出十多米,鬼子军曹回头:"还有人。"鬼子军曹一挥手,两个手下端着枪往小秋藏身之处走来。鬼子一步步靠近小秋,一个鬼子见着了小秋,顿时惊喜地叫出来:"是个花姑娘。哈哈哈。"

鬼子军曹兴奋地跑过来,看到了夏小秋,他的眼睛都直了,很快他的身体又有了反应,他重重地咽了一口口水。

小秋看着杀害自己父母的凶手,眼睛中冒出愤怒之火,但她的身体却被吓得完全没有力气了,她只是叫喊:"别过来,你们都别过来。"

鬼子军曹对手下:"把她带走。花姑娘,呦西。"

两个鬼子上去,像老鹰抓小鸡一般,把小秋拎了起来。夏小秋被带到大街上,她看着死不瞑目的母亲,突然撕心裂肺地哭喊起来:"妈,妈妈……"

鬼子军曹懂几句汉语,知道了小秋和地上躺着的这个中年妇女的关系,他脸上又露出笑容来:"原来还是母女,哈哈,有意思。"

夏小秋身上悲愤的力量爆发出来,她冲向鬼子:"禽兽,我跟你们拼了。"

小秋撞在鬼子军曹的身上,军曹一把抱住了她:"既然你送上来了,那我就不客气了。"

鬼子军曹一把把夏小秋推倒在地,就在小秋母亲死去的那个地方,鬼子要强奸小秋。突然,一声枪响。

子弹打穿了鬼子军曹的脑壳,小秋看着军曹瞪大着眼睛倒下来,她大声尖叫起来。另外两个鬼子转身还击冲上来的敌人,但只是片刻之间,他们也毙命了。

来人正是张云虎他们,当张云虎冲上来抱住夏小秋的时候,小秋已晕过去。张云虎叫着:"姑娘,醒醒,姑娘……"

张云虎他们身后传来枪声,小绍兴说:"排长,我们赶紧离开这里。"

张云虎背起了夏小秋撤离。后面传来鬼子的喊声和紧密的枪声。

张云虎背着夏小秋来到一处废弃的房屋中,他不知道这是南京城什么位置,屋子已被日军的飞机炸得面目全非,不过这样也好,不容易被鬼子发现。小秋在梦中一直在叫着妈妈,叫着叫着就大哭起来。张云虎有些不知所措,只能抱住小秋。

夏小秋睁开眼来,像是疯了一样推开张云虎,拼命叫着:"放过我,放过我。"

张云虎上前道:"姑娘,别怕。"

小秋:"别过来,再过来我就撞墙自杀。"

张云虎:"姑娘,我们不是鬼子,我们是中国军人。"

小秋一听是"中国军人",清醒了一些,问:"你们,你们真是中国军人?"

铁彪开口:"当然是了,你看看我们的军装。"

夏小秋扑向张云虎,用拳头捶打着他:"为什么,为什么你们不早点出现,你们不是军人吗,为什么你们不打日本鬼子?"

张云虎任由小秋打着。

小秋泪流满面:"还我的妈妈,还我的爸爸。"

夏小秋只是哭,张云虎不知该怎么安慰,小绍兴和铁彪站在旁边,也只是看着小秋哭。

小秋哭着哭着,终于没了力气,她像是很累了,躺在张云虎的怀里,竟慢慢地睡了过去。

张云虎对铁彪做了个手势,示意他去门口警戒。铁彪出去了,小绍兴还站在一旁。

小绍兴问:"排长,我们要带着她吗?"

张云虎说:"现在我们也不知该往哪里走。"

是的,张云虎的确不知前面的路是怎么样的,大部分的可能性就是死路一条。如果只有他一个人，他觉得只要再杀一个鬼子就赚到了，但是现在他突然觉得不能这么快就死。

张云虎低头看了一眼怀里的女孩子，他觉得似曾相识，但是他们之间绝对没有见过，这点张云虎心里可以肯定。也许是有前世那回事，那么他们可能是在前世认识的。

张云虎又去看小秋，他看着看着，觉得小秋欢笑着，在向他奔过来，小秋的手里还拿着一张信笺。突然，小秋的身后露出几个鬼子的脑袋来，鬼子举枪对着小秋的后背开枪，小秋慢慢地倒向张云虎。

张云虎被枪声惊醒，原来刚才那个是梦，但他的的确确听到了枪声，此时，小秋也被惊醒过来。

铁彪跑进来说："排长，鬼子来了。打吗？"

张云虎："他们发现我们了吗？"

铁彪摇摇头："还没有。"

张云虎看了一眼夏小秋，随后抬头说："撤。"

张云虎带着夏小秋离开废弃的房屋。大街上都是枪声和老百姓的惨叫声，张云虎突然间像只无头苍蝇一样，不知该往哪走。小秋开口说："去我学校。"

金陵女子大学设立了安全区，当魏特琳女士看到小秋的时候，她扑上去抱住了小秋："感谢上帝，让这个可怜的女孩还活着。"

小秋靠在魏特琳的肩膀上，眼泪已如泉涌，哽咽着："校长，我爸妈都没了，没了。"

魏特琳把小秋抱得更紧了："我可怜的孩子啊。快，快进到里面，里面就安全了。"

魏特琳放开了夏小秋，小秋和她进到里面去，金陵女子大学已经建立起了安全区。

小秋跟着魏特琳进去。

铁彪也要跟在她们身后进去,魏特琳展开双手说:"不行,你们不能进去。"

铁彪问:"为什么不让我们进?"

魏特琳完全不给铁彪好脸色看:"你想让日本人来这里面行凶吗,他们以抓捕中国军人为借口,已经杀了好多无辜百姓。"

张云虎拍了一下铁彪的肩膀说:"铁彪,这位姑娘我们已送到一个安全的地方,我们该走了。去打鬼子。"

铁彪点点头说:"好。"

夏小秋听到张云虎要去打鬼子了,心里闪过一个伟岸的身影来,她急忙叫住了张云虎:"等等。"

张云虎回头看着小秋。

小秋说"谢谢,谢谢你们救了我。"

张云虎赧然一笑,对小绍兴和铁彪:"走。"

小秋又急忙地说:"我叫夏小秋。"

张云虎听到小秋名字的时候,怔在了那里,小秋又说了句:"谢谢你的救命之恩,能告诉我你的名字吗?"

张云虎还是沉默在那里,铁彪推了一下张云虎:"排长,她是小秋。"

张云虎:"我,我知道。"

张云虎很想回头去看小秋一眼,但不知为何,他竟然突然失去了这个勇气,他不敢去看夏小秋,生怕这多看一眼,会让这个可爱的女子消失掉。

小绍兴也来提醒张云虎:"排长,排长,她是小秋,她就是小秋。"

张云虎:"我知道,走。"

张云虎没有多看一眼小秋,径直地走了出去,铁彪和小绍兴也只能无奈地跟上。

夏小秋看着张云虎的背影,像是曾经在哪里见过,她轻声念出:"黑大个。"

魏特琳拍了拍小秋的肩膀："小秋,快进去,外面太危险。"

小秋点了点头,和魏特琳走进了安全区,她还回头看了一眼,但张云虎他们已消失在街道的拐角处。

其实这时,张云虎并没有走远,他们就在拐角处停下了脚步,小绍兴开口:"排长,她就是小秋,就是你朝思暮想的夏小秋啊,怎么你见了面连个招呼也不打。"

铁彪:"是啊,排长,我们来南京城,就是为了找这个小秋,你怎么……"

张云虎说:"好了,别说了,我知道她就是小秋,我只要能见她这一面就够了。"

小绍兴不明白:"难道仅仅是见这一面吗,那我们付出的代价也太大了,现在我们出不了南京城,很有可能死在这里。"

张云虎道:"我对不住二位兄弟。"

小绍兴说:"排长,你也别说这话,我们跟着你,都是心甘情愿的,但是你见了小秋而不认,我真是想不明白啊。"

张云虎说:"现在她进了安全区,是她最好的避难所。我说出自己的名字又有什么用,我不能救活她的父母,也保护不了她的安全,还不如这样离开。"

铁彪还想说什么,被小绍兴拉住了:"排长想在小秋心中是一个英雄形象。"

张云虎没说话,因为小绍兴已说出他的想法,他往前走去,不远处又传来枪声和老百姓的惨叫声。

小秋把父母被杀害的事情告诉了魏特琳,还告诉她,如果没有刚才的三个军人,她也早就没命了。魏特琳本想抱着这个中国女孩安慰,但是夏

小秋平静地说完这些,并没有哭,她觉得她应该坚强地活下去。

小秋抬头看着魏特琳问道:"校长,需要我帮什么忙吗?"

魏特琳说:"你先把自己的头发剪短了,然后再去帮那些长头发的女人剪短头发,最好剪得丑一点。"

夏小秋没有多问,点头说:"好,我这就去。"

金陵女子大学的安全区已挤满了人,大部分是女人,还有一些老人和小孩,原先校园里的学生已很少,小秋来到这里后,只碰到三个,而且是别的班里的。小秋已剪短了自己的头发,但看上去还是那么清秀文气。她这两天都在帮一些长头发的女人剪头发,魏特琳是出于对她们的安全考虑的,因为日本人专门来挑长得好看的女人,已经来过一回,选走的都是长发女子,剪短头发,或许可以让女人变丑点。

南京城的天蒙着一层暗灰,小秋早上起床到中午,一直在给女人剪头发,她的眼睛里也像是蒙着一层灰,她努力使自己提起精神来,突然她被外面的一阵吵闹声惊得浑身颤抖了一下。

一个叫野田太郎的日本军官在门口大骂:"八格,让我们进去,我们有证据,你们在里面藏了中国军人。我们要检查。"

魏特琳的声音:"不准进入,里面没有中国军人。你们真是太无理了,我知道你们要干什么,你们这些禽兽……"

几个日本士兵推开了魏特琳,冲上去,先抓住了两个脸上还干净的女子,女子疯狂地呼叫着,但其余的人都害怕地往后退去,生怕自己是下一个被抓的目标。

魏特琳挣扎着爬起来,大声喊着:"你们这样做是违法的,不准抓人,放开她们。"

被日军抓着的女子叫着:"救我们,救命。"

夏小秋本来是躲在一个阴暗的角落里的,在抓女人的鬼子根本没有发现她,突然她从角落里冲了出来,大喝一声:"放开她们。"

众人都愣住了，魏特琳看了一眼小秋，连忙地："小秋，走开，快走开。"

魏特琳想要冲向小秋，去把她推回角落中去，但野田太郎也看清了夏小秋，他挡在了魏特琳的面前，眼睛却一直看着小秋，嘴里吐出两个字来："呦西。"

小秋并未畏惧眼前的日本军官，她看着野田太郎，像是看到了杀害自己父母的凶手，她大叫着向野田冲了过去，野田太郎始料未及，脸上竟被小秋给抓伤了。

魏特琳也不敢相信小秋会这样做，但小秋在仇人面前，的确是失去了理智，但就算她想杀眼前的日本军人，她又有多少能力呢。野田一把拿住了夏小秋，小秋想动都动不了。

野田太郎伸出一只手，摸了一下自己的脸庞，看着手指上的血，他用舌头舔了一下，把血水咽进了肚子里，随后他竟在小秋的脸上舔了一下。

小秋惊叫起来："放开我，禽兽。"

野田太郎淫笑了一声。

小秋挣扎："杀了我，不然我会杀了你们。"

野田太郎并不理会小秋的话，对手下："把她带走。"

魏特琳扑了上去："不，你们不能带走小秋，她还是个学生。"

野田太郎看了一眼小秋："学生，好，我们会很爱护学生的。哈哈哈。走。"

小秋还想挣扎，但被两个日军士兵死死地抓着，让她动弹不得。魏特琳见求情不行，想要袭击野田太郎，但这一回野田似乎有着防备，他一拳头击打在魏特琳的胸口，魏特琳差点摔倒，她跪在地上，以免让自己倒下去，她捂着胸口，叫着："小秋，小秋……"

小秋和另外两个女子被日本兵带出校门去。

小秋她们被鬼子押着，走到了大街上，小秋一直在叫喊，叫着救命，此刻她有些后悔，如果跟在张云虎他们身边，自己或许不会被日本兵带走。

小秋又喊了一声救命,虽然她也觉得这是徒劳的。她决定在鬼子糟蹋自己之前,想办法自杀,自杀或许是最好的结果,至少能够保住自己干净的身体。

其实张云虎他们离开金陵女子大学后并没有走得很远,他们躲在一座空楼里,张云虎觉得这样可以看着大学的门口,也算是一种保护夏小秋的方式。所以当野田他们把小秋押出来的时候,张云虎就看到了,他本想狙击掉野田,但觉得这样做势必会引来更多的鬼子,而且会对女子大学不利。

张云虎他们已经来到楼下,隐藏在一扇窗子后面。他沉着气,铁彪和小绍兴也跟他一样,静静地看着野田太郎他们靠近,越来越近,张云虎都已经能感觉到夏小秋的心跳。

三人的匕首已经紧紧地握在手中,就等野田太郎他们靠近,将这几个鬼子送回东洋老家去。

野田太郎的手在夏小秋的脸上摸了一下,他很得意今天能够俘获这样美丽鲜嫩的猎物,突然小秋奋力咬住了野田的手,这是野田猝不及防的,他痛得叫了一声,随后一巴掌打在小秋的脸上,骂了一声:"八格牙路。"

夏小秋猛地挣脱开了鬼子兵,往前逃去,其实这时小秋脑子一片空白,后面一个鬼子正要开枪射击小秋,一把刀子飞了过来,直插进这个鬼子的脖子中。

野田太郎看到身边的士兵倒下去,连忙拔出枪来,铁彪已经冲到他面前,两人交手,另一个鬼子也和小绍兴交手。

小秋看到了张云虎,扑进了他的怀里,张云虎看着小秋,拍了拍她,轻声说了句:"等我。"

张云虎也杀向野田太郎,一拳头击打在野田的脸上,野田往后跌倒去,张云虎开枪,野田太郎连忙躲闪。

　　枪声已引来了鬼子,鬼子们急促的脚步声往张云虎他们这边而来。

　　小绍兴还在和鬼子兵扭打。张云虎一枪打在鬼子兵脑袋上,对小绍兴说:"赶紧走。"

　　张云虎冲到了小秋面前,又看了她一眼,拉起了小秋的手,没说一句话,奋力地往前跑去。

　　后面鬼子兵已经追过来,野田太郎抹了一把脸上的血,大叫着:"抓住他们,抓住他们。"

　　铁彪对张云虎说:"排长,我掩护你们。你们走。"

　　铁彪不待张云虎答应,便冲到掩体边,阻击冲上来的鬼子。

　　张云虎知道凭铁彪一个人的力量根本挡不住这么多鬼子,他说:"兄弟,见好就收。"

　　铁彪点了下头,继续射击鬼子。

　　张云虎他们逃离。

　　南京城遍地都是尸体,夜色来临,两只老鸦在枝头哀叫。张云虎带着小秋逃到了一条小河边,小河边也到处都是尸体。

　　此刻,夏小秋已是欲哭无泪。

　　小绍兴痛苦地说:"排长,铁彪大哥没回来。"

　　张云虎没说话,一阵沉默。

　　小秋打破了这沉默,她说:"你又救了我。"

　　张云虎抬起来,认真地看着眼前这个娇小的女孩子,他的心里有些紧张,以至于说出来的话都吞吞吐吐了:"我,我是,张云虎,黑,黑大个。"

　　小秋的泪水一下子涌出了眼眶:"为什么,为什么这么迟来,我一直在等你。"

　　张云虎说:"对……对不起。"

　　小秋看着张云虎,其实自从她第一眼见张云虎,心里就隐隐地觉得他

就是那个通信的黑大个。如果换在平时,她不可能靠近这样一个扛枪的军人,张云虎完全没有小秋想象中那样英俊,虽然张云虎也很高大。要不是这场战争和屠杀,小秋甚至会厌恶眼前这个黑大个。但现在,小秋却觉得张云虎就是一座山,一座可以依靠的山。

夏小秋紧紧地抱住了张云虎,眼泪已经停不下来了,她说:"不要说对不起,我们之间谁也没有错。"

张云虎也抱紧了小秋,他希望这样可以让她更温暖一点,更加觉得安全一些,他能给她的,就这么多了。

小绍兴恨恨地看着小秋,他认为如果排长不救她,铁彪大哥就不会有事,现在铁彪生死未卜,而且活着回来的可能性很小。小绍兴有些后悔,后悔当初不应该指点张云虎怎么给夏小秋写信,如果不是因为这些信,说不定张云虎早已和小秋断了往来。现在后悔都晚了……远处又传来枪声。

小秋抬起头来看着张云虎:"黑大个,你们不要管我了。"

张云虎:"什么?"

小秋说:"我跟在你们身边,只会连累你们,到时日本人打过来,你们也逃不走。"

"不,就是死,我也要带着你。"张云虎坚决地说。

小绍兴想插嘴,想让排长抛开夏小秋这个累赘,但他终没有说出口来,他认为就算他说出来了,排长还是会带着小秋走。他不是都说了,就是死,也要带着她。

小秋的眼角又渗出泪水来,其实她根本不知道,如果张云虎把她抛弃了,她该怎么办,她的命运就是和她的母亲一样,她想起了她的母亲,她的母亲被日本兵奸淫后还躺在那里,她连替父母亲收尸的能力都没有。

小秋呼了一声:"黑大个……"

张云虎只是应了一声。

小秋没再说什么。刺骨的寒风吹着小秋的脸庞，像是有千百只蚂蚁在撕咬，但此刻这点痛又算得了什么。张云虎感觉到了夏小秋的颤抖，他把她整个人都抱进了怀里，完全没有男女之情，如同抱着自己的妹妹，抱着自己的女儿一样，这是一种宠爱，一种顾恋。

张云虎的胡子扎到了小秋的脸上，小秋本想把脸稍稍挪开，但她没有动，她怕她这一动会让黑大个生气，现在她不能没有他，虽然她的这种顾虑是毫无可能性的。她享受着张云虎的胡子，她突然觉得男人的胡子也有一种安全感。

小秋终究依偎在张云虎的怀里睡着了，她已经很久没有睡过这样一个安稳觉，她实在是太累了，以至于打起了轻轻的呼噜，并把口水流到了张云虎的胸脯上。

张云虎一直这样守候着小秋，不敢去惊动她，一直到天空泛起了鱼肚白。

小绍兴也睡着了。

张云虎知道天一亮，他们必须隐蔽起来，不然很有可能被鬼子发现。他拍了一下小绍兴。

小绍兴惊醒，连忙握住了枪。

张云虎说："没事没事，天快亮了。"

这时，小秋也醒过来，她又叫了声："黑大个。"

张云虎点了下头："你可以再眯会儿。"

"不了。你一夜没睡吗？"小秋见张云虎一副疲惫的神情。

张云虎傻笑了："我能扛得住，防守上海的时候，有一回我两夜一天没合眼。"

小秋从张云虎的怀里起来："我们得找个安全的地方，你也该歇一会。"

张云虎点点头。

　　张云虎三人来到一座破败的庙宇,这座庙叫冲天庙,小秋以前和母亲来这里上过香,那时香火缭绕,现在僧走楼空。

　　他们进了寺庙,小秋被眼前的惨状惊吓到了,但她没有叫出声,这几日来见的尸体实在是太多了。菩萨下面也躺着几具僧侣的尸体,有枪杀的,也有被刺刀捅死的。日本人连出家人都不放过,是的,这群禽兽已完全没有人性,要他们怎么去相信佛祖会惩罚这些人?

　　张云虎把拳头砸在柱子上,如果现在没有小秋,他说不定真的带着小绍兴去和南京城的鬼子拼了,不是说不定,是一定。张云虎心里的愤怒之火,已足够让他去和鬼子同归于尽,杀一个够本,杀两个就赚了。但是现在不行,他找到了小秋,似乎小秋就是他生命中的一部分了,虽然他一直都觉得自己这样一个粗大汉,怎么可能配得上小秋这样一个女大学生。早在他刚开始和小秋通信的时候,另一个排的排长丁胖子就说过张云虎,他和小秋之间,那就是癞蛤蟆和白天鹅。是的,他就是癞蛤蟆,小秋就是白天鹅。夏小秋在张云虎心里面,就是一个纯洁无瑕的天使,就算是到如今这地步,张云虎也绝对不会乘人之危,占小秋的便宜。

　　小秋也看出了张云虎的愤怒,她握住了张云虎的手,两人之间似乎有一种气流在传递。张云虎慢慢地平静了下来。

　　南京城上空的黑云一直低沉着,又飘起了雨,雨水渐渐地顺着庙宇的屋檐滴落下来,寺庙中发出一种天籁之音,但谁也没有心情去倾听。

　　张云虎让小绍兴去查看了寺庙,寺庙有后门,可以通向后山。所以他决定先留在冲天庙里,至少这里可以暂时安身,不被雨淋湿。

　　夏小秋找来几块布,替死去的僧人盖上,然后她跪在他们面前,双手合十,嘴里轻声念着,为他们祈祷,希望这些亡灵能够在西方极乐世界里得到安生,毕竟那里没有战乱和杀戮。

　　虽然张云虎觉得小秋这样做于事无补,但他心里也升起了敬畏之意。

他也双手合十,他的心里默念着,小秋,你一定要活着离开南京城。

张云虎他们在冲天庙里待了两天两夜,一切都很平静,当然南京城并不平静,还是到处传来枪声和惨叫声。

到第三天时,雨还在下。

张云虎在擦枪,小秋走到张云虎身旁,叫了声:"黑大个。"

张云虎露出一个生硬的笑,其实他是想温柔的,但这已经是他最温柔的硬朗了。

夏小秋不知从哪里找到了一把剃刀,估计是方丈师父替弟子剃度的刀子,小秋柔情地说:"我替你把胡子刮了。"

张云虎一时没反应过来,愣了一下,随后才去摸自己的下巴:"这,这合适吗?"

小秋笑了下:"有什么不合适的,难道你不相信我的技术? 我爸就是一名理发师,我从小看着他给人剪头发、剃胡子。"

张云虎还是有些不好意思。

小秋说:"来吧。"

雨声在庙宇里回荡,小秋手中的剃刀在张云虎脸上刮动,发出来一种沙沙沙的声音。

张云虎闭上了眼睛,他享受着这样一个美妙的过程。

小秋刮落了张云虎脸上和下巴上好多胡须,就如同一个断了红尘的女子,在老尼姑的剃刀下解脱,青丝一缕缕掉落。

地上已铺着一层黑黑的胡子。一阵冷风吹来,把胡子吹到了雨水中,隐约地看不见了。

小秋用积在石板上的水,把剃刀上的胡子清洗了一下,随后又开始轻柔地刮起来,直到把张云虎脸上的胡子刮干净了。

小秋笑了。

张云虎问:"你笑什么?"

小秋说:"以后不该叫你黑大个了。"

张云虎也笑:"嘿嘿。难道我现在是白大个了?"

小秋:"反正不黑了。现在不黑也不白。"

这时,小绍兴拿着两个地瓜过来,他看到张云虎被刮干净的脸,愣了一下:"排长你……"

随后小绍兴也笑出声来。

张云虎道:"你又笑什么?"

小绍兴强忍住了笑:"像,像个……"

张云虎问:"像个什么?"

"像个太监,哈哈哈。"小绍兴笑得人仰马翻。

张云虎骂道:"臭小子,看老子不揍死你。"

张云虎抡起拳头要去到小绍兴那,小绍兴连忙往后逃去,张云虎要追上去,却被小秋拉住了:"哎,还没擦干净呢。"

张云虎停住了脚步,回头看夏小秋:"真像个太监吗?"

小秋认真地看着张云虎,她在图书馆的画册上见过明清时候太监的样子,太监没有一根胡子,阴沉着脸,像是从地底下出来的。但张云虎浑身透着阳刚之气,小秋摇摇头说:"没有。"

张云虎看了一眼小秋,似乎有些相信,跑到院子里的一口大水缸前,对着水缸里面的水照起来。

夏小秋也跑上去:"你还不相信我啊。"

张云虎抹了一把自己的下巴:"手艺真好。"

小秋嘟起了嘴:"不把你刮干净点,我怕又扎得我生痛。"

张云虎听了小秋的话,心里有些抱歉,他知道那天晚上抱着小秋的时候,自己的胡子肯定扎到她了。他想说"对不起",但没说,他看着小秋嘟起的嘴,觉得眼前的女子真的很美,他想上去亲吻她,但还是没有。如果说他没有这个胆量,倒不如说他不想去破坏这种美,他生怕他这一亲,把小秋亲坏了。

张云虎还在沉思之际,小秋的嘴贴上来,亲在了他的脸颊上。

张云虎浑身的热血顿时沸腾起来,瞪大了眼睛。

夏小秋放下了踮起的脚,随后迅速地跑开了,她的血也沸腾了。

张云虎他们在冲天庙又待了两天,这两天中有一次他们已经进入备战状态,几个逃难的老百姓要往庙里冲,后面的鬼子开了枪,百姓倒在了庙门口。鬼子小队长上前来,扯下了一个妇女脖子上的珍珠项链,他拿在手里把玩着。

小绍兴的步枪已对准了鬼子小队长,枪被张云虎压了下去。

鬼子们在门口叽里咕噜说了几句话,鬼子小队长把珍珠项链放进了口袋里,随后转身离开了。

小绍兴舒出一口气。

张云虎带着小秋和小绍兴回到了大殿里,张云虎对小绍兴说:"如果鬼子杀进来,你带着小秋先从后门走。"

小绍兴还没开口,夏小秋先说了:"我们和你一起战斗,要死也死在一起。"

小绍兴附和:"对,一起战斗。"

张云虎强硬地说:"你们得听我的,三个人一起死不值得。"

小秋说:"有什么值不值得,就算我们逃出了冲天庙,能逃出南京城吗?还不是被鬼子打死。"

张云虎觉得小秋说得也有道理,现在满城都是鬼子,往哪里逃?无论往哪里逃,都是死路一条。还不如让小秋留在自己身边,拼死保护她,如果能和她死在一起,这辈子也算不白活了。

这天到傍晚时分,天空突然亮堂起来,在昏暗的天际,划开一道口子,从这口子中射出一道光来,虽然这道光也是昏黄的,但照到冲天庙的小院

子里竟然有种佛光普照的感觉。

小绍兴和张云虎打了招呼后到周围地方去寻找吃的,张云虎依旧和他说了,让他自个儿当心点。这几日都是小绍兴出去找吃的,第一次的时候,张云虎还反对小绍兴出去找食物,但不出去大家都得饿死。趁着夜色,还是可以躲开鬼子的视线的。

小绍兴在天暗下来后出去了,因为这已经是晚饭时间,日本人也是动物,他们除了杀人和强奸,饭总得吃的。所以小绍兴认为,这是安全时段。

自从张云虎把小秋从野田太郎手中救走后,野田对小秋一直念念不忘,他像疯狗一样嗅着这个南京城,疯狂地寻找着小秋的踪影,他舔着舌头,想象着把小秋放在盘子里,然后一口一口吞噬。

其实野田太郎在广岛老家也有一个妹妹,长得很清秀,野田异常疼爱她。野田在妹妹樱子的眼里也是一个十足的好哥哥。战争就是这么可怕,它无情地把一个人变成了魔鬼,然后这个魔鬼无情地去吃人。

就在傍晚时分,野田太郎和手下喝了清酒,有一个小队长说起,今天在城南的冲天庙杀了几个人,本来想要强奸一个妇女的,被她逃脱了,还咬了他的手,所以把妇女给打死了。

鬼子小队长拿出一串珍珠项链说:"这是那个妇女身上拿下来的,算是对我的补偿吧。"

几个日军士兵都围着鬼子小队长要看那串项链。

野田太郎没在意,他起身往外走,身后一个士兵问了声:"中尉,你要去哪里?"

野田没回头:"出去透口气。"

有两个士兵说:"我们和你一起去。"

野田太郎和两个士兵走了出去。

野田他们走在南京城空落落的街道上，空气中也透着刺骨的寒冷，似乎冬天更让人思念自己的家乡。三个人不约而同地唱起了家乡的民歌。

他们不知不觉地走进了一条小道，野田太郎开口问："前面是哪里？"

一个士兵说："前面好像就是冲天庙，我来过。"

野田太郎本来不想去了，但听到是冲天庙，他的心里竟有个变态的想法，想去看看那具被小队长枪杀的妇女的尸体，看看长得怎么样，或许她身上还有别的值钱的东西。

他们走向了冲天庙。走到庙门口的时候，野田太郎他们没有看到那具妇女的尸体。

士兵说："是不是渡边这家伙在骗我们？"

"别说话。"野田太郎耳朵里面听到的不是这个士兵的声音，他听到了另一个声音。

是一个女子的声音："黑大个。"

野田太郎鼻子嗅了嗅，跟狗一样的，他像是嗅到了夏小秋身上的气息。他脸上露出了阴阴的笑。

他们悄声地往庙里面摸了进去。

庙里黑乎乎的，看不清有什么人，但野田太郎很确信里面有人，有女人，可能会是他这几天来朝思暮想的女人。他嗅到了。

野田太郎他们刚走到院子里，一个黑影跳出来，一刀子便插进了一个士兵的脖子上。

野田连忙往后退，拔枪开枪，动作极其灵敏，但是子弹没有击中黑影。

野田继续开枪，另一个日军士兵也开枪射击张云虎。这时，小绍兴从门口跑进来，他听到枪声，知道庙里面肯定是出事了。小绍兴拉动了枪栓进了庙门，看到戴着日军帽的鬼子便开了枪，打中了他的手臂。

野田太郎转身向小绍兴开枪，小绍兴隐蔽到了柱子后面。

黑暗中，几个人虽然看不清彼此的脸，但似乎都知道对方是谁。野田

太郎知道夏小秋在这里,他想要找到她,只要他坚持住,肯定就能找到她。

日军士兵靠到了野田太郎这边,捂着伤口:"中尉,我们挡不住他们,先撤吧。"

野田太郎厉声喝道:"再坚持一会,我们的人听到枪声就会把这里包围……"

子弹在野田耳边飞过。

张云虎退到了小秋身边,小秋在战斗中保持住了十足的冷静,没有出声,她知道黑大个会回到她的身边来。

张云虎拉住了小秋的手:"小秋,你没事吧?"

小秋摇摇头。

此时,小绍兴也退了过来:"排长,怎么办?"

张云虎镇定了一下神色:"给我消灭掉这两个鬼子。"

小绍兴得到了排长的命令,顿时兴奋起来:"好。"

张云虎和小绍兴交替掩护,杀向野田太郎这边,野田奋力抵抗,他身边的士兵开了两枪,往后退去。张云虎瞄准了这个鬼子,一枪打爆了他的脑袋。

野田太郎闪身退到了庙门口,他知道这样打下去,自己也会没命的。在活命和猎物面前,他还是选择了前者。

张云虎见野田太郎躲到了庙门外,他没有恋战,他示意小绍兴往后撤退。张云虎带着夏小秋从冲天庙的后门走了出去,隐没在山野之中。

冲天庙事件让野田太郎得到了上级的批评,但也只是呵斥了几句,野田在上级面前立下军令状,一定会把这几个溃逃的军人抓住,然后折磨死他们。

野田太郎带着一个中队的兵力,开始全城搜捕张云虎他们,他对手下下令:"见到那个女的,要抓活的,不能打死她,其他人格杀勿论。"

　　张云虎三人并没有在冲天庙后山待上多长时间,天还没亮他们就离开了那里。

　　天亮的时候,野田太郎的人马已来到冲天庙搜找,随后在后山也进行了仔细地搜找。当然没有找到张云虎他们。

　　小秋带着张云虎和小绍兴来到了自己的家,他们实在不知道去哪里,小秋认为,如果要死,能死在家里也是好的。

　　小秋家没有变样,同她和父母离开时一样,理发店还是塌在那里,只是屋子门口横着一些尸体。

　　小秋带着张云虎上了楼,那里还有一封没有写完的信。是给张云虎的信。

　　张云虎先拿起信纸看起来。

　　小秋的声音颤抖:"写信的时候,我爸妈还在。"

　　此刻夏小秋已经平静了很多,她接受了父母离世这个现实。只是见到这熟悉的屋子,心里的伤痛又被唤醒。

　　张云虎还是很抱歉地说:"如果当初我能早点来找你……"

　　夏小秋淡然一笑,如果当初张云虎早点来找她会怎样,她会如现在这样依靠他吗?或许他们会在街角的小饭店吃个饭,当然小秋也有可能会把张云虎当成一个英雄,因为张云虎会把自己杀鬼子的数目告诉她。

　　没有如果。

　　张云虎也知道没有如果,他要是能够料到未来的事,那他是否也会预料一下他们接下去的命运会如何。一切都不能预料,他们的命运不掌握在他们手里。

　　张云虎从自己的衣服里拿出一沓信件来,都是小秋回给他的信,包括第一封信,那是宋美龄女士倡导学生给战地士兵写信时,小秋写的第一封信。就是这封信,把小秋和张云虎的命运连接在了一起。

　　小秋接过了张云虎的信,还有温度,是张云虎的体温,他一直把这些

信放在自己的胸膛。小秋看着信封,上面染上了血渍,她轻轻地抚摸着,这些信经历了战火,却还能留存着,她知道张云虎肯定是把这些信当成了宝贝。

小秋指着窗台前的那张书桌说:"这些信有一半是在这里写的。"

张云虎看着书桌,他似乎看到一个女生的背影,她坐在书桌前,认真地写着信,偶尔抬头一笑,偶尔把头发挌到耳朵后面。

张云虎本想把这些信交到小秋手里,让她来保管。小秋开口说:"信还是你留着,它们在你身上,就像我在你身上一样。"

张云虎点点头:"嗯。"

小秋拿出了自己的信,把信件装进了一个梨花木盒子里,她说:"你写给我的信,我也会好好保管。就像你在我身上一样。"

张云虎抱住了小秋,他身上的血液又开始沸腾起来,他疯狂地亲吻小秋,小秋没有反抗,甚至有意迎合着张云虎,她的呼吸越来越急促,她的脑子里变得空白,没有战乱,没有杀戮,没有尸体,她在瞬间变成了一只小鸟,飞了起来,飞向天空。

突然张云虎放开了小秋,他松了口气说:"对不起,小秋,我不该这样子对你。"

小秋向前一步说:"难道你不喜欢我?"

张云虎急忙说:"不,不是的。"

这时,外面又响起了枪声,还有日本人的靴子踩在石板路上发出来的冰冷的声音。

夏小秋并不觉得害怕,她的眼眶里渗出泪水来:"我愿意把干净的身子给你。"

张云虎抬头去看小秋。

小秋退到了自己的小床边,把身上的衣服一件一件脱了下来,直到上身赤裸,露出两只小巧而又洁白的乳房来。

张云虎避开了自己的视线,他不敢去看小秋的身体。

小秋平静地说:"看着我。"

张云虎还是不敢去看:"不,小秋,你不要这样。"

"你难道愿意看着我这身体被日本人糟蹋吗?"小秋的眼泪已顺着脸颊流下来。

"我不会让你受到伤害。"说这话时,张云虎有意加大了声音,但他心里却没有底气。他知道就算有一千个张云虎也无法在南京城保护夏小秋,他能做的,只有出尽他的全力,拼死保护。

屋子外面响起了日本兵的声音,他们在搜找小秋他们。

鬼子小队长渡边信义点了一根烟,骂了一句:"这个野田,分明是想着那个小娘们,想占为己有,还让我们帮着他找。"

小秋的房间里,气氛变得更为紧张,小秋并不觉得冷,她已经失去了知觉,她说:"黑大个,如果你要了我,现在我们死了都值得了。"

张云虎鼓起勇气,上前去。

小秋闭上了眼睛。

张云虎脱下自己的衣服,把小秋的身体包裹好了,他像是发誓一样地说:"我们都要活着,等打完了鬼子,我就娶你。"

小秋扑进张云虎的怀里,号啕大哭起来……

突然一声枪响。

张云虎放开了小秋:"鬼子来了。"

小秋也很沉静,她擦掉了泪水。

张云虎说:"把衣服穿上。"

小秋点了一下头,张云虎来到窗口,观察下面的情况。

小秋迅速地穿好了衣服。

楼下的小绍兴喊着:"小鬼子,我跟你们拼了。"

连续几声枪响。

张云虎拉起夏小秋的手："走。"

理发店外面,渡边信义对着小秋家里面射击,小绍兴中弹,子弹射进了他的肚腹中,他震了一下,但他还是继续还击着。

张云虎和小秋下来,张云虎问道:"小绍兴,你没事吧?"

小绍兴摇摇头,还对张云虎笑了一下。

张云虎对着外面开枪,连着干掉了两个鬼子。

渡边信义连忙躲到了墙后面。

枪声迅速地引来了周边的日军,野田太郎也听到了枪声,他快步向枪声处奔来。

理发店外面的鬼子越来越多。

双方一阵激烈地交火。

小绍兴的子弹已经不多,他对张云虎说:"排长,我掩护你们,你和小秋先走。"

张云虎道:"不行,我已经害了铁彪,不能再把你丢下。"

小绍兴说:"我没事,你们先退出去,我随后就撤,我这么机灵,鬼子抓不到我。"

张云虎没回话,对着外面又开了几枪,二十多个鬼子已经包围上来,他知道他们再不走,三个人都要死在这里。他狠了狠心:"小绍兴,我们走后两分钟,你就撤退。"

小绍兴敬了一个礼:"是,排长。"

张云虎和夏小秋从屋子后的窗户跳了出去。

小绍兴见张云虎他们已离开,他捂了一下伤口,抬起手来,手上已都是鲜血,小绍兴咬了咬牙,继续开枪。

渡边信义见火力弱了下去,对手下喊:"给我狠狠地打。"

日军加大了火力,小绍兴还击了几枪,打完了枪里面的子弹,时间已经过去两分钟,但是他没有撤退。

渡边信义听出了里面的人打光了子弹,有些得意地说:"他们已经没子弹,包围过去,活捉他们。"

渡边信义带着手下向小绍兴包围了上来。

小绍兴坐在了地上,捂着伤口,鲜血已经渗透衣服,渡边信义他们冲进来,用枪顶住了小绍兴。

渡边信义笑了一下,但他脸上的笑很快就僵硬了,他看到了小绍兴的身子下面在冒烟。

小绍兴在渡边信义他们冲到他面前时,拉开了手雷的拉环,"轰隆"一声。

渡边信义还来不及说什么,手雷就炸开了。

野田太郎这时刚好走到理发店门口,他也被里面的爆炸气流熏了一脸黑。野田太郎走到理发店里面,渡边和三个日本兵已躺倒在地上,还有一具被炸烂的尸体。

野田太郎迅速地分辨出了小秋不在这里。

张云虎和小秋已经跑到了一条小巷子里,他们都听到了爆炸声。张云虎知道这是他们队伍配备的手雷爆炸开来的声音,小绍兴在不到万不得已的时候,不会拉响手雷,现在只能说明一个事,小绍兴和鬼子同归于尽了。

张云虎的眼眶中涌出泪水来,小秋也明白了什么事,知道小绍兴回不来了。

"我们走。"张云虎擦掉了泪水。

他们继续奔逃。

野田太郎见小秋不在屋子里,他立即带着几个日本兵转到大街上来,他发狠地说:"他们肯定没有逃远,给我追。"

野田他们继续追捕夏小秋和张云虎。

张云虎他们跑到小公园的时候，又被两个鬼子发现，鬼子开了枪，张云虎还击了两枪，干掉了一个鬼子。

小秋实在是跑不动了，她说："黑大个，你不要管我了。"

张云虎道："我不会放弃的，要走一起走，要死一起死。"

张云虎带着小秋躲进了一堆断墙边。

小秋靠在张云虎的身上，淡然地说："黑大个，今天我们肯定是逃不了了，你死之前，给我一枪，让我死在你的怀里。"

这一刻张云虎没有再说我可以保护你之类的话，他知道鬼子正向他们包围过来，他枪里面的子弹也不多了，但如果让他枪杀心爱的女人，他实在无法下手。突然他想起了什么，他还有一把枪藏在身上，是一把小型的勃朗宁手枪，他急忙拿了出来，放在小秋的手上。

张云虎说不出让小秋开枪自杀的话，他说："我们一起杀鬼子，里面有三颗子弹。"

小秋拿着勃朗宁手枪，她知道，最后一颗子弹是留给自己的。

几个日本兵冲杀了上来，对着断墙开枪，张云虎看到了几个日本兵后面的野田太郎。

野田太郎带着日本兵一步步逼近。

张云虎对小秋说："小秋，打开保险，扣动扳机，打。"

小秋照着张云虎的话去做，张云虎在小秋开枪的同时，也打出了两发子弹。

三颗子弹同时射向鬼子，张云虎击毙了两个鬼子，他乐了一下说："小秋，我们一人打死了一个鬼子。"

小秋不敢相信自己打死鬼子了，她杀了人。

张云虎说："小秋，你也算给你父母亲报仇了。"

此时的小秋脑子里又是一片空白，她竭力让自己冷静下来，她重重地点点头。

野田太郎见身边又有两个士兵倒下，他开始发疯，大喊大叫着："我要杀了你们，我要杀了你们。给我杀。"

张云虎的手臂被击中，他枪里面的子弹已经不多，他打算打得只剩下最后一颗子弹，然后和小秋一起开枪自杀。

小秋和张云虎都不去想什么，两人的手紧紧地握在了一起，他们面对着面，彼此微笑。

突然，张云虎的耳边响起汽车的声音，他别过头去一看，是一个外国人开着一辆车过来。张云虎像是见到了光明，他的脑子里立刻跳出一个想法来，小秋还有活命的希望，让小秋逃出去。

张云虎对着冲上来的野田太郎开枪，野田差点被射中，连忙往后退了一下。

这时，张云虎按住了夏小秋的肩膀说："小秋，看到那辆车了吗？走。"

张云虎带着小秋一边还击着冲上来的鬼子，一边往外国人开着的那辆车跑去，子弹在他们耳边呼啸而过。

时间过得像飞箭一般，张云虎他们跑得很快，但在小秋的感觉中，这一会儿的时间，一秒钟如同一年，她没去看那辆车，一直注视着张云虎的脸。

快要跑到那辆车旁边时，张云虎猛地抱起了小秋，小秋知道，张云虎这是要把她给送出去，她抱住了张云虎的脖子说："我不走。"

张云虎没有说话，后面射过来一颗子弹，子弹打在他的大腿上，他差点摔倒，但他咬咬牙，继续奋力地往前跑去。

终于张云虎把小秋送到了那个外国人的车辆旁边，外国人似乎就是来救小秋的，他用中文说："快点上车。"

外国人帮着张云虎，要把小秋拉上车来，小秋知道这是她和张云虎生离死别的一刻，如果她放开张云虎，这辈子他们就此告别，夏小秋大声地说："我不走，我一个人走有什么意思，宁可一起死，我也不独自活。"

"傻丫头,我来南京是做什么的,就是为了找到你,让你活着离开。原本我觉得只要能见上你一面,我就知足了,现在的话,我张云虎已是一万个知足了。此生无憾,此生无憾。"张云虎是笑着说这些话的。

小秋已是泪流满面。

外国人很是焦急地说:"快点走。相信我能救你。"

张云虎对小秋露出一个微笑,他毅然转过身,向鬼子反扑过去。

夏小秋歇斯底里地大哭起来,但很快她的哭声被汽车的发动机声音和交织的枪声淹没掉了。

救夏小秋的那个外国人叫约翰·拉贝。

小秋来到了安全区,一直到南京大屠杀结束,她都没有离开过。

一九四六年二月十五日,南京审判战犯军事法庭成立。那几日南京人民,还有从周边地方赶来的老百姓把军事法庭围得水泄不通,他们都是来看那些杀人恶魔是怎样受到审判的。

在密密麻麻的人群中,夏小秋露出脸来,她给军警塞了一些钱,军警放她进了审判会场。

小秋往前挤着,一直挤到了最前面,直到被审判现场的士兵拦下。夏小秋的眼睛一直在搜索着,搜索着押上来的日本战犯。自从前两天她在公告栏上看到战犯名单上有野田太郎的名字后,她一直没有合过眼,她的眼前都是张云虎的音容笑貌。

这一刻终于等来了。

当夏小秋看到野田太郎时,她的眼睛里冒出两团火球来,这个魔鬼已消瘦了很多,但他一脸淡定,偶尔嘴角边还仰起一丝轻笑,似乎在挑衅法官,或许在他心里觉得杀死中国人,就是踩死了几只蚂蚁。

会场有些喧杂,法官大声说着让大家安静,安静。但还有窃窃私语声。对于小秋来说,她已经听不见任何声音,她的耳朵里一片沉寂。她听不到上面的法官在说些什么,旁边愤怒的百姓在说些什么,一直到她听到枪声,她的耳朵里才有了声音。

子弹飞向野田太郎,射进他的胸口中,野田张着嘴巴,回头来看到底是谁枪毙了他,他本来以为他的罪行掩藏得很多,很有可能他罪不至死。但是子弹已击中他的心脏,当他看到夏小秋的时候,心脏炸裂开来,他张开的嘴巴再也没有合上。

会场顿时混乱。

小秋本想把最后一颗子弹打进自己的脑袋里,这样她就可以去陪张云虎,去找自己的父母。当她举枪对准自己的脑袋,准备扣动扳机的时候,两个军警已经冲上来,摁倒了她,并夺下了她的枪。

小秋并不反抗,她只是问了一句:"那个鬼子死了没有?"

军警没有回答她。

但小秋看到了倒在地上的野田太郎睁大着眼睛,空洞地看着这个世界。小秋知道他死了。小秋笑了,她似乎看到了微笑的张云虎。

七个月后,夏小秋从监狱里出来,民国政府主席林森特赦了她。

小秋没有留在南京,后来有人说在苏州见到过她。那人见到小秋的时候,已是半个多世纪后。进入暮年的夏小秋喜欢独自捧着一个精致的檀木盒,坐在苏州河畔,在夕阳下眯着眼睛,一封一封地看那些信件,永远永远看不厌。

隐隐中,小秋常能看见那个被她叫作"黑大个"的男人。

细菌战遗事

人类最可怕的不是死亡，而是遗忘自己民族的屈辱历史。

——题记

　　于海的烂腿就像是两根被烤过的木棒，黑乎乎一片，上面的肉几乎已经死去，钻心的疼痛总是让这个可怜的幸存者彻夜难眠。但被折磨了将近七十个年头后，于海放弃了一切可以治疗的法子，微薄的生活补贴也无法让这个失去劳动力的老头儿医治伤痛。

　　他不喜欢黑夜，黑夜里钻心刺骨的疼痛都能让他叫出声来。天蒙蒙亮时，于海又去了古桥上。这个干瘪瘪的烂腿佬就喜欢默默地站在古桥上，眺望远方的来路。

　　在于家桥人的记忆中，于海的至亲早已死绝。他们不明白烂腿于海为什么还不死掉，死了还一了百了，大家眼不见为净，一想起于海那两条烂腿，他们晚上睡觉时都会做噩梦。

　　于家桥人总是拿异样的眼光去看烂腿于海，去看他的人还算是照顾他，村里很多人对他都是不闻不问的。于海没有子女，只有一个堂侄子，

叫于永强,永强见于家桥人都看不起于海,久而久之,自己也不去搭理堂叔了。永强想,自己反正不是于海的儿子,叔侄辈还是堂的哩,我没有必要对这个脏老头负责,法律也不会追究责任,况且政府每个月还会给于海一定的生活费。

于永强抱着刚满周岁的儿子经过于家桥那座古桥时,烂腿于海还是像很多时候一样站在古桥上眺望远处,他突然回过头看见了于永强,于海胆怯地叫了声:"永强。"永强没有去理他,继续逗玩自己的宝贝儿子。于海看着永强怀中的小胖子,心里头升起一股温暖的感觉。

他走上前去说:"小胖子真可爱啊,阿爷没什么给你吃,来,阿爷给你钞票,你叫阿爹去给你买东西吃。"于海说着从口袋里掏出一张皱巴巴的十元钞票,送到永强儿子的手里。于永强见此,急忙打掉堂叔手里的钞票,他大声叫道:"谁要你的钞票了,脏兮兮的。"

永强的宝贝儿子被爹的大叫声吓了一跳,"哇"的一声哭出来。于海也被吓住了,他看着掉在地上的钞票久久不能回过神来。当他再次抬头时,永强早已哄着儿子走远了。

于海捡起钞票,又默默地站在古桥上,桥下的河流在前些年就已经干涸,有几个小屁孩在河床上追逐打闹,甚是欢快。于海抚摸着雕刻在古桥上那风化了的图案,如同欣赏一件精致的艺术品。古桥建于唐朝贞观年间,是一座名副其实的古桥,古桥已经十分残破,像于海一样,是一个苍老干瘪的老头子。于海有时候觉得自己就是这座古桥,古桥就是于海。

古桥在抗日战争之前虽然古老,但不残缺。古桥是在日本鬼子到了于家桥后才变得残破的。日本鬼子曾经轰炸过于家桥,炸死了很多于家桥人,也炸伤了古桥。于海安静地看着古桥,他觉得古桥的皮肤就跟自己的烂腿一样,很多部位都是黑乎乎的,见不到太阳的地方都长满了青苔,青苔又变得苍老,成了黑色的,像是紫菜一样的东西。

于海想起,日本鬼子轰炸于家桥那年,自己才十二岁。日本鬼子炸死了很多村子里的人,于家桥人在日本鬼子的炸弹机枪下,嗷嗷直叫,四处逃窜。日本鬼子的飞机飞过去后,村子里硝烟弥漫,如同一个战场,日本鬼子的对手是手无寸铁的于家桥人,许多于家桥人都躺倒在血泊中。于家桥顿时血流如河。夜间,村子就如同阴间一样,小孩妇女不敢出门,连大男人也都躲在了屋里。

古桥,也就是在这个时候受了伤。它被日本鬼子的飞机给炸掉了许多石头狮子、石头桥墩。于海想,日本鬼子的炸弹真是厉害,连石头都能够给炸掉。古桥被炸伤以后,于海的二伯还在一个被炸开的桥墩里捡到了好几卷佛经。后来听村子里的老秀才说,这是文物哩,唐朝贞观年间的佛经,很有可能是唐三藏西天取来的经,是非常珍贵的文化遗产。这说明我们于家桥是一个历史悠久的村庄啊!老秀才说得很是兴奋。

但于海的二伯却是文盲一个,不知什么是文化遗产。二伯道:"命都快保不住了,还在乎什么文物不文物的,不就是几本破经书嘛。"如大家所料,这几卷唐朝贞观年间的佛经果然被于海的二伯当厕纸给擦屁股了。

于海回忆这些陈年往事的时候,总是十分心酸,眼泪止不住流出来,他的眼前突然间多了两条水源充足的河流,泪水洒进了干涸多年的河流,河流在于海的眼里又流动了起来。那是 1940 年的夏天,于家桥的古桥依然古老,古桥下的河流却并不枯竭。它水质清爽,水源是从钱塘江的支流兰江里流来的。那时,于海还是一个小屁孩,和所有于家桥的小男孩一样不经世事,快活地在古桥下戏水捉鱼。于海他们都露着嫩嫩的小鸡鸡,面对岸边洗衣裳的大姑娘、小媳妇从来都不会感觉到害羞。

噩梦其实早已来到多灾多难的旧中国,但闭塞的于家桥却像是世外桃源,对外面的情况知之甚少。而日本人的魔掌已伸向了中国内部。

对外面世界稍微有些了解的于家桥人说,在中国的某个大城市里,日本鬼子杀人杀了七七四十九天,把整城人都杀完了,日本鬼子的刀磨得非

常锋利,听说啊,日本鬼子总共杀掉了三十多万人。于家桥人都吓傻了,于海的二伯问:"日本鬼子是人吗?"那人说:"日本鬼子不是人,他们是杀人的魔鬼。"

从那个时候起,于家桥人对日本鬼子就有一种恐惧感,但谁也没见过日本鬼子长什么样子。知道日本鬼子屠城的那个于家桥人说:"谁见过日本鬼子,哪还能活着性命回来。"被这人一说,于家桥人更加不敢出声了,"日本鬼子"四个字连提都不敢提起。

日本鬼子出现在于家桥的那年秋天,准确地说日本鬼子不是出现在于家桥,只不过是路过这里而已,顺便又丢了几颗炸弹。村里人根本没什么准备,当炸弹丢下来时,还抬头在想,这鸟屎为什么这么大?就那一次,日本鬼子在于家桥丢下 3 颗炸弹,炸死了 42 个于家桥人。据说,于家桥邻近的几个村庄被炸死的人不止这个数字。日本鬼子丢炸弹的时候,于海还露着小鸡鸡在水里面钻来钻去,酷似一条无忧无虑的小鱼儿。但猛烈的爆炸声,委实让于海震耳欲聋,他掏了掏自个的耳朵,耳朵还是嗡嗡嗡地响着。于海看见自己的老爹站在岸头叫嚷着,但于海只能看见他张着嘴巴,却什么也听不见。

日本鬼子是在丢过炸弹半个月后来到于家桥的,那时正值秋高气爽的时节,于家桥人谁也没想到自己会这么快就见到了传说中的日本鬼子,传说中屠杀完整个城池的杀人魔鬼。于家桥人吓得大气不敢出,连放个屁都要夹着屁股,生怕一个屁招来日本鬼子那把磨得锋利的军刀。

日本鬼子进入于家桥后似乎没有什么大的动静,当时谁也不清楚这群"天皇的圣战士"为什么要来到一个并不富裕的村落。他们在这里到底要搞什么名堂?

于威民早年读过私塾,后来因为偷窃同学的东西被先生赶出了学堂,任凭他老爹怎么恳求,先生都不肯再教这个学生。离开学堂后,于威民和他爹务了农。于家桥人有些看不起威民,当着他的面都会叫他贼骨头。

于威民偷偷发誓,总有一天,他要出人头地。机会在日本鬼子来到于家桥后也跟着来了,于威民凭着念过几句书,又通过一个汉奸的引荐,他很快就成了于家桥一带的保长,他唯唯诺诺地跟在一个胖墩墩的日本小矮子身后,却耀武扬威地站在于家桥人面前。

村里人都暗暗地痛骂于威民是个狗腿子,为日本鬼子卖命,这真是把祖宗的脸面都给丢尽了。

于威民知道,村里人在背地里唾骂他,他心里默默说,你们不是看不起我于威民吗,等着瞧吧,以后叫你们跪在我面前求我。

于威民的老婆说:"威民,你在外头做人要低调一点,你现在做这种事,村子里的人肚子里不说,心里头恨不得把你给一口吞下去。"

于威民哼了一声道:"我自己做事有分寸,谁要是敢在我于威民背后做动作,我就让他见不到来日的太阳。"他说完一拳头狠狠地砸在桌子上。

日本鬼子在于家桥驻扎后,于威民就按着毛利太君的意思召集了所有的于家桥人,他说:"我的父老乡亲们,我威民是个有良心的人,大伙都是于家桥人,我不会跟自己人过不去的,只要你们老实一点,我们毛利太君叫你们做什么,你们就做什么,听见了没有。"

于家桥人都不敢抬起头,有个胆量稍微大点的于家桥人微微抬高眼皮,瞄了一眼那个被威民称作毛利太君的日本鬼子,于海也在人群里,他并不怎么怕毛利太君,也不怎么怕日本鬼子,他还认为日本鬼子是人,是人就没什么可怕的。于海偷偷地看了一眼毛利太君。这个日本鬼子简直是一个大冬瓜呀,于海想,要是他不穿那身军装,手中不握那把磨得锋利的军刀,身后不跟一群拿着刺刀枪支的日本兵,于家桥的大男人们会怕他吗,说不定早就一脚踹在这个叫毛利太君的大屁股上了。

这次聚集于家桥人,日本鬼子似乎没有恶意,于威民所说的老实一

点,无非是给于家桥人敲一记警钟,起一下震慑作用。其实这都是放屁脱裤子多此一举,于家桥人在日本鬼子没来之前,已经惧怕得不得了了。自从日本鬼子在于家桥丢过三颗炸弹后,于家桥人完全相信,日本鬼子杀掉了三十万活生生的中国人。现如今,于家桥人与日本鬼子面对面见过,怕是于家桥的男人们晚上都不敢在自己老婆身上干活了。

于家桥人虽然畏惧日本鬼子,但几个见过被于威民称作毛利太君的日本军官后,有人就偷偷地叫这个日本鬼子为"毛驴太君"。毛驴太君这个绰号不知是何人相赠,可在于家桥,"毛驴"这个绰号竟然在一些小屁孩当中流传开来,尤其是像于海这些说懂事又不懂事,说不懂事又有些半明半白的半大人中。

毛驴太君的可怕不来自他杀了多少于家桥人,却来自毛驴也是一头牲畜,而且是一头性欲旺盛的牲畜。毛驴太君的兽性爆发在他来到于家桥的第三天,他把于威民叫到了身边,在他耳边轻轻低语了几句。于威民不停地点头,点完头后他就冲出了毛驴太君的卧室。

于威民出现在于海家门口的时候,于海正在道地里晒番薯干,于威民上前问:"你老爹在吗?"

于海那时脑子里并没有汉奸走狗这个概念,反而对日本鬼子身边的人有几分敬畏。他见是保长就激动地说:"我爹到田里头去了。"

"那你大姐于沅在吗?"于威民又问道。

"我大姐跟我爹也在田里。"于海说。

于威民"妈的"一声,掉头就走。

于海看见自己的老爹从田里回来的时候,只有一个人,于海问:"阿爹,我大姐去哪里了?"于海老爹没有说话,低着头走进了黑漆漆的屋子,回到屋里后,也没有吃饭,只是默默抽旱烟。这时,于海就隐隐感觉到事态有些严重了。果然不出所料,于海第二天醒来的时候,家里突然间多了许多人,于海看见母亲在哽咽哭泣,老爹还是在默默抽旱烟,烟雾缭绕,他似乎抽了一个晚上。家里面有些人在安慰,有些人又在轻声骂着,但于海听不清他们在骂谁,好像他们是自己骂给自己听一样。

于海听了很久后,才听清楚两个字:毛驴。

三天后,于海的大姐疯了。她赤身裸体地在日本鬼子驻地的外面大喊大叫,谁也听不明白她在喊什么,她在叫什么,听上去像是日本人的话,铿然有力。于海的大姐于沅用惊恐的眼神看着过往的于家桥人。

于沅最后是二伯带回家的,二伯在一堆于家桥人中间看见了自己的侄女,看清了侄女的裸体。但他脑子里什么欲念都没有。二伯"哇"的一声叫了出来,眼泪顷刻间开了闸,他叫道:"我的侄女啊,我家的于沅啊,你怎么这么倒霉呢,晦气啊晦气。"

于海的二伯哭着脱下了自己的衣物包裹在侄女身上。他痛苦地叫着:"于沅,我们回家,回家去。"于海的大姐安静地望着二伯,像是失去记忆的可怜人儿。突然,她大声哭了出来,哭得惊天地泣鬼神,哭得于家桥的妇女们都为之伤心陪泪。

突然,于沅又不哭了,她开始狂笑。笑着笑着又大声叫喊起来:"不要,不要,不要啊……"叫得如此歇斯底里,如同着了魔一样。于家桥人不忍心再看下去,有个中年妇女对二伯说:"把于沅送回家去吧,好好安顿她,也许会好起来的。"

二伯是抱着侄女回到于海家的,于海的母亲已经哭成了一个泪人儿,她以为自己再也见不到女儿了,这一刻突然见到女儿竟哭不出声来。她的声音都已经哭哑了。

母亲抱着自己的骨肉,只是啊啊叫着,这种痛苦是发自心脏、发自血液的。

于海的老爹想不到自己的女儿还能从日本鬼子手里活着条命出来,当时于威民到田里叫他时,他就知道不会有好事了。但他没有想到灾难

会降临到女儿的身上。

于威民说："老哥，这次你发了。噢，不对，我应该叫你一声老丈人了，毛利太君的老丈人啊。"于海老爹听到这里，脑子"嗡"的一声。他张张嘴，却说不出话来。他苦笑着，笑得是这样麻木。他终于说出一句话："威民，放过于沅吧，她还小。"

"不小了，都十六岁了。"于威民笑嘻嘻说。

"我们家同你无冤无仇，大家都乡里乡亲的，你为什么偏偏看中我家姑娘呢？"于海老爹还在幻想什么，他恳求道。

"是的啊，我于威民同你们家没什么冤仇。我是给你带来大大的好运来了。毛利太君要你们家于沅，这说明你们家从此要出人头地了。"于威民说着从田埂边拔了根草茎含在嘴里。

于海老爹还想再说什么，但被于威民止住了。于威民喝了一声："我还要向毛利太君去交差呢，不管你同不同意，反正今天我要把于沅带走了。"

这时站在田埂边的于沅壮着胆子说："爹，没事，毛驴太君有什么可怕的，难道他还敢把我吃掉了不成。"于沅说得很豪迈。她是一个活泼的女孩，作为家里的大女儿，她经常跟爹一起出来做活，但令人奇怪的是于沅却天生晒不黑，白嫩嫩的皮肤，饱满的身体，几乎所有男人看了都会垂涎。于家桥人都说，于沅以后一定能嫁给县太爷。于沅当时还天真地说："县太爷多么老啊，要嫁就嫁给年轻的将军。"

祸端来自美丽，美的东西，恶毒的人得不到就想毁灭她。

于威民淫亵地盯着于沅的胸脯点点头："好吧，于沅你就跟我去见见毛利太君吧，毛利太君要是高兴，说不定会送给你洋肥皂、洋糖果呢。"

于海老爹突然大叫道："不要啊，不要把我家姑娘带走。于威民你这个狗腿子，你不能欺负自己人呐。"

于威民一听"狗腿子"这几个字，心里极度不舒服。他哼了一声，骂道:"不要敬酒不吃吃罚酒。"又面朝于沅微微笑道,"于沅,我们走吧。"说着就拉起了她的手。

于海老爹看着女儿被人拉走,也不去抢。他似乎明白抢也没用,还不如顺其自然。但他还是瘫在了地上。他自言自语道:"一个姑娘就这样没了,我养了她十六年啊。"

于海老爹看着回来的女儿,他知道于沅已经被日本鬼子毁了。他还是默默地抽旱烟,也不站起来,似乎眼前的人不是自己的女儿。于海老爹怪自己的二哥为什么还要把她领回家。

于海的老爹说:"她疯了。"

二伯说:"是的,她被日本鬼子糟蹋了。可她毕竟还是你的女儿。"

于海老爹大叹一声,痛苦地说:"倒不如死了干净啊。"

于海一直站在门背后看着这一切,看着自己疯了的大姐一直在咬她的手指头,似乎那上面涂了蜂蜜。和于海一起躲在门后的还有于海十四岁的哥哥于江、八岁的弟弟于河、五岁的小妹于溪。他们都愣愣地看着自己的大姐,但谁也没有出去叫一声大姐。

于海站在古桥上,愣愣地望着干涸的河流,回忆着六十八年前的事情。于海后来听一个在日本鬼子那里当过厨子的人说,于沅在日本军营里的两天两夜简直是地狱般的两天两夜。第一个晚上,厨子在厨房间听到于海大姐撕心裂肺的惨叫声,毛驴太君的狂叫声和欢呼声。那是一个无法平静的夜晚,空气中都充满了性欲、兽欲和每一个中国人都不能忘却的耻辱的气息。

厨子说,于沅被非人地折磨了一天一夜,直到第二天傍晚日本军营才恢复了平静。毛驴太君对于威民说:"带下去吧,我不杀她。"

于威民点点头就拉着于沅往外走。但于沅还没有被带出日本军营,却又被一群禽兽看上。那时,她已经不会说话,但看着眼前这一群日本鬼

子，顿时捂住了自己的身子大叫起来。

羊羔最终还是被一群饥饿极了的禽兽撕碎。

于海的眼里慢慢渗出了泪水，他在心里悲愤地骂了一句："这群畜生啊。"于海看着干涸的河流，河流又在于海眼里流动起来。那是多么清澈的水源，这是从兰江里流来的水。于海露着嫩嫩的小鸡鸡，在河流里活得像条鲤鱼，突然间从水里跳了出来，这个时候于海的大姐正同几个大姑娘、小媳妇在洗衣裳，干净的水面如同一面镜子，把大姐的俏模样映现了出来。于沅认真地洗着衣裳，根本就没有发现自己的二弟。于海"哗"的一下，一阵水帘朝大姐泼了过来。顿时，岸上一片骂声。

于海这样想着笑了，笑得像是十几岁的小孩子。经过于海身边的于家桥人以为于海傻了，急急忙忙从他身边走过去。于海没有注意到这一切，他在想，大姐对自己多好啊，自己把大姐给泼湿了，她却没有生气，还挽着自己的手哼着自编的曲子。那时，于海望着大姐，他觉得大姐是于家桥最美丽的女人。

于海想起了美丽的大姐。美是一种祸害。美在那个连生命都不能自主的年代里必然要遭受毁灭。大姐被日本鬼子毁灭的时候才十六岁，正值芳龄，但她疯了，像个不懂事的小女孩一样整天只会嘻嘻哈哈或是惊恐不安。老爹看着这个女儿，真希望日本鬼子把她杀掉算了，干吗还要回来，回来是丢全家人的脸面啊。老爹默默地抽着烟，嘴上不说，但连于海都能感觉出这种冷漠的态度。

于海又哭了，他想，我那个可怜的大姐哦！

于海的大姐被毛驴太君和一群日本兵蹂躏后，于家桥人整天都提心吊胆的，尤其是那些家里有漂亮姑娘、小媳妇的人家。她们不知道灾难在什么时候降临到自己的头上。或者是像于沅一样突然在田头干活时被于威民带走了。于是那些有年轻女人的于家桥人恨不得把自己的女人藏到地底下去。过了几天，在于家桥几乎看不见女人，即使是老太太，也不敢单独走在于家桥的小路上,生怕日本鬼子来轻薄自己。这时,于家桥的男人承担起了一切女人应该在外面干的活。淘米、洗衣、割菜等活儿都成了男人们的活。

但日本鬼子还在于家桥驻扎。于威民翘着鼻子整日在于家桥嗅来嗅去,要找出供毛驴太君享受的美色。于威民毕竟是于家桥人,对哪户人家有漂亮的姑娘媳妇自然有掌握。灾难来时,想躲都躲不掉的。一开始时,于威民还是去请那些年轻漂亮的姑娘媳妇们,但遭到许多人家的拒绝或唾骂。于威民一气之下,带了两个拿着刺刀的日本鬼子直接去抢了。

于家桥的男人绝不是软骨头,看着自己的女人要被日本鬼子抢去糟蹋,他们就同鬼子兵拼命,但是坚硬的骨头比不过锋利的刺刀。

鲜血溅满黑色的大地。

于威民摇摇头说:"和皇军作对就是这个下场。"

于家桥的女人接连遭受不幸,村里人歇斯底里,真想用拳头砸碎日本鬼子和汉奸走狗的脑壳。

毛驴太君这头性欲旺盛的禽兽,实在是一头畜生,他似乎对已经行过房的女人不感兴趣。他总是对于威民大叫道:"要花姑娘的,花姑娘你知道不知道。"

于威民像狗一样,得到主人的一根肉骨头,点头摇尾,屁颠屁颠在于家桥一带为毛驴太君寻觅漂亮的花姑娘。这些惨遭蹂躏的花姑娘,有的像于海的大姐一样疯了;有的想不开,还没走出日本鬼子的军营就直接自杀了;有的回到了自己家里,但却一辈子都抬不起头来做人,活着比死了都还痛苦。

于海想,在于家桥至今还有这样的老太太,她们有的一辈子都没有嫁人,一个人孤苦伶仃独自生活;有的即使嫁了人,在婆家人面前自己似乎短了一截,不敢大声说话,不敢出门见人。她们在于家桥人面前一辈子都

没有抬起头。

历史的长河即将把她们带走，历史的耻辱却似乎已被后代人忘记。

日本鬼子来到于家桥后，恐怖的气息无时无刻不盘旋在于家桥人的头上。那时在于家桥一带有一句俗话：三步生钉，寸步难行。意思是出门三步都有危险。于海的二伯是个闲不住的人，屁股上像是抹了油一样，整天都坐不下来。上回日本鬼子轰炸于家桥后，也是他第一个出门在于家桥晃荡。所以古桥那里的几卷唐朝贞观年间的佛经也不幸落在二伯的手里。

于海的二伯晃着晃着就晃到了日本鬼子驻扎的地方。他不知道危险正在向他靠近，但他还是不知不觉地走了过去，还时不时地探头探脑。事实上这个时候已经有两个日本兵盯上了他。这是两个醉醺醺的日本兵，他们酒醉后，脑子却似乎没有完全糊涂，他们用日本鸟语对话着，他们打了个赌。一个日本兵说："前面那个鬼鬼祟祟的人肯定不是个好东西，说不定是八路军的探子。"一个说："我不相信，你能证明给我看吗？"日本兵诡秘地一笑，这一笑就已注定于海的二伯即将命丧黄泉。

夕阳西沉之际，于海的二伯已经被吊在日本军营外的那棵老槐树上。日本兵用皮鞭狠狠地抽他，他吐着生硬的中国话说："八格，说，你的，八路的干活。"

于海的二伯嗷嗷直叫着。他哭着说："太君，我没见过八路军，我更不是八路军啊。我只是来这里随便看看的，我保证以后不来这里了。太君，求求你放过我吧！"

这时，有几个胆子稍大的于家桥人聚集到老槐树旁边，但谁也不敢说话。谁说上一句话肯定是惹祸上身。于威民也站在老槐树下，他静静地看着于海的二伯，却也无动于衷。

于海的二伯看见了于威民，不住地恳求道："保长，你积积德，跟太君说句话吧,我不是八路军啊,我连于家桥都没有出过半步,我怎么可能是八路军呢?我连八路军长什么样子都不知道啊。求求你了,威民。以后你叫我做牛做马,我都服侍你啊。求你帮我说句话啊!"

于威民笑着说:"我也无能为力啊,太君说你是八路就是八路,太君说你是国军就是国军,这没有什么可以辩解的。你不是八路,为什么来这里探来探去,这说明你肯定有问题。不是八路,就是八路军的探子。我说啊,你还是承认吧,少吃点苦头。"

"可我不是啊,我承认我就只有死路一条了。于家桥的乡亲们,你们帮我说句话啊!"于海的二伯还是恳求着。

但谁也不敢说话,人群都往后退了一步。

日本兵的鞭子又不断落在于海二伯的身上。每一鞭都深深地扎入皮肉,于海的二伯已是遍体鳞伤。

于海的二婶就是在这个时候哭喊着出现的,她大叫着跪在两个日本兵面前,她哀求道:"太君求求你们了,我男人不是什么八路军,他也不是探子。你们冤枉他了。"

两个日本兵见有女人,根本不听她嘴里说什么。他们不像毛驴太君一样,一定要花姑娘。由于酒精的刺激,两个日本兵拖起于海的二婶"啪啪"就是两个耳光,竟然当着于家桥男人的面,"哗"的一下撕开了她的上衣。接下来的事情,简直就是禽兽的本能。于海的二婶被两个日本兵当众蹂躏。

于海的二伯歇斯底里叫骂着:"日本鬼子不是人啊,是畜生,你们也有老婆姐妹的啊,你们怎么能做这种天打雷劈的事情。畜生,我就是八路军,八路军一定要把你们日本鬼子统统杀掉。杀掉你们日本鬼子啊……"

既然于海的二伯都承认自己是八路军,那日本兵也没有什么好说的,他们强奸完于海的二婶后,就提起裤头,来对付眼前的"八路军"。

这次,他们没再用皮鞭,而是用手中的刺刀,一刀一刀割于海二伯身上的肉。于海二伯的那种恐怖的惨叫声响彻了整个村子。

于海的二伯就是这样活活地被折磨死的。二婶见自己的男人去了，自己的清白也没有了，活着还有什么意思。她死前也要跟日本鬼子拼一次命。她冲了上去，手中抓了一块石头，还没等日本兵反应过来，于海的二婶就朝他的脑袋砸了过去。一个疯狂女人的力量，这力量是无法估量的。日本兵的脑浆顷刻间迸了出来。

也就是在这一刻，另一个日本兵的刺刀已经插入了于海二婶的胸口。这里本是赤裸的，顿时盛开了一朵血红的玫瑰。于海的二婶怒视着日本兵，双目中的仇恨如同两把锋利的匕首，要穿透这沉重的国恨家仇。这种仇视的目光，每一个见过的于家桥男人都无法忘却。

是的，一个女人的力量也是如此伟大的，于海时常想起二婶，这是一个多么勇敢的女人，哪个于家桥男人敢这样。于海的二婶死了，但她在死之前却报了自己被凌辱的仇。

日本兵的死注定让于家桥人尝一下日本军人的厉害。

所有的于家桥人又被集中了起来。这是在日本兵死后的当晚，那个死掉的日本鬼子被抬到了于家桥人面前，他的身上盖上了一块白布，于家桥人不能看清这个脑袋被砸出一个窟窿的日本鬼子。肯定是更加狰狞恐怖了。

于海二伯的尸体还挂在老槐树上，瑟瑟的秋风吹着这具遍体血淋淋的尸体，静静地晃动着。于海的二婶赤裸地躺在自己男人的下面，双目还是跟死之前一样怒瞪着，似乎这种仇恨要穿过历史的天空，刻下永久的罪证。

毛驴太君用冰冷的目光扫视着于家桥人的每一张脸孔。于家桥的老少男女都集中在了毛驴太君的瞳孔里。

突然，毛驴太君大叫一声"八格"。于威民知道毛驴太君发怒了，他急忙走到毛驴身边,劝说道:"太君,太君您消消气。消消气,嘿嘿,嘿嘿。"

毛驴太君一把推开了威民,于威民踉跄一步,差些跌倒。

这时,于海二伯的三个孩子冲了出来,于海的大伯本想阻拦,却已经迟了,他们面对父母的尸体哭喊起来:"爹啊,妈啊……你们都死了,可叫我们怎么办?"

毛驴太君瞪大了眼睛,连叫两声八格牙路。冲到其中一个孩子面前,抽出刺刀就是一刀。这个孩子睁大着眼睛,慢慢地倒了下去。

其他两个孩子幸亏被于海的大伯及时护住了,不然肯定也难免一死。此刻,他们张着嘴巴,已不敢出声。

黑夜中,那一张张惊恐的脸蛋被微弱的火光照得极其夸张。恐惧和死亡充斥着每一个于家桥人的心灵。他们的脑子里一片空白。

毛驴太君插上了刺刀,但他凶恶的目光仍旧照射着于家桥人。他终于开口,语调冰冷:"今天发生的事令我非常痛心,天皇陛下的一员圣战士的性命,抵得上你们一百条命。"

于威民在毛驴旁边连连点头称是。

毛驴太君狠狠瞪了他一眼。于威民谄笑着低下了头。

毛驴太君继续道:"如今那个杀人凶犯已经被就地处罚,但此事还没有了结。"

于家桥人都害怕得不敢抬头,生怕灾祸会降临在自个身上。

"都给我抬起头来。"毛驴太君大声吼道,"你们以为这样就可以躲过去吗?八格。你们有句俗话,叫父债子偿。"

于海大伯死死地搂着死去二弟的两个孩子,他的手臂都在颤抖,但他要保护他们,他不能让二弟绝了后啊。

这时,于海用惊恐的眼睛瞥了一眼自己的两个堂兄弟。那种因恐惧而扭曲了的表情显露在两个尚未成年的孩子脸上,是无法令人忘怀的。

毛驴太君手一挥,两个手握刺刀的日本兵就冲了上去。

"不!"不能伤害孩子。于海大伯的一声尖叫,惊醒了于海。

"不,孩子是无辜的,太君放过他们吧。"于海大伯惨烈地叫喊着,仍旧用双臂护着自己的侄儿。

两个日本兵已经抓住了孩子,他们见于海大伯这么碍事,就亮出了刺刀。但于海的大伯还是要保护侄儿,他满脸泪水,他还想做最后的努力:"太君啊,孩子还小,你们放过这两条可怜的性命吧……"

突然,一个日本兵把手中的刺刀一横,冰冷的刀尖静静地刺入了于海大伯的喉咙。热乎乎的鲜血溅到了孩子们的脸上,溅到了于海的嘴上,他尝出这是咸涩的味道。血液的味道。

于海的大婶把拳头伸进了自己的嘴巴,那种痛不欲生的表情全部发泄在了自己的拳头上。她没有像二婶那样勇敢。她选择了退缩,选择了活着。

于海的大伯无声地倒了下去,很多于家桥人都害怕地看着这一幕,看着自己的同胞被杀死,他们的血液在沸腾。突然,村子里的杀猪佬阿昌师傅冲出了人群,他对日本鬼子说:"你们把孩子放了。"

这时,于威民站到了毛驴太君面前,他说:"阿昌,你一个杀猪的,少管点闲事……"

于威民话还没说完,阿昌就抢了他的话:"于威民你这个汉奸走狗,信不信我把你像猪一样劈成两半。"

于威民吓得后退了两步,对毛驴太君说:"太君,他想造反。"

毛驴太君的脸色一下子拉了下来,他大叫道:"八格牙路,你的不想活了。"毛驴的手又一挥,指示日本兵拿下杀猪佬阿昌。谁知就在这个时候,阿昌从身后抽出一把杀猪刀,他朝冲在前头的日本兵砍了过去,就这样这个日本兵被杀猪佬阿昌砍掉了脑袋。日本鬼子的脑袋像足球一样滚出了五米远。

顿时,整个场面乱了,日本兵们蜂拥而起,朝阿昌杀猪佬开了枪。

　　阿昌像个雕像一样,还举着他那把杀猪刀,他瞪大了眼睛。于海想这双眼睛足足有灯泡那么大。

　　杀猪佬阿昌勇敢的举动并没有阻止日本鬼子的杀戮,反而让这群禽兽变本加厉。于海的两个堂兄弟最终还是被拉到了毛驴太君的面前,毛驴太君的脸变得极其畸形,两个孩子吓得下身都瘫掉了。于海亲眼看见,这两个堂兄的裤裆里慢慢地湿了出来。

　　毛驴太君朝身边的日本兵手一挥,日本兵一下子明白了长官的意思,他们上前扒开了于海堂兄的衣服。

　　于家桥人都闭上了眼睛,他们预感更为恐怖的梦魇即将发生。许多女人都别过头去,但她们却无法塞住自己的耳朵。

　　于海突然感觉眼前一闪,是一把明晃晃的刺刀,他吓得急忙闭上了眼睛。

　　毛驴太君锋利的刺刀慢慢插入了两个孩子的胸腔,两个孩子疯狂地挣扎着,叫喊着,一阵阵撕裂嗓门的惨叫声穿破了于家桥人的耳膜。

　　顷刻间,在毛驴太君和一群日本兵变态的笑声中,于海慢慢地睁开眼来,他看见两颗鲜活的心脏在毛驴太君的手上扑通扑通跳着。

　　两颗跳动的心脏至今还在于海眼前跳动,无论是白天还是黑夜。它们像是两只会说话的眼睛,它们是于海堂兄的生命啊。它们总在于海耳旁轻轻低语,似乎在控诉,但却没有声响。这种无声的控诉想要在屈辱的历史中留下一笔,但好久好久一直没有人来过问这一切。

　　于海就是这样边走边回忆着往事,离开了古桥,他知道今天自己要等的那个人又不会来了。

　　灰蒙蒙的夕阳慢慢地送走了一个苍老的背影。

　　于海回到了自己的屋里。屋内凄凄清清的,没有一个家人,这样孤单的生活于海早已习惯。将近七十年都这样过来了,哪还能不习惯?于海

没有吃一口饭就直接躺到了床上。他知道黑夜就要来了。

于家桥简直成了人间地狱。白天也成了黑夜,于海一家更是活在死亡和恐惧中,他们想只要管住自己的两条腿,不要随处乱走,也许能够躲过灾难,但作为一个农民,不去田地里面劳作就意味着整家人都没得吃喝,就意味着要被饿死。

于家桥的春天没有一丁点新生命的迹象,似乎连一年四季都能繁殖的人类都停止了作业。于家桥自从日本鬼子进村以后,都听不到婴儿的啼哭了。

作为一家之主的于海老爹一大早就去了,出去的时候,于海的母亲轻声叮嘱道:"自己小心点,看见日本鬼子就躲远一点。还有于威民这个人渣子。知道了吗?"

这个女人没有想到这一声叮咛却是永别。而有些戏剧性的是自己却先男人一步去了阴曹地府。

于海老爹也不知道这是自己和女人在人世间的最后一面,要是知道,他肯定要多说上几句话的,但是他没有,连头都没有点一下,只是默默地跨出了家门。于海的大姐坐在门槛上,她朝老爹傻兮兮地笑了笑,莫名其妙地竟然开口说话了。她神秘兮兮地说:"爹啊,你小心一点,日本鬼子手段蛮多的,凶起来能吓死人。嘿嘿,手段蛮多,嘿嘿嘿。"

于海的老爹冷冷地看了一眼这个疯女儿,他想叹口气,但又咽了下去,他想这个疯女儿今天怎么开口说话了,自从被日本鬼子糟蹋后,还是第一回啊!真是怪事。

于海老爹就是这样想着想着,灵魂都有点出窍了。他不知道,于威民带着两个日本兵正向自己走来。事情就是这样平淡,什么危险也没有。所以于海老爹只是觉得自己的状态有些不对。其实农民都是这样麻木的,日本鬼子没来于家桥的时候,于家桥人走路时可能会哼个小调。但于海老爹是个沉默的人，日本鬼子没来时，也沉默，走路时也不会哼小调。只是碰见熟人会打个招呼，寒暄几句。

于威民和日本兵从于海老爹身边经过时，于海老爹只是木然地走着，他忘记了老婆出门时候的叮嘱，见到日本鬼子要躲远点儿。于威民瞥了一眼于海的老爹，嘴巴里轻轻地"喂"了一声，他觉得于海老爹用这种态度面对他这个保长简直是太没礼貌了。于威民有些恼怒，看见保长不递根烟就算了，连看都不看我一眼。什么意思？这简直目中无人，他娘的。

"给我站住。"于威民终于开口喝住了于海的老爹。

于海老爹回过头，心里一愣，这于威民和日本鬼子怎么一点响动都没有的就站在自己面前了。他突然想起自己女儿的遭遇，心里头就有些不想理于威民这个畜生。于海老爹看见于威民带着两个日本兵，他想这个畜生又要去残害哪家人的姑娘了。

于威民嘿嘿笑着走到于海老爹的身边，他说："呵呵，好久没见了，你女儿没事了吧？"

于海老爹一听这话，心中顿时升起一股莫名的火，他没想到于威民还要来挑弄自己的隐痛。于海老爹本来是要发怒的，但他看了一眼两个日本兵的刺刀，明晃晃的，身上的怒火立马被压住了一半。

"怎么了，哑巴了，不说话啊。"于威民似乎想寻开心，又像是要显摆一下保长的威风，故意用挑衅的口气对这个敢怒不敢言的村里人说。

于海老爹抬起头看了一眼于威民，语气生硬地说："疯了，你不是知道的吗？"

"哦，对啊，我怎么给忘记了。"于威民拍拍脑袋说。

于海老爹今天不想屈服，不想拍保长什么马屁，他淡淡地说："我还要去地里拔几棵青菜，我先走了。"于海老爹说着就迈开了坚定的步子。

"站住。"这次于威民是重重地喝了一声。

两个日本兵也冲到了于海老爹的面前，两把刺刀亮在了他的眼前。

于海老爹直起了眼睛。吓得不敢说话。

于威民走到于海老爹面前,然后对两个日本兵莫名其妙地说了句:"就他了。"

两个日本兵神秘地一笑,就扑上去抓住了于海老爹。

于海老爹想挣扎,但日本兵像老虎钳子一样钳住了他的双臂。于是,他就叫喊起来,叫得很大声,几乎整个于家桥都要震耳欲聋了。但于家桥人成了聋子。于海老爹看见不远处就有邻居于发伟在锄菜地。但发伟也聋了,他什么都听不见,只是看了一眼于海老爹,就低下头去装聋作哑,什么反应都没有了。

于海老爹大叫道:"救命啊,救命。发伟,你救我啊,日本鬼子要把我杀掉了。"

于发伟头都没有抬起来。只是默默锄地。

于海老爹就这样大叫大喊着被带到了日本鬼子的军营里。

说来也奇怪,于威民和日本兵把于海老爹带到军营里后,就不去管他了,只是把他关进一间堆放杂物的破屋子。于海老爹一天下来都是胆战心惊的,他以为进了日本鬼子的地方就休想活着命出去。他闭上了眼睛在等死。他什么都没有想,但他的耳旁总是回响着一些声音。他听见自己老婆在喊他,儿子们在喊他。在这些声音中,他听得最多的还是疯女儿于沉那句有些古怪的话:"爹啊,你小心一点,日本鬼子手段蛮多的,凶起来能吓死人。"

于海老爹的耳朵里就回荡着这句话,日本鬼子手段蛮多的,凶起来能吓死人。日本鬼子的手段蛮多的。他愣愣地听着听着,突然抬起头时发现外面的天色竟然已经暗下来。渐渐地,于海老爹感觉死亡就要来了。黑夜就意味着死亡。于海老爹瘫倒在地,但他的耳朵还是在听,此刻已经没有什么回响了,他要听实际一点的声音。但什么声音也没有,外面静得可怕。

突然间,破屋子发出一阵窸窸窣窣的声音。于海老爹吓得跳了起来,但他没有大叫出声。黑暗中,他看见两只肥硕的大老鼠慢吞吞爬着,它们似乎不怕眼前的人类。于海老爹捂着胸口,缓缓地松了口气。他暗骂道:"你们以为自己是日本老鼠啊,挺着个大肚皮就想装毛驴太君出来吓人了。告诉你们,你们还是中国老鼠。还爬得这么慢,看老子……"于海老爹想上去发泄堵在胸口的一股恶气,但又止住了脚步,他生怕弄出什么动静来,弄不好就此给自己招来杀身之祸。"娘的,要在外面我早就扒了你们的皮。"于海老爹骂着又坐在了地上。

他在等待死亡,但他不知道自己的死期。世界上没有比这个更痛苦的了,知道自己要死,但又不知道自己要怎样死,要在什么时候死。死亡,只能慢慢等着了。

于海老爹提醒自己千万不要睡着了,说不定日本鬼子就是等你睡着之后在你脖子上"咔嚓"来上一刀。事实上,这样还痛快一些,反正睡着就跟死掉了一个样。

但于海老爹无论怎么提醒自己,眼皮子像是吊着铁锤子一样,一下一下地垂了下去。他实在太疲劳了,无论是身体还是精神上,难道日本鬼子就是要用这种法子来折磨人吗,亏他们想得出来。

当于海老爹一觉醒来时已经天亮了,农民啊,毕竟是农民,天黑了上床睡觉,天亮了睁开眼睛干活,这样的生物钟早已形成,死了都改不掉。天亮了,于海老爹醒来了,他看着眼前的破屋子感觉十分陌生,身边怎么没有躺着自己的老婆。

于海老爹正在纳闷的时候,发现自己身边竟然躺着一只老鼠。死了的。挺着大肚子。难道是昨天晚上那两只中的一只?于海老爹碰了碰它,的确是只死老鼠。娘的,吃饱撑死的。于海老爹想。

正当于海老爹在玩弄死老鼠的时候,破屋子的门"哗"的一声开了。于海老爹急忙用双臂挡住光线,还本能地大叫道:"不要杀我,不要杀我。"

但是门口没有反应，静悄悄的。当于海老爹慢慢地放下手臂，并胆战心惊地看了一眼门口的人，他发现竟是两个戴着白色口罩、穿着白色大褂的日本鬼子。他从来都没有看见过这样的日本鬼子，他之所以知道他们是日本鬼子，是因为眼前的两个人的白大褂里面还穿着日本兵的军装。于海老爹有些奇怪，为什么他们穿着军装还要穿白大褂，难道他们既是日本兵又是日本医生？

这个问题于海老爹回到家后，还和自己的子女讨论过。于海他们都摇摇头说不知道。后来于海回忆起这件事情，他终于明白是怎么回事，原来这两个日本鬼子是穿着白大褂的屠夫。

屠夫放了于海老爹的小命。他们在于海老爹走后笑得很开心，像是立了战功一样。

于海老爹摸着头皮朝家的方向走去，他实在想不明白，这到底是怎么回事，怎么无缘无故把自己关在一个破屋里，又无缘无故把自己给放了。简直没有一点日本鬼子的作风。真是恍然如梦。

这一天的天色是阴沉沉的，似乎要下雨。于海老爹看见于发伟匆匆地从他身边经过，他的愤怒终于可以爆发出来，他大骂道："发伟，你这个狗娘养的，昨天看见老子被于威民他们抓走怎么一声不吭的，是不是很高兴啊，你看到了吧，老子还活得好好的，没死，日本鬼子没把我杀掉。老子的命大啊！你怎么又没反应了，你放个屁啊！"

于发伟任凭于海老爹怎么骂，就是不还嘴。他低着头，急急忙忙朝自己家的菜园子里奔去了。

于海老爹不解气，还向走远的于发伟吐了一口唾沫。但唾沫十分干燥，根本吐不了多少。于海老爹感觉自己有些晕乎乎的。

于海要睡去了，他躺在这个黑暗的屋子里，像是当年自己老爹被关的屋子一样。黑暗，只是没有恐惧和死亡。

于海迷迷糊糊睡去了,但两只小腿上刺骨的疼痛让他惊醒了过来。

这又是一个难眠的夜晚,于海睁开了眼睛,黑夜静悄悄的,黑暗中他看见自己和两个兄弟一个妹妹跪在地上哭喊。

他们的眼前挂着母亲的尸体。于海的母亲就挂在屋梁上,悬空的,如同过年时挂在厨房里的一块腊肉。

于海的母亲是上吊自杀的。自从于海的老爹被日本鬼子抓去后,她铁定地认为是没命回来了,头脑发昏的女人竟然一下子撇下五个子女撒手跟随她男人去了。

但是他的男人还没这么快死掉。于海的老爹晃晃悠悠走进了屋子,看见孩子们跪在地上哭丧,自己的老婆已经上吊了。他向后一仰就跌倒在门槛上。

于家桥人有个规定,停丧是要停三天三夜的。像上次日本鬼子的炸弹炸死了那么多于家桥人,亲人们都给他们停了三天三夜的丧。但于海家却要破这个先例了。因为就在于海老爹回到家的第二天,他就开始发高烧,难受得嗷嗷直叫,如同是鬼上身一样打着寒战。于海老爹不停地呕吐,但实在没有什么可以吐的了,吐出来的都是苦胆水。

于海兄妹几个都不敢到老爹身边去,因为老爹惨白的面容就跟死人一般,吓得他们只敢躲在门背后偷偷观望。

到了第二天黄昏,老爹已经不成人形了,双眼发红,身子慢慢地停止了颤抖,这个中年男人就像是从棺材里扑出来一样,极其狰狞恐怖。

于海无法再回想下去,有一种肉体的痛苦打碎了他的记忆。腿上钻心的疼痛一阵阵传遍了身子上的每一根筋骨,黑夜是如此难熬。于海不想再睡了,他重新披上衣服,起了床。他就这样在黑暗中静静地坐着,任凭刺骨的疼痛袭击全身筋脉,于海的额头上都渗出了汗水。可在这个夜深人静的时候又有谁能知道这一切。都快过去七十个年头了,这种彻夜

难眠的日子何时才是个尽头,也许唯一能够解决痛苦的法子就是死亡了。

死亡,是唯一能够解决痛苦的法子。于海的老爹终于在第三天黎明到来时静悄悄地死去了。长痛不如短时间内死亡,他被奇怪的病状折磨了两天后闭上了眼睛。

于海老爹在死之前的那一晚,他的几个孩子都是迷迷糊糊睡去的,但他们都没有睡熟。于海他们整夜听见自己的老爹咳嗽个不停,都快把肺给咳出来了。天快亮的时候,一切都安静了下来。几个孩子也沉沉地睡去了。

是最调皮的弟弟于河把于海几个吵醒的,他大叫着:"爹死了爹死了,爹吐了一地的血死掉了。"于河没有哭,他只是惊叫着,面色苍白。

于海和哥哥于江冲进了老爹的屋子。他们呆住了,满地都是血迹斑斑的。于海和于江倒退了出来,他们异口同声叫道爹死了。

于海的家族里已经没有大男人了,大伯二伯都死在了日本鬼子的刺刀下。于海没有堂兄弟,现在家里最大的男人就是于海的哥哥于江了。

于江惊魂定下来后,拍拍于海的肩膀说:"二弟,我们把爹妈埋了吧。"

于海看着哥哥,现在眼前的兄长就是一家之主了,虽然还有一个疯了的大姐,但担子还是压在了于江的身上。

于家姐弟们是一个一个把自己的父母抬去坟场葬掉的。于沅虽然疯了,但她的力气还是大的,甚至比大弟于江还要大一些。于沅笑嘻嘻地抬着母亲的前半个身子,于江和于海每人分担一只脚。于河同于溪两个小弟小妹也要来帮忙,开始时两人还每人提着母亲的一只手。后来于江嫌他们跟不上脚步,反而帮了倒忙,就喝了一声:"你们两个小鬼简直是越帮越忙,走开走开。"

于河反驳道:"你才越帮越忙呢……"他还想说什么,只见于江放下了母亲的一只脚,劈头劈脑打了他一下。于河没有哭,只是掉头回家去了。

走的时候还说了句:"你们不让我抬我妈,我就去抬我阿爹。"

于江兄弟都没去理会这个小屁孩,说着又同疯子大姐把母亲抬了起来,继续向坟场走去。这时的于家桥都人人自危,即使是路过于海他们身边的,只是叹口气又接着走自己的路。

于海的母亲终于被几个子女抬到了坟场。坟场里乱糟糟一片,到处都是飘散的纸钱。于海想起那些被日本鬼子的飞机炸死的于家桥人都是一块儿被埋葬在这里的。

于海几个虽然把母亲抬到了坟场,但他们很快发现了一个十分严重的问题,他们身上什么都没有带。那怎么埋掉妈啊?于海问于江。于江摇摇头,思考了一会儿又说,用手挖一个坑吧。

于海点点头同意大哥的意见,大姐于沅也嘿嘿嘿笑着表示赞同。

于江、于海、于沅三姐弟找了块干净的土地就用手挖了起来。小妹于溪一直守在母亲的身边。

坟场的泥土都是黄泥,坚硬得很,如果用锄头之类的工具尚能挖出个坑来,但于海几个半大孩子根本挖不下去。疯子大姐的疯劲似乎发作了,她对挖坑非常感兴趣,嘿嘿嘿不停地笑着,拼了命地挖啊挖啊,双手都挖出血了还要挖,黄泥混合着鲜血,鲜血又立刻被黄泥侵吞了。

一个浅浅的坑露在于海他们面前,于江说,可以把妈葬掉了。于海和于溪都听哥的。大姐于沅还在拼命挖,她似乎想把母亲葬得深一些,让她能够安全一点。于沅听见于江说可以把妈葬了,突然停止了笑,她冷静了下来,但双手还在一把一把地挖。血泥都已经把她的手凝固了。

于江上前道:"姐,这个样子可以了,不要再挖了,我们要把妈给葬掉了。"

于沅不听。这时,于海竟然发现疯子大姐的脸上流满了泪水,就在这一刹那,于沅"哇"的一声大哭出来。

于江、于海、于溪三兄妹见大姐哭了,本来他们的心里就难过,这样一

来就再也忍不住了。大伙一块儿哭了起来，顿时整片坟场里响起了凄惨的哭声。真像是一场隆重的葬礼。

于海的母亲是在四姐弟悲伤的哭声中被埋葬掉的，这个悲哀的女人也应该可以瞑目了。

于海泪流满面，黑夜就要过去了，可黎明前的那段黑暗却是一天中最最难熬的。他轻轻地抚摸着干枯的双腿，这上面就像是有千万把刀子在静静地切割。

但肉体的疼痛对于这个历经死难的老人来说已显得微不足道。

于海回忆着自己的母亲就是这样被几个半大孩子给埋葬的，他们几个根本没有把母亲埋得很深，只是没有让她暴露在外面。于海他们把挖出来的黄泥放到了母亲的身上，这些黄泥都吃了大姐的鲜血，颜色都变了样子。大姐于沉哭得极其悲伤，她的泪腺像是被破坏了一样，都不能控制住。

一个小小的坟冢出现在于海他们面前，他们又找来一些树枝杂草覆盖在坟头上。于江还特意搬来半截石碑，也不知道他是从哪个荒坟边偷来的。于江说："我们要给妈立块墓碑的啊，不然以后我们就找不到妈的坟头了。"

于海和于溪都点点头，于沉没有点头也没有摇头。她又冷静了下来，不哭也不笑。于海他们要离开坟场的时候，她还不走。

于海想，大姐也许是想陪陪妈，那就让她陪在这里吧。但令于海没有想到的是就此一别大姐，竟然成了永别。疯子大姐到底有没有死，于海至今都不清楚。于沉是失踪的，当于海四兄妹再次来到坟场时，坟场里已经空荡荡一片，于江偷来的半截石碑孤零零地陪伴在他们母亲的坟头边。大姐的确不见了。谁也不知道她疯到哪里去了，也许是自杀了；也是被日本鬼子抓走了；也许还活着，只是迷失了回家的路。

于江、于海、于溪三兄妹还没回到家,远远地就看见于河这小子竟然把老爹拉出了院子,他哪里来的这么大力气,把老爹从屋子里拉到了院子里,又从院子里拉到了外面?于海他们都挠挠头皮想不通是怎么回事。

于江冲了上去,又是劈头劈脑打了一记小弟的脑袋:"你怎么把爹弄出来的,你力气这么大啊?"

于河没有去看大哥,摸摸被打了的脑袋,嘟着嘴巴很傲慢地说:"你们不让我抬妈,那我只好一个人把爹抬到坟场里去了。"

这时,于海拉着小妹的手走了上来。于海说:"哥,我们的肚皮饿得都快贴住背脊了。"

于江摸了摸自己的肚皮,道:"是的啊,我们好像很久没吃东西了。"

饥饿让几个孩子暂时忘记了悲伤,一哄而上跑进了屋子,他们到处翻箱倒柜寻觅可以吃的食物。但自从他们的母亲上吊自杀后,家里就没煮过东西。

于海他们好不容易在厨房间的淘箩里找到一些冷饭头,几双脏得一塌糊涂的手都伸进了淘箩里,他们狼吞虎咽地争吃着冷饭头。

顷刻间,淘箩已是空荡荡的。于海舔着自己手指头上的饭粒,刚才吃下去的这点冷饭头根本没什么感觉,如同老虎舔蝴蝶。于海他们几个弟妹都期待地看着大哥于江,似乎他身上能变出吃的东西来充饥。于海问道:"哥,还有没有吃的?"于江说:"刚才不是都找过了吗,就淘箩里一点冷饭头了。"

于海像是突然想起什么似的,跑到米缸边,掀开了米缸的盖子,里面也是空荡荡的。于海惊了一下,他不清楚这几天母亲是用什么来烧饭的。

于海的空屋里静悄悄的,外面已经有些响动,是早起劳作的于家桥人或是彻夜搓麻将的赌徒们回家了。微弱的光线穿透窗口的缝隙钻了进

来,如同一个个幽灵,轻轻地走到于海身边,伏在于海那双如同碳棒一样的腿上。当脑子静下来后,肉体会受到更大的折磨。于海没有反应,他任凭刺骨的疼痛传遍全身。肉体的痛苦对于海来说显然已经麻木。最大的痛苦是记忆深渊处,那一种不可言明的疼痛。

于海老爹的死似乎没让于海几兄妹感到悲伤。当然他们那种简单的思维方式根本就不会去思考自己的老爹为什么会无缘无故死掉,而且死后的模样又是这般恐怖。

于海的老爹已经被小弟于河奇迹般地拉出了院子,但这个奇迹很快就被于江戳穿了。当几个孩子把淘箩里的冷饭头抢吃完后,他们坐在地上休息了一会儿。于江突然想起一件事,他说:"我们的爹还在院子外面呢。"

于江当然是在提醒三个兄妹,老爹只是一具尸体,没人要捡的。但把自己的老爹放在外面也不是个事,大哥于江明白这个道理:"让老爹跟妈一样,入土为安吧。"

于海四兄妹冲出了屋子,于海老爹果然没人要捡,他还像刚才一样躺在院子外。于江手一挥说:"走,我们把他抬到坟场去。"

母亲的上身是大姐于沉抬的,现在大姐不在,老爹的上身自然要大哥于江来抬了。于江卷了卷袖子,吐了一口唾沫在手上,用力地搓了搓,摆出一副卖力的样子,就上前去抬老爹的上身。一抬,于江才发现老爹的身子像是只剩下一个骨架,轻得跟一把稻草一样。

怪不得于河这小子这么容易就把老爹拉出了院子。于江这样想,嘴巴上也这样骂了一句:"于河你小子把爹当稻草一样拉出来的啊。"

于河嘿嘿笑着,只是不说话,像他那个疯子大姐似的。

由于有了上午埋葬母亲的经历,这回于海他们带了锄头,还好老爹的身子就像一把稻草一样轻巧了,四个孩子齐心协力,似乎并不怎么费事就把老爹给葬掉了。

于海父母的坟头紧靠在一起,这回于江没有去找石碑给爹也立上一块。于江说:"没关系,我们只要找到妈的,老爹的坟头就逃不走了。"

埋葬完老爹,于海他们回到家里已是黄昏,天慢慢黑了下来。饥饿、孤独、无助、恐惧袭击着四个孩子。于河同于溪见屋里面没爹没妈了,又没有吃的,他们都哇哇地哭了出来。

作为大哥的于江毫无办法,他骂了一声于河:"于河你哭什么,你又不是女人,女人才会哭呢。"

但于河还是不停地哭,哭得是那么伤心,他并不因为没有爹妈在身边才哭,他是因为饥饿。于河哭着对大哥说:"我想吃东西,我要吃东西。"

于江看着泪流满面的弟弟实在没有办法,他的心里头乱糟糟的不知怎么办才好,他大叫道:"不要哭了,你烦不烦的啊。再哭就把你也埋掉。"于江说着就举起拳头朝于河打了过去。这一打倒是有些作用,于河不哭了,他的眼睛直直地看着大哥,吓得不敢再出声。

这一晚,于海四兄弟因为饥饿和两天来的疲乏,他们实在支撑不住了。几个孩子抱成一团睡着了,睡得是那么死,事实上如果这样睡死过去倒是一件幸运的事。

但是没有,天快亮的时候,于海他们就被小弟于河给吵醒了。于河大叫大嚷着,瘦弱的身子不断地打着寒战。于江揉着蒙眬的睡眼,一看是于河这个小鬼在闹,心里的火气又上来了。他二话没说就朝于河打去,当于江的手刚刚碰到于河的额头时,一股滚烫的热量让于江立马缩回了手。

于江惊恐地看着颤抖不已的小弟。他害怕地吐出几个字:"于河跟爹一个样子了。"

果然像于江说的一样,于河跟老爹是一模一样的症状。

其实于海他们不知道,这个时候许多于家桥人都得了相同的症状。头痛、高烧、脸发红、寒战、呕吐、干咳,死亡前还要经受巨大的折磨,于家

桥人都无法知道自己到底得了什么病,他们都以为自己中了邪,是那些死去的于家桥人回来戏弄活着的人了。于是他们开始烧香拜佛祈求那些冤死的灵魂回到阴间去,不要来阳间折磨人了。头脑简单、民风淳朴的于家桥人都没有想到这种可怕的疾病来自那群丧失人性的日本鬼子。

此时的于家桥可谓真正的人间地狱,村里人哪儿也不敢去,生怕一出家门就会把恶鬼引上身。但他们哪里会知道侵吞生命的恶鬼是附着在了老鼠的身上,然而抵抗力极强的老鼠也忍受不了恶鬼的折磨,都爬出了黑洞,光天化日之下在人类的屋里屋外挺着个大肚子慢悠悠晃着,它们无视眼前恐惧的人类,因为它们知道自己也将不久于鼠世。人类无法明白这些可怜的老鼠们此时此刻的感受。也许它们比人类更痛苦。

于家桥沉浸在死亡和恐惧中,到处都是哭泣声,到处都是惨叫声。谁也不知道自己会什么时候死去,可能奇怪的症状会突然间落到了自己的身上。于家桥人不敢闭上眼睛,他们认为一旦闭上眼睛就会醒不来。他们就这样瞪大眼睛看着这个苍白无力的人世间。

小弟于河的生命力没有像他爹一样顽强,在当天黑夜来临之前就见了阎王,一个活泼捣蛋的小鬼头在死之前竟是那么安静,他没有像老爹一样死前还拼命地挣扎。于河如同许多八九岁的孩子一般,只是玩累了,随便哪里一躺就睡过去了。

于海看着小弟红扑扑的脸蛋,他也在想于河这小子只是睡熟了而已,一觉醒来又会大吵大闹的。

于江摸了一下于河的气息,他坚定地说:"于河死了。"

于海"嗯"了一声,爹妈的双亡已经让他麻木了,面对死亡,于海似乎习以为常。

这时,于溪却大哭起来,她叫着喊着,她说:"小哥哥怎么了,小哥哥怎么不说话了。我们是不是也要把小哥哥埋到地底下去了啊?我不要把小哥哥埋掉，我还要跟小哥哥玩的啊！"

于海摸摸小妹的头，他强忍住了眼泪，坚强地说："我们不会把于河埋掉的，他只是睡着了，明天天亮了就会醒过来的。就算于河不和小妹玩，以后大哥二哥也会陪小妹玩的啊。于溪不哭啊，不哭了，听话。"

于溪望着二哥于海，她哽咽着说："以后大哥二哥小哥哥都陪我玩啊？"

于海和大哥于江都点点头。他们说："我们都在一起玩，到时我还要去把大姐找回来，让她也和我们一起玩。"

于溪顿时乐开了花，她破涕为笑，大叫着"好啊好啊，我有这么多哥哥姐姐跟我玩了！"

于江、于海看着小妹乐颠颠的样子，他们的心里却难受极了。他们已经有些懂事了，他们知道人死了是再也不可能活过来的。

于溪憧憬完以后会有很多玩伴后，很现实的问题又袭击了她的肚子。于溪说："大哥二哥，我饿，我要吃东西。"

于海也说："是啊，大哥，我们已经很久没吃东西了。"

于江点点头说："我也饿了，可是家里没有什么可以吃的了，我们到哪里去弄吃的呢？"

于海转了下脑子说："哥，要不我们去外面找找看，说不定能弄到吃的？"

于海至今还深深地后悔这个提议，也许只要自己闭口不说话，就不会把大哥于江推入死亡之谷。于海又来到了古桥上，他又要望眼欲穿地把目光投向远方，等待那个神秘的客人。灰色的天空显得特别安静，寒冷让所有的生命都失去了活力，据天气预报说，昨日冷空气已严重影响我国的南方地区。于家桥人都缩着脖子，行色匆匆，这一刻谁也顾不上烂腿于海。这一刻于海双腿上一块块的黑色烂伤疤也被冰冷的空气凝结住了。

疼痛也凝结住了。

可是心灵的创伤却是永远不能凝结的。

那一晚,于海和大哥于江先骗小妹于溪睡下。

于江对于溪说:"小妹,你先睡吧,听话啊,你醒来的时候就有好东西吃了。"

于溪睁着大大的眼睛有些不相信大哥的话,她说:"哥,你不要骗我啊,我不要一个人在家里,我不要睡觉,我怕。"

于海明白他们出去弄东西吃绝对不能带上于溪,带上她就成了个拖油瓶。于海上前说:"于溪,我和大哥不出去。我们不会丢下你的。放心吧,况且于河不是也在家里睡着嘛。"

于溪看看已经死了的于河,小女孩不怎么怕死去的亲人,她以为人死了就是睡着了而已,但她害怕一个人睡觉。突然于溪眼睛里出现了两条明亮的小溪,她呜咽着说,我要同妈一起睡觉。

一看小妹于溪要哭了,于江急忙抱住了她,于江和于溪年纪相差九岁,于江在小妹刚出生的时候抱过她外,已经很久没有抱过这个小妹了。于江安慰道:"小妹不要哭,妈跟爹都去坟场里睡觉了。大哥和你一起睡觉好不好。"于江说着就把于溪抱到了床上,他说:"我和于海都会陪在你身边的,你快睡吧,醒来时就有好东西吃了。"

于溪是在大哥的哄骗下睡去的。她不知道自己睡去了就永远都见不着大哥了,她在睡梦里见到了妈妈,妈妈给她做了一大碗热烘烘的蚕豆糕。于溪的口水都快流出来了,她说:"妈给我吃一块吧。"妈说:"你的大姐和哥哥们还没有回来呢,等他们回来一块儿吃。"于溪懂事地点点头,拼命地咽着口水。

于海和大哥于江就是在小妹睡着后悄悄地溜了出去。兄弟俩在黑夜中商量着去哪里弄点东西吃吃。于江说:"现在村里头除了死人死老鼠还能有什么可以吃啊?"

于海也挖尽脑油在想到底哪里有吃的。

"去地里面偷点东西吃吧?"于江建议道。

"地里哪还有东西可以偷,于家桥人现在是穷得一塌糊涂了。"于海说。

于江挠挠头皮,皱着眉头问:"那怎么办? 我们已经饿了两天了,再饿下去就要饿死了。"

于海的脑子比大哥的灵活多了,他终于想出一个法子,挨到于江耳边轻声地说:"毛驴那里肯定有好东西吃。"

于江一听要到日本鬼子那里去偷东西,吓得从地上跳起来,他瞪大了眼睛,一时说不出话来。于海拍拍大哥的肩膀说:"现在这个时候,日本鬼子都睡觉了,我们趁他们睡熟的时候去偷,肯定不会被发现的。"

"不行,不行,绝对不行。被日本鬼子抓住就要杀头的呀。"于江直摇头,坚决不肯冒这种危险。

于海有些恼了,他气呼呼地说:"你这个大哥有什么用,这点胆量都没有,难道你就想眼睁睁地看着我和于溪饿死? 要知道于溪还在家里等着我们弄吃的去呢。"

"那也不能去日本鬼子那里啊。"于江还是不同意冒着生命危险去偷东西吃。

"你不去,我去。"于海态度坚决,头也不回地就朝日本鬼子的军营走去。

于江望着二弟的背影渐渐快要消失在黑暗中,急忙跑了上去,他想我这个大哥怎么当的啊,这点胆量都没有,我不能叫于海一个人去冒这个危险。

于海和于江两兄弟是从日本鬼子军营的后门摸进去的。这里没有日本兵站岗。

那一晚,天上没有月亮,地上黑蒙蒙的,这似乎为两个饥饿的孩子提供了有利的条件。

于海屏着呼吸对于江说:"哥,你知道厨房在哪里吗?"

"我怎么知道。"于江摇头说。

"那我们怎么办?"于海问。

"你不是鬼点子很多的吗?"于江说。

"点子都被饿没了。"于海摸摸肚皮俏皮地说。

于江看了一眼二弟,害怕极了,他开始退缩。于江说:"于海,鬼子的窝里不能去的啊。我们还是回去吧?"

"什么,回去,到都到这里了,还回去吗?"于海看了一眼哥哥,又补了一句,"要回去你自己回去,今天我弄不到吃的,我绝不回去。"

于江无奈地看着于海,说不出一句话。到了这种地步,只能听天由命了。

黑夜沉默得可怕,似乎放个屁都能当爆竹。于海的眼睛不断搜索着方向,有食物的方向。突然,一道微弱的光线在于海眼睛里晃动起来。

于海惊叫了一声,又立刻捂住了嘴巴,他拍拍大哥的身子,又指指前方光线的出处:"看见了吗,那儿?"

"嗯,看到了。"于江张望了一阵后道。

"我们去看看。"于海下定了决心。

于江一听二弟这话,整个人都开始发抖,但这时于海根本没和他商量就顾自己向光线的地方摸了过去。

于江硬着头皮只得跟上去。

于海他们的确很幸运,这个有光线的地方竟然是日本鬼子的厨房,里面还热气腾腾的,一壶开水正在沸腾。一串串红彤彤的腊肠挂在一根触手可及的绳子上,一个个肉罐头摆在一个低低的橱柜里,灶头上还放着许多没有吃完的食物,有鱼有肉,还有一些叫不出名字的看上去就香喷喷的好东西。

两个孩子的眼睛都要凸出来了,于海的口水一下子流到了衣服上。他揉揉眼睛,想把眼前的情景看得更加清楚一些。

于海咽了口口水问于江:"这是真的吗,我们不是做梦吧?"

于江没有反应,眼前的食物让他忘记了所有的恐惧。他突然冲了上去,拿起一块肉就狼吞虎咽地啃了起来。

于海见大哥上去了,也冲上去疯狂地吃起来。两兄弟一边吃一边还不忘取来腊肠和肉罐头往怀里塞,这些食物不断地掉在地上,但他们管不着了,能拿多少就拿多少。

就在这时,屋外响起了一阵叽里呱啦的说话声。

"你的,把鸡的,烧好。"一个日本鬼子说。

"好的,好的,太君放心,我保证为太君做出大大的美味。"一个中国人说。

于海和于江听到说话声,顿时傻了,食物含在嘴巴里咽不下去。

外面的言语声越来越近。

"哈哈,夜宵不错,咯咯咯,咯咯。"日本鬼子的声音。

紧要关头还是于海反应迅速,他环顾四周,看有没有可以躲藏的地方。

灶头边上有一堆柴草。

于海一把拉起于江就钻进了柴草堆里。

两个日本鬼子和一个中国人走进了厨房,这两个日本鬼子穿着军官模样的衣服,也是矮墩墩的,看上去比毛驴太君强不了多少。这个中国人是日本佬军营里的厨子。

柴草轻轻地动了动,立刻安静了下来。

厨房里狼藉的场面,让两个日本军官和中国厨子都吓了一跳。

其中一个日本军官拿出了腰间的手枪，骂了一声"八格牙路"。

于海和于江躲在柴草里大气不敢出。那一刻他们的脑袋里一片空白，两个孩子的身体都麻痹了。

死或生，只是一刹那的事情。

于海在柴草堆里看见日本鬼子穿着皮靴的脚，他感觉到裤裆里热乎乎、湿漉漉的一片。于海明显感觉到于江颤抖不已，像是老爹得了怪病那会儿，他微微别过眼睛去瞄了一眼大哥。

于江的整个脸都变了形，他的裤裆里也一滴一滴地流出尿液来。一股微弱的臊味带着热气在柴草堆里慢慢飘散开。突然，于江手中的一根腊肠掉了下来，虽然没有多大的动静，但在这么安静的环境里还是听到了声响。

一个日本军官大声吓唬道："八格，出来，枪毙你的。"

日本鬼子粗野的声音回荡在厨房的每个角落，一种巨大的恐惧注射进了于海和江的身子里。于海一直注视着柴草外面的动静，他看见两只脚一步一步向自己靠近。他认为自己要死了，他不想死，他宁愿饿死，也不要死在日本鬼子的刺刀下。于海眼前出现了堂兄那两颗血淋淋的心脏，难道自己和大哥也要被日本鬼子剖开胸膛挖出心来吗？我不要死，我不想死啊！于海心里头大声呐喊，但就在这一瞬间，他感觉身边突然有东西动了一下，他以为是被日本鬼子发现了。

当于海回过神来定睛一看，自己的大哥于江已经爬出去跪倒在了两个日本兵脚下。于海张大了嘴巴，看着外面可怕的一幕。

于江跪在两个日本军官的脚下，恐惧的身体在不停地颤抖。

一个日本军官手里拿着一只老母鸡，老母鸡发出咯咯咯的叫声。令这只母鸡没有想到的是当它被煮成人类的美食之前还能见识一下人类的血腥和残暴。

日本军官走到了于江面前，然后狠狠地用皮靴踩住了他的脑袋。日本鬼子嘴里迸出一个字："贼。"

随后就是于江撕心裂肺的惨叫声,日本军官使出全身力气不断地踩蹭一个毫无抵抗力的中国孩子。

老母鸡发出一连串惊恐的叫声,它恨自己没有双手来捂住自己的眼睛。

柴草堆里的于海满脸泪水,却不敢发出任何声音。他的心都碎了。

两个日本军官轮番扑上去折磨于江,于江停止了惨叫,他连叫喊的声音都没有了,嘴里不断地吐着鲜血。

终于,两个日本军官气喘吁吁地停了下来。那个手里拿老母鸡的日本军官把母鸡扔给了厨子,他朝于江阴冷地笑了笑,然后走向了沸腾的开水壶。

日本军官提着开水壶重新回到了于江身边,这个可怜的中国男孩,他惊恐地瞪大了眼睛,却发不出来丝毫恐惧的叫喊。

两个日本军官开始大声地狂笑起来,那个厨子抱着老母鸡吓得不敢出声,老母鸡也安静了下来,惶恐不安地等待着即将发生的惨景。

这时,于海躲在柴草堆里很想冲出去,但他的身子却完全瘫软了。他没有这个勇气,他不想死,他不想跟于江一样被日本鬼子折磨。

于海满眼泪水,无比痛苦地看着眼前恐怖的一幕。

日本军官举起了开水壶,把沸腾的开水慢慢地往于江的脸上浇了下去。惨绝人寰的兽行只不过是日本鬼子小小的一个游戏,于江已被折磨得只剩半口呼吸,但他还是叫了出来,叫得完全不像是人的声音。

日本军官取乐完,终于决定放过眼前这个被他们折磨得不成人形的中国孩子。一个日本军官拔出了腰间的手枪,几乎没有一丝表情,他对着于江的头颅就是"砰砰"两枪。

顿时,一股鲜血和脑浆四溅开来。一条活生生的性命在顷刻间惨死在日本鬼子的枪下。

于海再也无法控制自己的情绪,他的拳头狠狠地砸在了古桥残破的桥墩上。这个干瘪的烂腿老人叫了出来,但却没有声音。这是他发自内心的血的控诉,他要向老天爷喊冤,他要向那段耻辱的历史叫屈。

于永强又抱着儿子从于海身边走过,他以为自己的堂叔发癫了,无缘无故对着苍茫的天空嘶哑地叫喊。

有谁能明白于海内心的痛苦?

于海苟活于世都快七十年了,而在这将近七十年的岁月中却是烂活着的,他无时无刻不被痛苦的记忆撕裂着灵魂。其实当初还不如被日本鬼子发现,吃上两颗子弹来得痛快。

于江惨烈的死状让于海异常惊恐,下身都已经被吓得麻木掉了。他不断地颤抖着。柴草堆发出微微的抖动声。

于海在缝隙里看见那个厨子已经发现了他。但厨子却没有要出卖他的意思,只是不作声。

老母鸡发出咯咯咯低沉的叫声。

日本军官感觉到厨房间还有些不对劲,好像这里还藏着其他人。其中一个日本军官嘀咕了一句:"还有,人。"

厨子急中生智,他急忙奔到两个日本军官面前,挡住了于海藏身的柴草堆。他举着手里的鸡说:"太君,鸡,鸡,我给太君做美味。太君先去休息,我做好就给太君送来。"

厨子边说边拉着两个日本军官往外走。

日本军官折磨于江似乎有些疲倦了,打了个哈欠,道:"你的,给我,快点的干活。"

"好,好好,太君放心,太君放心。"厨子说着便把日本军官送出了厨房。

等日本军官走远后,厨子紧张地退了回来,他在门外张望了一阵,然后才轻轻地关上了厨房的门。

厨子跑到了柴草堆旁,他跪在地上,抽泣着轻声叫道:"孩子,出来吧,日本鬼子已经走了。"

于海想起这事就泪流满面,那一晚后来的事情连于海自己都记不太清了,他只记得是厨子偷偷地把自己送出了日本鬼子的驻地。他的怀里还揣着偷来的腊肠,这是用大哥于江的生命换来的食物,这是一条活生生的性命啊!

于海精神恍惚,于家桥的黑夜静得可怕,但还有什么比日本鬼子残暴的兽性更恐怖的呢?

于海东一脚西一脚,他完全失去了意识,只是如同行尸般向家的方向走去。快到家门口时,于海隐隐听到哭泣声,他这才慢慢醒过来。

他喃喃自语了一句,到家了。

于海简直不敢相信自己还能够活着回来。能从日本鬼子的魔掌中捡回来一条性命,他揉揉眼睛,看见了灰蒙蒙的屋檐,这是自己的家。于海突然疯了似的跑进了院子,又急忙把院门关得死死的。回过头,于海直接向屋子冲去。他迎面撞上了一个人,顿时一大片哭声传入了于海的耳朵。

"二哥,你们回来了,呜呜。"是小妹于溪。她被于海撞倒在地,哭得那么伤心,她还不知道大哥于江是永远不能回来了。

于海朝小妹扑了过去,他呜咽着却哭不出声来。

于溪叫喊着:"哥哥,你们不要把我一个人落在屋子里啊,我要同你们在一起的,我一个人在屋里害怕。我找不到你们了,你们去了哪里,为什么把我落在屋里不管我啊?呜呜呜……"

"于溪……听……听话,哥……哥不是……回来了嘛。"这是于海从日本鬼子手里逃出来后开口说的第一句话。他不断抚摸着于溪的后脑。他想起日本鬼子就是把两颗子弹打进大哥于江的脑袋里的。

　　"二哥,大哥去哪里了,他为什么没有同你一块儿回来?"于溪看看只有于海一人,边哭边开口问道。

　　于海一听小妹提到了大哥,他终于控制不住自己内心的恐惧和悲伤,他终于"哇"的一声大哭出来。

　　于海说:"大哥,大哥他被日本鬼子打死了。"

　　"大哥被日本鬼子打死了,"于溪重复了一遍,她哭得更伤心了,她大叫道,"大哥他也死掉了啊? 他和小哥哥一样死了啊。"

　　于海眼睛里的余光看到了静静地躺在地上的小弟于河的尸体,他是这样的安静。死了,都死了。于海紧紧地抱着小妹说:"爹死了,妈死了,大哥死了,于河死了。大姐不见了。现在家里头只剩下我们两兄妹了。"

　　于海和小妹于溪就这样抱头痛哭起来,哭得一点力气都没有了。这时,于溪说:"二哥,我饿了,我要吃东西。"

　　于海想起了自己怀抱里的腊肠,他双手颤颤地从怀里掏出来,他说:"小妹你吃吧,很好吃的,是日本鬼子吃的腊肠。"

　　于溪抓过了红彤彤的腊肠,她的口水一下子流了出来,像她的两个哥哥在日本鬼子的厨房里见到腊肠时一样。于溪贪婪地啃了起来,伸长着脖子拼命地往喉咙里吞咽。

　　于海看着小妹吃腊肠,他却一点食欲都没有。他想,这是大哥的性命换来的,于溪在吃大哥的性命啊。

　　突然,于海愤怒地打掉了于溪手中的腊肠,他大叫道:"不要吃了,不要吃了,这是日本鬼子的腊肠啊,是他们把大哥'砰、砰'两枪给打死了。大哥就是为了偷腊肠才死掉的。"

　　于溪没有于海的思考能力,她见于海不给自己吃腊肠,就哭闹了起来。

　　于海看见小妹张开的嘴巴里还含着腊肠,就握住了她的头,疯狂地喊起来:"给我吐出来,吐出来。你不能把大哥给吃掉啊。"

于海回忆着这苦难的一幕。于海不明白为什么当时自己痛恨日本鬼子到了如此地步，连冒着生命危险偷来的腊肠都不给小妹吃了。

小妹在饿了两天之后，一个人悄悄地爬出了屋去。

于海他们没有想到，日本鬼子就是在这两天中，具体不知是哪个时候突然之间消失在了于家桥。

于家桥人打开门时竟然发现村子里静悄悄的。他们都感到十分惊讶，怎么突然间看不到半个日本鬼子的影儿了。

"谢天谢地啊，祖宗保佑，灾难总算到头了。"一个于家桥的老太太垂着双泪，跪在地上，感谢上天终于请走了杀人不眨眼的魔头。

于家桥人虽然知道日本鬼子走了，但还是不敢大声喧哗，生怕一有点动静日本佬就会折回来。许多于家桥人还披着麻戴着孝，几乎每户人家都死了人，七七这个祭日都还没有过去，要在这个时候恢复心情是不可能的。

于家桥的孩子们却没有这么多顾虑，他们看见大人们都能在村子里随意走动，也不去管教他们了，孩子们沉默了这么长时间，如今终于能够释放自己。他们像是一群群麻雀一样在于家桥的角角落落飞来飞去。

于海的小妹于溪就在这堆孩子里，皮包骨头的于溪如同一条落魄的野狗，凹进去的眼珠子到处寻觅着可以果腹的东西，她发现有两个玩伴手里拿着饼干和一块块黑乎乎像是烂鸡屎的东西。于溪说："你们在吃什么东西，好像很好吃的样子啊？"

两个玩伴急忙护住了手里的宝贝，他们说："想吃就自己去找。"

"你们能给我吃一点吗，我已经快要饿死了。"于溪咽着口水说。

一个玩伴看看手里的东西，又看看可怜的玩伴，终于拿出一片饼干递给于溪。他凑到于溪耳旁说："你自己去找吧，其实于家桥这个村子里有很多宝贝，很多好吃的东西，大人们不给我们出来，就是怕被我们找到这

些东西,把它们都给吃掉了。"

于溪嘴巴里嚼着从来没有吃过的饼干,重重地点了点头。

于溪是在日本鬼子驻地外面的一个树桩下找到那种黑乎乎的块状甜品的,她小心翼翼地用舌尖舔了一下,顿时一种甜丝丝、香喷喷的感觉回荡在嘴巴里,她高兴死了,疯了似的吞下了一块黑乎乎的东西。于溪吃完一块后闭上眼睛深深地回味着,她突然想到了二哥于海,虽然二哥不给她吃腊肠,还打过她,但这一刻她什么都忘记了,她要把好吃的东西拿回去同二哥一起分享。

于海对小妹拿回来的东西充满了警觉性,他问道:"你是从哪里偷来的?"

于溪凑到二哥的耳边,把玩伴告诉她的秘密告诉了二哥。

于海对小妹的话半信半疑,但面对饥饿,于海终于投了降,他把黑乎乎的块状甜品放到鼻子边闻了闻,他确信这应该没有问题。于海轻轻地咬了一点,甜,简直甜到了心头。于海也闭上眼睛回味起来。

"二哥,好吃吧?"于溪忍不住问了一句。

于海闭着眼睛,点点头"嗯"了一声。

日本鬼子走的时候,于威民是想跟他们一块儿离开于家桥的,他是个聪明人,他知道一旦日本人走了,他也就失势了,再也不能在于家桥人面前作威作福,而且极有可能成为村里人报复的对象。于威民灰溜溜地回到了家里,带着毛驴太君送给他的一盒精美的巧克力。他回到家里后就一屁股坐到了地上,他在想怎样才能在于家桥人面前重新树立起威信来,像做保长时一个样。

于威民的老婆也知道日本鬼子走了,现在自己的男人再也不会那么忙了,可以天天回家来同自己睡觉。她高兴地抱住了于威民,于威民的两个儿子也叫着跑上来:"阿爹,阿爹,你给我们带来什么好吃的了。阿爹,我饿死了。"

于威民的两个儿子抢走了老爹手里的巧克力。他们迫不及待地撕开了密封的盒子,盒子里是一块块黑乎乎的东西。

于威民的小儿子问:"阿爹,这个是什么东西,能吃吗?"

于威民抬起头,无奈地回答了一句:"这是巧克力,毛利太君送给我的。皇军的东西,高档,难得吃到的。"

于威民不清楚,其实这个时候于家桥到处都散落着皇军的高档食品。

两个孩子一听是可以吃的,就奋不顾身吃了起来。于威民的老婆急忙走上来,骂道:"饿死鬼,省着吃点,爹跟妈还没吃呢。"说着就拿了一块吃起来,边吃还边对自己的男人说,"威民,这种叫什么来着,好吃啊!你要不要?"

于威民一脸苦笑,朝老婆摆了摆手。

于家桥人都晓得日本佬的狗腿子于威民已经回到了家里,他们都恨不得把于威民剁成了肉酱,但谁也不敢做这个出头橼子,害怕日本鬼子说不定哪天又回于家桥了,这样的话于威民就会东山再起。于家桥人只是偷偷地骂着于威民这个二鬼子,文气一点的就骂他是民族败类。于威民这个二鬼子、民族败类不得好死,迟早有一天要遭天打雷劈。

日本鬼子虽然走了,于家桥也归于平静,但谁也没有想到更可怕的魔鬼将侵蚀掉一条条弱小的生命。

那个时候,田地里的粮食稀稀拉拉的,并且还未完全成熟,家里的积蓄早已吃完。每个于家桥人都饿得迈不开步子,他们跟孩子一样到处在于家桥的角角落落寻觅可以果腹的东西。当他们发现饼干和那些叫不出名字的黑乎乎的块状甜品后,简直乐疯了,他们以为是于家桥人的祖宗赐予他们的食物,都毫不犹豫地吃了起来。

于家桥人摸摸肚皮,晚上睡觉的时候都还在回味嘴巴里的香味,他们从来没有吃过这么好吃的东西!

无声的病菌总是爱变着法子来折磨人类。当于家桥人一觉醒来的时候,他们感觉浑身上下都奇痒无比,控制不住自己的双手拼命地抓着自己的脸蛋、脖子、手臂、腿部、脚,凡是露在外面的部位都像是被烫伤的皮肤,红彤彤一片一片的。

于海和于溪也在屋子里蹦上蹦下地大叫大喊着,身子上如同千百只蚂蚁在疯狂地撕咬,这种奇怪的痛苦让这两个可怜的孤儿生不如死。

他们就被这样无声地折磨着,黑夜来临了,于海和小妹再也没有饥饿的感觉。于海看着瘦弱的小妹,她的整个脸蛋都已经模糊一片,像是一只癞蛤蟆趴在上面。

于海裹着身子,一种刺骨的寒冷袭击着他,让他说不出话来。于海伸出手去摸了一下于溪,他颤抖着说:"小妹,你……你怎么,这么烫啊,我都……快……快冻死了。"

于溪闭着眼睛艰难地说:"哥,我也很冷。"

翌日清晨,于海朦朦胧胧地睁开了眼,他看见于溪的手臂都变成棕黑色的了,脸上冒起了黑乎乎的血泡。他以为自己的小妹已经死了。于海想哭却哭不出来,他又闭上了眼睛,他想,自己肯定也会是这样死去的。那就这样静静等待阎王爷来拿走自己的小命吧!

突然,于溪低沉地叫了声:"哥。"

于海猛然间睁开眼睛,吓得跳起来,他狐疑地问道:"小妹你还活着?"

于溪微微地点了点头,然后又说:"哥,你不要把我一个人落下,我会怕的。"

于海听了这话,顿时涕泪满面,他跪着爬到了于溪身边,握住了小妹的手。于海哭着说:"小妹,现在家里死得就剩下你和我了,我不会离开你的,你也不要把我一个人落下啊。"

于溪艰难地笑了一下,她说:"哥,我又饿了。"

"哥给你去找吃的。"于海擦了一把眼泪说道。

于溪害怕地说:"哥,我不要吃那种甜蜜蜜的东西了。"

于海出去给小妹找吃的时候,他感觉到于家桥整个村子都沉寂在氤氲的空气中,到处都是哭泣声和痛苦的惨叫声,被疯痒折磨后的于家桥人开始烂头、烂手、烂脚,直至发展到了整个身体都开始溃烂。

慢慢地,这些腐烂的于家桥人终于平静下来,咽下了最后一口气,把绝望和痛苦留给了活着的亲人。

于海发现有很多人都抬着死去的亲人向坟场走去,坟场都是黑压压的一片。于海害怕极了,他掉头就跑回家去,他担心小妹也会突然之间死掉。

于海回到了家,他大叫道:"小妹小妹,小妹你还活着吗?"屋子里弥漫着一股浓烈的腥臭味,于海跑进了卧室。

"哥,我还在的。"于溪睁开眼睛,在床上说。

于海看着小妹灰色的眼眸,他似乎看见死神正在一步一步逼近这条可怜的小生命。

"哥,你找到吃的了吗?"于溪打断了于海杂乱的思绪问。

于海难过地摇摇头,于溪说:"哥,不用找了,我不饿了。还感觉很饱哩。"

于海抬起头去看于溪,他发现小妹的肚子果真是鼓鼓的,好像是刚刚吃过一顿丰盛的食物,但这一刻于溪身体上外露的皮肤都已经破裂腐烂得一塌糊涂,看上去上面有许多蛆虫在扭动。

"小妹,你痛吗?"于海慢慢靠近了于溪问道。于溪摇摇头说:"哥,我看见了爹妈,还有大姐大哥和小哥哥他们。"

"于溪,你在做梦吧?"于海不敢相信似的说。

于溪笑了一下："我说的是真的啊，他们在跟我笑，还在向我招手呢。"

于海脑子里"轰"的一下，他明显感觉到了一种不祥的气氛，他扑到了于溪身边，握住了她的手，这两只小手已如苍老的爪子一般。于海叫道："小妹，你看着我，千万不要睡觉啊，你不是说过不会落下我一个人的吗？于溪你不要死啊，我也会害怕的。"

于溪睁大了眼睛，泪水在眼眶里打转，她难过地说："哥，我会跟你在一起的，不过我真的看到爹妈他们了。"

于溪最终还是没能熬过去，她没有听二哥的话，也许她是太想回到爹妈的怀抱里去了，她慢慢地闭上了眼睛，连叫喊一声的力气都没有。

天堂是没有战争的，那里有许多可爱的小天使在等待她；天堂是没有罪恶的，那里有纯净美味的食物，那里有人间没有的温暖和爱。于溪终于去了那个美好的地方。

于海一直陪在小妹身边，但他却在不知不觉中睡去了，醒来后发觉于溪的手已经冰凉冰凉的。于海知道小妹死了反而没有多大反应，不哭也不闹，他只是觉得这个世界上只剩下自己一个人了。孤孤单单的，也许自己也会安静地死去，闭上眼睛就永远不会醒来。

快七十年过去后，于海仍旧活着。于海总是会愣愣地看天空，一看就是很长的时间，他是在天上寻找自己的家人，那些早已烂得连骨头都寻不着的亲人们。但人死了总是有一些东西会留在世上的，除了灵魂，还有记忆。

记忆是一件沉重的事情，它的沉重在烂腿于海的脑子里却永远是痛苦的，是永久磨灭不去的东西。正如他身子上的烂疮疤，越烂越多，越烂越深，越烂越痛苦。

　　于海没有让于溪在家里躺很久,他是连夜把小妹的尸体背去坟场的,他想这样可以早点让小妹和爹妈团聚。他想,小妹还算是幸运的,至少能被埋葬在坟场里,和家人与这么多于家桥人睡在一起。于海不晓得自己会什么时候死,死在哪里,反正到他死的时候,是没有亲人再来埋他了。

　　于海真想直接在坟场里死去算了。可当他在为小妹挖坑的时候发现到处都是刚刚埋下去的尸体,还有很多尸体根本就没埋,直接在上面盖了些乱稻草。于海放弃了埋葬小妹。

　　后来,于海醒来时发现坟场里灰蒙蒙的,他以为这里就是阴间。于海嘶哑着嗓子叫道:"爹妈,大哥,于河,于溪,你们在哪里啊,我也来了,你们出来吧,我看不到你们在哪。"

　　坟场里静悄悄的,没有人回答于海。

　　于海想,大概自己还没到阴间,阴间还应该有段路程。他又闭上了眼睛。不知睡了多久,于海在朦胧的意识里感觉坟场里有动静,他猛然睁开眼睛,只见不远处于威民有气无力地拖着两具尸体,一个是他的老婆,一个是他的小儿子。

　　于威民走到了于海跟前,他朝于海笑了一下,道:"死得差不多了吧,哈哈,我家里全部都死光光了。"他说着又朝村子里指指,"我还有一个儿子刚刚咽了气,让他在家里多睡一会儿吧,外面露水多,把这两个先死的埋了再说。"

　　于海麻木地看着于威民,要说仇恨,于海跟这个汉奸走狗是有不共戴天之仇的。但那一刻,于海反倒感觉他们是同病相怜了。

　　于威民见于海傻乎乎看着他不说一句话,就自言自语道:"都死光光了,报应啊,都是报应。这些狗娘养的小鬼子。"

　　于海在坟场里没有死成,只能回家等死。但他在家里也没有感觉到有要死的症状,他想自己的这条命怎么这么贱,贱到连阎王爷都看不

上了。

于海摸摸自己像鼓一样的肚皮,身子上溃烂的部位已经开始结痂,黑乎乎的,如同一块块焦炭,钻心的疼痛开始蔓延全身。于海想不明白,小妹死之前为什么没有叫喊一声。

死之前的兴奋或许远远超过了一切痛苦。于海没有兴奋,心静如水,他想自己大概是死不成了,既然活着,那就让它活着吧,反正阎王爷什么时候想要自己的性命,随时都可以来拿走的。

他不想在屋子里待着,晃晃悠悠来到了田里面。谷物快要成熟了,但没有一个于家桥人感觉到收获的喜悦。田里面都是一些饿疯了的麻雀,它们欢快地唱着歌,享受着免费而又丰盛的午餐。于海看见自己家稻田里也有麻雀在吃食,他本来想去赶,但又想想算了,反正家里已经没人来收割这些谷物了。

于家桥死气沉沉的,如同还有日本鬼子驻扎在村子里。秋天本来是收获的季节,但这个时候于家桥每天都在死人,没有死的也沉浸在腐烂的痛苦中,根本无法下地劳作。田里面的作物终于在麻雀、老鼠等一大批饿死鬼疯狂的侵略下,慢慢消失。

于家桥最古老的桥就是于海现在站着的这座古桥,这座古桥其实就叫于家桥,后来于家桥三个字反而变成了村子的名字。古桥却没有了名字,直接叫古桥。这多少有点喧宾夺主的意思。

古桥下的水源后来就渐渐变得紧缺了,变得红一片紫一片的,因为在于家桥的上游建起了一个印染厂。从那时起,村里人就不来古桥下洗衣洗菜了,孩子们也不能在这里戏水游玩。到了 21 世纪初时,河流就基本上干涸了。河床却像是一道落到地上的彩虹,看上去颇有一番韵味。就在这个时候,一个姓李的记者来于家桥采访,收集当年日军在这里留下的罪证。

李记者首先见到的人就是于海,因为于海老是站在古桥上,像是在等一个人。这个人来了,于海却吞吞吐吐说不出话来。

于海只是说:"那时于家桥的大部分人都得了腐烂病,烂头、烂手、烂脚,反正是整个人都烂开了,很多于家桥人都在那个时候烂死了。"

"那现在还有活着的人吗?"李记者急切地问。

于海摇摇头,又点点头,却始终说不出话,但他心里头有太多的话想倾诉了,情急之下,于海慌忙撩起了自己的裤脚。

李记者看见于海的烂腿似乎没有很大的震惊,他对这些可怜的幸存者再熟悉不过了。李记者拿起相机给于海照了张相,背景是破败的古桥,于海撩着裤脚,微张着嘴巴,神情有些奇怪。这张照片后来李记者寄到了于家桥,于海拿到照片后,一直像宝贝一样珍藏着。

李记者了解了于海的基本情况,并做了笔录。于海的故事实在太复杂了,当事人在脑子里回忆时还像是昨天发生过的事情一样,但到了嘴巴上表达却始终说不清楚。李记者在古桥上告别于海后,深入村子采访了当年经历过那场可怕的灾难而没有丧命的幸存老人。

于海不清楚那几个老于家桥人同李记者讲了些什么,但他还有一肚子苦水要倾吐,对当年日本鬼子在于家桥的种种罪行,于海要跟李记者全部都说出来,他是想让这位记者帮他去控诉那些历史的罪人、灭绝人性的禽兽们。

但李记者没有掉过头采访于海,村子里的支部书记大概也忘记给李记者重点介绍于海这个当年死光一家子人的烂腿老人。

将近七十年过去了,于家桥当年的幸存者就要被埋葬在历史的长河里,他们再也不能说话了。活着的证据就要逝去,那还有谁来控诉日本鬼子的罪行呢?

于海望着远方的来路,眼神中露出无比的绝望,不会来了,永远不会来采访我了,他想自己也是最后一次来古桥上了,就再好好地看看这座破

败的古桥吧。于海把整座古桥都摸了一遍，像是一个瞎子在认真地摸索久别爱人的脸庞。

他满足地点点头。天已经黑了下来，于家桥慢慢地沉睡了下去，天空中划过一只孤独的蝙蝠，它似乎在寻觅黑夜里的飞虫。

清明那段时间里，于家桥的雨水突然间下个没完没了，干涸许多年的河流似乎在一夜间涨水了。烂脚于海就是在这时候死去的，他的脸上挂着浅浅的笑。他想，我们一家子人终于能够团聚了。

后　记

　　从浪漫之都小樽回札幌市区的路上,接到浙江省文学院的电话,通知我小说集《城市之光》入选了"新荷文丛"。我从中学时期开始写小说,到今年刚好是十五个年头,这一本中短篇小说集子,也算是对这十五年的一次总结。

　　此刻我在日本北海道渡边淳一的文学馆里,外面大雪纷飞,而里面如春天一般温暖。这次来日本前就打算到渡边大师的文学馆走一走,记得高中时读他的《失乐园》,心情是灰暗的,对现实和未来充满了茫然感,如故事中的男女主角久木和凛子。但恰恰是这部文学作品,使我开始接触日本文学,开始大量阅读国外的小说、诗歌作品,也从此开始了小说的创作。一直到现在,无论工作、生活多忙,我每年都会写一两篇小说,以此来让浮躁的心灵,安静下来。

　　即将过去的一年,是浮躁社会里极不安稳的一年,金庸、李敖等多位大师离开了我们,影视圈亦是瑟瑟发抖的一年,在这样的年份里,我们写作者反而可以慢下来。我花了一个月左右的时间,在工作室里安静地写小说,那会儿真觉得也是很幸福的时光。

　　其实对于我来说,小说的创作,是青年时期一个无法割舍的梦。我在上班那些年,老板好几次同我说,别去写什么小说了,专心写剧本。我承

认,写剧本确实让我过上了好的生活,但我还是一直没有放弃小说创作。

我们80后这一代人,不求为这个社会做出多大的贡献,只是想能在自己的城市里,发出一点光,一些能量。在这个大时代里,真实记录那些小人物的生活和命运,以及他们的悲欢与离合。

世界上,有很多路可能要走几次,而很多人却只遇见一回。所以我们应该珍惜人生道路上,遇见的每一个人,或许他会成为你的朋友,或许他会成为你笔下故事里的主角。如今的我,每年都会带着妻女在国内自驾行好几次,出国旅行一两回。女儿曼迪已五岁,这五年,是她和我一起成长的五年,愿我们未来的五年,也是美好的。

写于日本渡边淳一文学馆

2018年12月大雪